Les hores greus

Dietari de Canonges

Dietari de Canonges / 1

Primera edició: març de 2021
Disseny de la coberta: RUN
Fotografia de la coberta: Shutterstock
Composició: Addenda
Imprès a Catalunya

ISBN 978-84-15315-98-8
DL: B 3174-2021

www.simboleditors.cat
@simbol_editors

Símbol Editors és un segell editorial de Símbol Cultura SL

PAPER ECOLÒGIC
TCF LLIURE DE CLOR
QUALIFOR FSC
LLIBRE AMIC DELS BOSCOS

Quim Torra i Pla

Les hores greus

Dietari de Canonges

símboleditors

*En memòria de totes les persones traspassades durant la tràgica pandèmia de la COVID-19 i de les seves famílies.
Recordem tots els noms.*

PRÒLEG

QUÈ US DIRÉ?

L'home té una tendència irrefrenable a treballar amb desinterès i per espontani impuls pels altres homes, per la humanitat, pel racó de terra on viu, pel poble on ha nascut. Hi ha quelcom en l'home que el lliga d'una manera irrenunciable a una voluntat de perfeccionament col·lectiu, a un ideal al qual sacrifica el més pur i noble de la seva vida. És un sentiment pregon, que ve de l'arrel de l'ànima, fatal i indestructible. Servint-lo, l'home serveix la llei del seu destí.

La corda greu, Carles Pi i Sunyer

Quan el dia 15 de març vaig començar el meu confinament a la Casa dels Canonges, no era capaç d'imaginar la tragèdia que la pandèmia de la COVID representaria per al nostre país. Fins que no em van inhabilitar, més de sis mesos i mig després, vaig dedicar-hi totes les forces de què disposava.

Havia anat escrivint un diari personal[1] des del dia que va començar la campanya electoral del 21 de desembre de 2017 fins a la meva investidura, el 14 de maig de 2018. Però a partir d'aquell instant, quan tenia temps per escriure, per esgotament, no m'hi veia amb cor, i quan pensava que calia anotar algun fet o comentari per no oblidar-lo, no tenia temps.

La reclusió a Canonges em va retornar l'hàbit d'escriure cada dia el que m'anava passant. El lector que benèvolament vulgui acompanyar-me hi trobarà opinions polítiques, passejades pel Pati dels Tarongers, els meus —oscil·lants— estats d'ànim, les

1. A aquest primer volum del *Dietari de Canonges* en seguirà, si Déu vol, un altre: II. *Les hores incertes* (1 de maig - 30 de setembre 2020).

meves pors, els —escassos— moments d'alegria, les atàviques discussions entre els partits, soledat i angoixa, les reflexions sobre el futur o el passat del país, una enyorança infinita de la meva família, els meus problemes logístics amb el *hot point* de TV3 i les lectures o els dinars per videoconferència amb la meva dona i la família.

No crec que tingui sentit en aquest moment reviure tota la legislatura. Hi haurà temps per fer-ho, perquè convé que els nostres ciutadans d'avui i els que vindran demà tinguin l'oportunitat de conèixer el testimoni dels que vam tenir responsabilitats en algun moment al capdavant del país.

Però, en canvi, sí que em va semblar que un dietari personal podria tenir, ara, al cap d'un any dels fets, algun interès. A l'empresa on vaig treballar vint anys, la fase més important d'un projecte era la darrera: la de les *lessons learned*, les lliçons apreses. Potser algun dia els polítics seran/serem capaços d'aprendre del passat.

Aquest llibre, doncs, us ofereix, amb tota l'honestedat de la qual he estat capaç, el relat d'un president confinat. I permeteu-me que somrigui un instant: acusat sovint de ser un president «retòric», aquests textos són ben simples i clars. Van ser escrits tal com raja, sense polir-ne els adjectius, amb l'emoció o la recança del moment. Tan sols hi he inclòs alguns missatges que vaig fer durant aquells dies a les xarxes socials i, en forma d'annex al final d'aquest volum, alguns documents i discursos amb què m'adreçava a la nació cada cop que ho vaig creure convenient. Finalment, atesa la importància dels mesos de gener, febrer i de la primera quinzena de març, m'he permès fer-ne un petit resum, redactat, aquest sí, els mesos de novembre i desembre.

És, per tant, un dietari íntim que recull allò que vaig viure, veure i sentir. Vull insistir en aquest punt: és la meva percepció dels fets. I les opinions i judicis són només meus. Li demano al lector, tanmateix, que tingui en compte que la redacció es va anar fent cada dia i que, per tant, alguns comentaris, vistos avui, poden ser considerats inapropiats, desencertats o fins i tot injustos. Però no seria fidel amb el que aquest dietari pretén si hagués modificat ara el que vaig escriure aleshores.

En el discurs al Parlament que vaig pronunciar amb motiu de la sentència contra els nostres companys presos polítics —aquell moment en què la classe política catalana va tornar a fer fallida mentre la ciutadania marxava en llibertat—, vaig voler esmentar unes opinions del president Havel, polític a qui respecto molt pel seu combat per la veritat:

> *Havel defensava que «cal viure en la veritat», en tant que acte de resistència, de rebel·lió contra la mentida de la qual el mateix poder totalitari és presoner. Viure en la veritat permet als ciutadans crear una situació que confon tot règim i el fa reaccionar de manera inadequada. Per Havel, el poder que té «la vida en la veritat» és el poder d'acabar amb les estructures repressives, és el poder de retrobar la identitat i la dignitat reprimida. I aquest enorme poder rau al si de cada persona.*
>
> *I aquests són dies, aquestes són hores, per viure en la veritat.*

I continuava:

> *Abans us he parlat de l'honestedat. I acabo parlant-vos de la veritat, de dir sempre la veritat. Jo vull viure així. No vull enganyar ningú. No ho he fet fins ara i no ho penso fer.*

No puc pas explicar-vos batalles ni conquestes. No puc tampoc escriure de triomfs o victòries. Ni tan sols puc parlar-vos del pont de la mar blava ni d'una mata de jonc.

Què us diré, doncs?

La meva veritat.

EL MÓN D'AHIR

Any nou

Ni l'astròleg no sap, dia primer,
u rigorós que un poc de vida ens dalla,
quines estrenes ens daràs potser:
angoixa, amor, traspàs o revifalla.

Natura és erta, sense afany ni esquer,
i l'aire és buit i la gelada calla.

Un salut regalima en el cloquer;
mor, a prop de l'encet, l'escorrialla.

¿Qui sap el que vindrà i el que em deserta?
Nou any és nou engany; en vida incerta,
jo soc una ombra que s'esmuny de frau.

Oh Veritat, tu sola coronada
ben al dellà dels tombs de l'estelada!
Sigues-me llei i certitud i pau.

Començava un nou any i, amb ell, l'Any Carner. Vaig voler que fos la primera piulada de 2020. Deixàvem enrere un any dificilíssim políticament: el judici del procés, la sentència, el meu judici per la pancarta dels presos i exiliats, la sentència del Tribunal Superior de Justícia de Catalunya (TSJC) inhabilitant-me, etc. I, tanmateix, ningú no podia preveure que el 2020 seria un any pitjor, molt pitjor, seria l'any de la gran catàstrofe.

Ho fou des del mateix inici. Fins al 15 de març, quan va començar el meu confinament a Canonges, vaig viure dos mesos i mig de vivències trasbalsadores.

En plenes vacances de Nadal, la Junta Electoral Central (JEC) instava el meu cessament com a diputat del Parlament. Que feia molta nosa a molta gent era una obvietat, però que arribessin a l'extrem d'utilitzar un miserable òrgan administratiu com és la JEC per fer-los la feina bruta, excedia fins i tot del previsible. Personalment, vaig decidir plantar-me. També sortíem de l'Any Pedrolo: «el combat és ara o no n'hi ha». Potser em va ajudar a decidir-me. En qualsevol cas, el Govern en ple, el president del Parlament, els presidents dels grups parlamentaris de JxCat i ERC, més la CUP, van donar-me suport tant al Palau de la Generalitat com després al Parlament, on es votà que es rebutjava tal indecència.

Mentrestant, el MHP Carles Puigdemont entrava al Parlament Europeu. Per un instant, tant el Parlament de Catalunya com el Parlament Europeu es plantaven davant la Justícia espanyola.

L'activitat no parava: Pacte Nacional pels Drets de les Persones amb Discapacitat, inauguració de les obres d'ampliació i modernització de l'Hospital Universitari de la Santa Creu de Vic, visita al president flamenc Geert Bourgeois, etc.

Amb tot això, enmig del tempestuós dia a dia polític, començava un encadenament de tragèdies que causaria víctimes mortals i danys materials: l'explosió a la petroquímica del polígon de Tarragona i l'arribada de la tempesta Gloria, amb un temporal de pluja, neu i onatge que malmetria el delta de l'Ebre, desbordaria rius i afectaria greument la costa catalana. Van ser dos episodis gravíssims que vaig viure al costat dels equips d'emergència del país —d'una competència excepcional— i que van enviar-nos un missatge inequívoc: o cuidem la terra i la gent que cuida la terra, o ens quedarem sense terra.

Sovintejava aquells dies la lectura, als vespres, al llit, de Carner, Pedrolo i Abelló, poeta que m'agrada especialment. Un vespre vaig retrobar-me amb uns versos seus que diuen:

Amollo en la nit
la veu amarga o
la veu esperançada.

I aprenc a dir que No.

Que ja no és temps de plorar
ni de lamentar-se, ni tampoc
el de cercar excuses fàcils.

I aprenc a dir que No.

Sí, era temps de dir que *no*. Considerava un gravíssim atemptat a la voluntat popular que se'm privés de la meva condició de diputat, i estava decidit a no cedir en aquesta qüestió. Em sentia fort i amb els partits i entitats al meu costat.

Va arribar el divendres 24 de gener. Hi havia ple convocat per al dilluns. Durant tot el cap de setmana, els socis del Govern, ERC, van assegurar-me que no hi havia cap canvi en la seva posició: defensarien la sobirania del Parlament. Vaig intentar posar-me en contacte amb el president del Parlament per assegurar-me'n, sense èxit.

Dilluns 27 de gener, de sobte, tot havia canviat. Tal com va passar el 30 de gener de 2018 amb la investidura frustrada del president Puigdemont, m'assabentava per la premsa que el president del Parlament, amb la complicitat d'alguns membres de la Mesa, decidia retirar-me la condició de diputat, emparat en un ofici del secretari general. La decisió la va portar a terme, de manera inflexible, aquella mateixa tarda: el meu *box* de votació va quedar desactivat.

Personalment, mai hauria pres una decisió com aquesta contra els drets d'un president de Catalunya. Mai. Hauria fet just el contrari, m'hi hauria solidaritzat. Però la degradació a què s'ha vist sotmesa la institució més important del país prosseguia en un acte que, repeteixo, es podria haver evitat. Ens hauríem d'haver enfrontat, junts, a l'Estat espanyol.

Vaig veure'm obligat a prendre la paraula. S'havien traspassat les línies vermelles. Estava molt dolgut, no només pel que havia passat, sinó per com havia passat. Davant d'un acte com aquest, la legislatura no tenia recorregut polític.

L'endemà, en una escena surrealista de pau fingida que només pot oferir la política catalana, el Parlament rebia els presos polítics amb tots els honors. Era el seu dia i no vaig voler que res ho espatllés. Però dimecres vaig sortir a la galeria gòtica a explicar que s'havia arribat al final de la legislatura i que tan sols per responsabilitat i per la necessitat de comptar amb un nou pressupost acceptava no convocar eleccions fins que fos aprovat.

Febrer començava amb «diálogo». És a dir, amb engany. Mai el president Pedro Sánchez ha volgut negociar el dret a l'autodeterminació dels catalans ni l'amnistia del presos polítics. Per què hauria de voler-ho? Què tenim per poder negociar? La seva visita al Palau de la Generalitat el dia 6 de febrer va servir per confirmar-m'ho, un cop més. Hi ha una anècdota divertida d'aquell dia, com la de les ponsèties de Pedralbes. Un cop asseguts al despatx Verge de Montserrat, vam començar els monòlegs habituals coneguts. Però aquest cop el president Sánchez em va comentar, de passada i sense donar-li més importància, alguna cosa sobre uns punts sobre els quals pretenia basar la negociació —res a veure amb l'objectiu de la taula de diàleg. Va ser un instant. Acabada la trobada, quan marxaven, vaig veure que es deixava uns papers al damunt de la taula. Vaig córrer a donar-los-hi i un assistent seu em va aturar i, per a la meva sorpresa, em va assegurar que aquells documents eren per a mi, que era la proposta del Govern espanyol. Ni me l'havia lliurat i una llista inacabable de no sé quantes propostes, cada una més autonomista que l'altra, ja sortia filtrada pels teletips.

No cal dir que, atrapats en el diabòlic *diàleg* —perquè... qui es pot resistir a una paraula tan bella!—, la següent reunió de la Moncloa, el 26 de febrer, entre les delegacions catalana i espanyola, va ser més del mateix. Espanya mai negociarà el dret d'autodeterminació de Catalunya. De fet, fa tan sols tres anys, l'independentisme català ja va arribar unànimement a aquesta conclusió. Havia costat molt, massa, alinear l'independentisme català en una idea: la Declaració Unilateral d'Independència, que després va mutar a referèndum, canvi que va semblar-me clarificador.

Si aleshores vam arribar a aquesta conclusió, què havia passat ara perquè una part de l'independentisme fes un gir de 180 graus? Si exactament els mateixos polítics que ens van portar al referèndum, ara, molts d'ells —de tots els colors—, havien canviat radicalment d'opinió, per què ho havien fet? Només hi havia una resposta: la repressió havia fet efecte. Molts, massa polítics d'aquella legislatura, ja no estaven disposats de cap manera a córrer cap risc que pogués comprometre la seva carrera.

L'endemà de la reunió a Palau amb Pedro Sánchez, operaven la Carola. Cinc anys, cinc operacions de càncer. Vaig estar uns quants dies entrant i sortint de l'Hospital Clínic. Tot va anar bé una altra vegada. Vist en perspectiva, no puc imaginar-me què m'hauria passat si no s'hagués recuperat, tenint en compte els dies que havien de venir.

Mentrestant, una epidèmia que havia començat a Wuhan s'estenia per tot el món. Havia arribat a Itàlia i les notícies, confuses, eren molt alarmants.

Una de les primeres conseqüències de l'amenaça del coronavirus a Catalunya va ser la suspensió del Mobile World Congress. Vam prendre la decisió, sense ser encara gaire conscients de la magnitud de la tragèdia, però amb la intuïció que era el que calia fer. Van ser dies frenètics i amb unes pressions immenses. Vaig estar al costat dels qui demanaven no celebrar-lo. Pensava que el risc per a la reputació de Barcelona podria ser altíssim si passava qualsevol incident. I vull agrair a John Hoffman el seu sentit de la responsabilitat i la lleialtat institucional que va demostrar en tot moment.

El mes de febrer acabava amb una visita a Lisboa, per reobrir la delegació catalana, i una altra a Perpinyà, on el president Puigdemont reunia més de cent mil persones en un vibrant acte independentista.

A partir d'aleshores, tot es va accelerar.

La pregunta que tothom té dret a fer-se és: com pot ser que, veient el que passava als països on el coronavirus estava provocant milers de morts, no sabéssim preveure-ho? Com és que cap país no va reaccionar? Com va ser possible que això passés a tot el món?

El Departament de Salut ens anava informant d'aquell virus: l'aparició del brot italià, el primer cas a Catalunya el 24 de febrer, els següents... Se'ns deia que teníem controlada la «traçabilitat». Fins i tot el 26 de febrer, en una entrevista, l'aleshores secretari general de Salut Pública, el doctor Joan Guix, afirmava: «No vull banalitzar, però em preocupa més la grip que la COVID-19». I encara el 9 de març, quan ja hi havia a Espanya 16 morts i 999 casos confirmats, sostenia que no calia aplicar les mesures que s'havien pres a Itàlia. D'altra banda, la mateixa posició mantenia el seu homòleg espanyol, Fernando Simón, que a finals de febrer assegurava que no hi havien raons per preocupar-se pel coronavirus.

I així, com si fos una epidèmia gripal, anàvem a enfrontar la tragèdia.

El dia 5 de març, Catalunya registrava el primer mort; el dia 15, havíem passat dels 14 casos de contagis del primer de març a 903.

Encara, però, el 10 de març, des de Salut s'afirmava que no es podia dir que s'haguessin de tancar les escoles i universitats.

I, tanmateix, hom podia veure, hora a hora, com la situació esdevenia insostenible.

El dia 10, em vaig reunir telemàticament amb els grups parlamentaris per exposar-los la gravetat de la situació en què ens trobàvem.

L'endemà, el dimecres 11 de març, preníem la decisió de passar a la fase d'alerta del Pla del PROCICAT i es concretaven un seguit de mesures preventives (Annex 1).

A la tarda, després de debatre la situació amb doctors que em continuaven confirmant que no calia tancar les escoles i universitats, em vaig reunir amb uns altres experts que em deien just el contrari, unes previsions molt negatives. Parlava amb Pere Cardús i Anna Figuera, del meu gabinet. Són pares joves i estaven molt preocupats pels seus fills. Em vaig adonar que havíem d'actuar immediatament. A la nit, vaig trucar al conseller d'Educació, Josep Bargalló i vam acordar el tancament dels centres educatius. Vaig tenir sort, ell ho veia com jo.

El dijous 12 hi va haver, de fet, un punt d'inflexió: vaig comparèixer al matí per anunciar el pla de mesures econòmiques aprovades pel Consell Executiu, i al migdia per dir a les famílies catalanes que havia donat ordre de cessament de l'activitat d'escoles i universitats a partir de l'endemà, divendres (Annex 2).

Després d'algunes discussions —que ens van fer perdre 48 hores precioses— el mateix dia 12, al vespre, s'anunciava també, per part del conseller d'Interior Miquel Buch i de la consellera de Salut Alba Vergés, el tancament de la Conca d'Òdena. Vam ser els primers a tirar endavant una mesura com aquesta a tot l'Estat.

Tot plegat va deixar el país en estat de xoc.

El 13 va ser un dia de corredisses. Al matí, els rumors que el Govern espanyol decretaria l'estat d'alarma eren intensíssims. També es parlava de centralització de competències. Evidentment, des de la Moncloa ningú no ens n'havia dit res. Es va convocar un Consell de Ministres extraordinari, es va aprovar l'estat d'alarma i el president Sánchez va fer una compareixença pública per anunciar-ho a Espanya. No en vam rebre cap comunicació.

Per la meva banda, després d'escoltar el comitè d'experts que ens assessorava —de Salut i altres— vaig prendre la determinació d'oposar-me al plantejament del Govern espanyol i demanar el confinament total de Catalunya.

És un moment clau. Pedro Sánchez va anunciar l'alarma enmig d'una arenga patriotera que es movia entre el carlisme del segle XIX i el felipisme més ranci del segle XX. Vam preparar molt bé la intervenció: havia de procurar per tots els mitjans fer exactament el discurs contrari, el del civisme, la solidaritat i l'humanisme. Una lluita compartida, com li agradaria dir a l'amic Jordi Cuixart. Vaig sortir a comunicar-la als ciutadans. Des d'aquest moment, totes les nostres reivindicacions pivotarien entorn d'aquesta demanda: calia que l'Estat accedís a aturar entrades i sortides per ports, aeroports i vies fèrries. Calia protegir-nos i protegir el nostre entorn. Necessitàvem un confinament solidari:

> *Estimades conciutadanes, estimats conciutadans,*
>
> *Ha arribat l'hora de prendre decisions complicades però necessàries. Aquests últims dies hem anunciat mesures extraordinàries per contenir la pandèmia del coronavirus. I, tanmateix, l'evolució dels contagis, que avui ja arriben als 500, ara ens exigeix ser encara més dràstics.*
>
> *Fins ara, hem limitat l'activitat i el moviment de la societat, li hem demanat d'abaixar el ritme per poder atendre allò que és realment imprescindible i no col·lapsar el sistema sanitari.*
>
> *Ahir vam prendre la decisió de confinar els municipis de la Conca d'Òdena, amb Igualada al capdavant. Avui pensem que ens hem d'avançar i anticipar-nos a una evolució massa ràpida de la malaltia al nostre país. I és per això que creiem que cal confinar tot Catalunya.*
>
> *Es tracta de restringir la mobilitat d'entrades i sortides al país. Creiem que cal fer un pas endavant amb un confinament solidari per autoprotegir-se i, a la vegada, protegir els del nostre voltant.*
>
> *Estem preparats per fer-ho. Tenim la capacitat per fer efectiu el confinament de Catalunya. No ens podem permetre el col·lapse del sistema sanitari i és per això que hem de ser solidaris amb els nostres veïns, les nostres famílies i amics, i amb tots nosaltres.*

Necessitem que l'Estat espanyol acompanyi el confinament amb l'aturada de les entrades i sortides al país a través dels ports, els aeroports i el transport ferroviari. Així ho hem sol·licitat al Govern espanyol, que és qui ostenta les competències en aquestes infraestructures. Esperem la seva resposta per poder posar en marxa el confinament sencer del país.

Demano a tots els ciutadans, joves, grans, petits i vells, que evitin fer cap viatge, cap activitat que no sigui absolutament imprescindible. És un esforç que ens ajudarà a poder actuar contra la pandèmia. L'esforç de cadascun de nosaltres és imprescindible per guanyar aquesta batalla i aturar-la. És el moment de frenar, d'aturar-nos, d'evitar els contactes i de quedar-nos a casa tant com sigui possible. Us demano aquest esforç solidari i decisiu.

Hem de confinar el país. Necessitem la col·laboració del Govern espanyol per aturar les vies d'accés que són de la seva competència. Els nostres cossos de seguretat i emergències estan preparats per fer-ho. Ho podem fer; ho hem de fer.

Vull agrair a tota la ciutadania de Catalunya l'esforç que està fent. Vull agrair la seva comprensió i la seva enorme solidaritat. Deixeu-me que ho agraeixi avui especialment als ciutadans d'Igualada, Vilanova del Camí, Santa Margarida de Montbui i Òdena pel seu exemple. Catalunya està amb vosaltres. També hem d'agrair, i ho faig en nom de tot el país, la feina incansable i generosa dels cossos de seguretat i emergències i del personal sanitari. Són un orgull per a tots.

Som en un moment decisiu per a tots. Un moment decisiu per a Catalunya. La pandèmia ens posa a prova i demostrarem que som una societat forta, valenta, responsable i solidària.

Moltes gràcies.

El dissabte 14 de març vam estar reunits a Palau tot el dia. Al llarg de la tarda, vaig continuar enviant missatges a la ciutadania per mitjà de Twitter perquè quedés clara la nostra posició:

Catalunya no fallarà. Ara més que mai es demostrarà que som una societat solidària. I per això la mesura més urgent, per protegir-nos, és quedar-nos a casa. Ens cal fer-ho a tot el país. Hem de fer-ho. Per tu, per mi, per ells, per nosaltres. #quedatacasa.

Ens van trucar per primer cop des de la Moncloa per informar-nos que havien de canviar la reunió de presidents de dissabte a diumenge al matí. Com si tinguéssim tot el temps del món! Per la meva part, continuava insistint en el confinament de Catalunya.

No estava disposat a permetre l'hecatombe. Durant tota la tarda, vaig mirar d'aturar els serveis no essencials. Vaig trucar als sindicats i patronals, i també als presidents de l'Associació Catalana de Municipis i de la Federació de Municipis de Catalunya per fer-los arribar les recomanacions de la Generalitat per al confinament dels ciutadans, i vaig demanar a tots els alcaldes i alcaldesses del país que publiquessin un ban perquè les fessin conèixer a tots els seus veïns i veïnes.

Vaig acabar el dia amb una piulada:

Els experts ens recomanen el confinament domiciliari de tots els ciutadans i el tancament del país. La recepta del president Sánchez i del govern PSOE-Podemos és confinar la Generalitat. Això va de la salut i la vida de les persones i no de proclames patriòtiques.

Quan vaig parlar ja de confinament total, vam decidir, amb l'equip de l'Oficina, que em traslladaria a viure a la Casa dels

Canonges. Pere Cardús es quedaria amb mi, i Anna Figuera i tota la resta teletreballarien, a casa.

Es va instal·lar un ordinador amb una pantalla gran damunt d'una caixa, un *hot point* per a connexions en directe amb TV3 —que no sabia pas si arribaria a saber fer anar—, i continuaria amb l'iPad i el mòbil.

Vam sopar una mica d'embotits i formatge i vam acabar de redactar les notes per a la reunió de presidents de l'endemà.

Vam anar cap a casa. Els carrers eren buits.

SOL, A PALAU

Diumenge, 15 de març

Els casos de coronavirus a Catalunya són: 903 positius i 12 persones mortes. A Espanya els positius arriben a 11.178, amb 288 morts.

Estic confinat a la Casa dels Canonges amb Pere Cardús.

Al matí m'he acomiadat de la Carola i les filles. He entrat al cotxe oficial i al cap d'uns minuts de travessar una ciutat espantada, arribava al Palau. Portava el cotxe carregat d'americanes i camises. Les he agafat i, després de rebre novetats, he passat per davant de l'escultura del *Desconsol* i he pujat l'escala del pati, com he fet aquests darrers anys, cada dia. Però avui no és un dia normal: avui em recloc a Canonges per treballar les vint-i-quatre hores des del Palau.

He travessat el pont neogòtic i en Gaietà, l'encarregat de la casa, ja m'esperava a la porta. Primer, he pujat a l'habitació, al primer pis, a deixar la roba. Després he baixat a esmorzar. Sense temps, he entrat al despatx Macià per preparar els punts de la reunió de presidents autonòmics.

Després han arribat en Pere i l'Anna i hem anat a la Sala dels Diputats —abans es deia Sala Verge de Montserrat, però vaig impulsar-ne el canvi de nom. No tinc res contra la Moreneta, però li van posar el seu nom durant la dictadura de Primo de Rivera. Tot estava a punt. La pantalla amb divuit finestretes, una per al president Sánchez i la resta per als presidents autonòmics. No es podria trobar una imatge més gràfica del que és l'Estat de les autonomies. Disset pantalletes més una.

La reunió ha estat esperpèntica. Abans d'ahir, solemnement i clara, sense previ avís de res, el president Sánchez declarava l'estat d'alarma i, de passada, la centralització de les competències en Salut, Interior i altres. És, *de facto*, un 155 sanitari. Res de nou, l'Espanya de sempre.

Mentre la reunió estava en marxa, em tocava prendre'm la temperatura, d'acord amb el protocol de prevenció que hem establert. Ha d'entrar a fer-ho Joana Nieto, la meva cap de Secretaria, amb un termòmetre d'aquells de pistola. Ara ja no recordo qui parlava en aquell moment, però el cas és que alguns presidents autonòmics han quedat literalment bocabadats quan han vist l'acció. Em sembla que no hi ha gaire consciència del monstre que tenim al davant.

De fet, la reunió havia de fer-se ahir mateix, però es veu que els sobra el temps, al Govern espanyol. Van trucar-nos dient que endarrerien la reunió fins avui. Per Twitter vaig respondre que la situació era greu i que calia el confinament de Catalunya. A Instagram vaig insistir-hi amb el mateix missatge que ahir havia piulat a Twitter.

Precisament arran d'aquesta decisió ahir vaig trucar al president Urkullu, que compartia la mateixa indignació que jo. Li vaig plantejar de fer un front comú en contra que es confisquessin les nostres competències en Salut, Seguretat i Transport. Va preferir no tancar cap compromís.

Tanmateix, durant tot el dia d'ahir em vaig estar movent i trucant. Podríem ser capaços d'aturar el país?

El primer a parlar ha estat el president Sánchez. Encara recordo la primera vegada que ens vam veure, a La Moncloa. De fet, buscaré si trobo les notes que vaig prendre de la visita per transcriure-les. L'únic valor que el sosté és el de la permanència. Ha estat capaç de tot, de dir una cosa i la contrària, de pactar amb qui sigui per mantenir-se al poder. Es va autoqualificar de «resistent». Ho és. Però és una resistència freda, sense ànima, metàl·lica, com un autòmat. Avançar, sobreviure un dia més en el poder, encara que no se sàpiga ni per què, ni amb qui ni cap a on. Com s'enfrontarà a la pandèmia?

Doncs ha repetit fil per randa allò que va anunciar a Espanya per televisió ahir, insistint un cop i un altre en la «unidad», «todos juntos», etc. La sortida clàssica espanyola davant de situacions com aquesta.

Després ha començat la ronda dels presidents. El lehendakari Urkullu, el primer. Atès el que havíem parlat, m'esperava un atac frontal contra Pedro Sánchez. Tan sols ha mussitat alguna queixa inicial, i res més.

Aleshores he intervingut jo, amb tota la carregada: els experts ens recomanen el confinament domiciliari de tots els ciutadans i el tancament del país, mentre que la recepta del Govern del PSOE i Podemos és confinar el Govern i les competències de la Generalitat. Això va de salut i de la vida de les persones i no de proclames patriòtiques.

Podia veure en les disset pantalles restants molts ulls inquisitorials. M'imagino que a l'Estat dec ser considerat un boig sense aturador i que represento una causa contra la qual estan disposats a tot. Però avui han hagut d'aguantar tot el que els volia dir.

Després han anat parlant tota la resta. El moment decisiu ha estat quan la presidenta Ayuso ha dit, emocionada: «se nos mueren por minutos». La frase se m'ha quedat gravada al cap i m'anava tornant un cop i un altre durant tota la reunió. En acabar, i encara que no estava previst el torn de rèplica —només faltaria—, he repetit aquestes paraules d'Ayuso a tots ells i he tornat a demanar el confinament total per a Catalunya.

Acabada la reunió, he sortit corrents per fer la compareixença. En Pere havia anat escrivint els punts més importants. He retocat quatre coses (Annex 3).

Posteriorment, em comenten que ha agradat la fermesa amb què he sortit a defensar la nostra posició. Jo diria que tan sols era una qüestió de sentit comú. Ens hem situat al capdavant d'una reclamació molt senzilla, que piulo:

Demano als ciutadans de Catalunya que s'autoconfinin i només surtin a treballar els sectors de l'alimentació, l'atenció i assistència sanitària o serveis essencials. Qualsevol prevenció és poca. Fem de la lluita contra el coronavirus una lluita compartida, cívica i solidària. És l'hora de vetllar pels més vulnerables, de tenir cura amb tota la nostra força i estimació dels professionals de salut i emergències. Protegir-nos per protegir els altres.

Dino ràpid. No em trobo bé, tinc tos i el pit agafat. Com que el vicepresident Aragonès ha donat positiu i hem estat compartint moltes hores de reunions aquests dies, em vindran a fer la prova. Estic molt cansat. Faig una migdiada que interromp Pere Cardús per dir-me que de la Moncloa pregunten si signem el comunicat conjunt. Li demano que me'l llegeixi. És espantós. Li responc que de cap manera.

Aprofito per enviar un missatge per WhatsApp al president Sánchez:

Presidente, el vicepresidente Aragonès ha dado positivo. La situación ya la has oído de la presidenta de Madrid. Catalunya va detrás. De verdad, no podemos esperar más. Alemania cierra fronteras. Chequia también. Te lo ruego, tomad la decisión de que la gente se quede en casa. Solo debe ir a trabajar el personal de servicios esenciales. Sin ningún reproche, seré el primero en felicitarnos de estas decisiones. Si quieres, puedo pasarte el contacto de los mejores doctores catalanes, que me insisten en tomar esta decisión. Y ánimos con tu mujer. Podemos luchar juntos contra esta emergencia. Hagámoslo. Saludos.

S'ha limitat a acusar recepció del missatge.

Estic pressionant perquè enviem oficialment el Pla de confinament a Madrid. No localitzo la consellera Vergés. Cesc Esteve, cap de l'Assessoria Jurídica, ja hi està treballant. Ho enviarem demà a les 8 h.

Al despatx de la consellera Budó ens trobem: el seu cap de gabinet, el secretari del Govern, Pau Villòria, l'Anna i en Pere. Estic tan preocupat pel que pugui passar demà que intento a la desesperada que les patronals i els sindicats signem un acord que faci que a Catalunya puguem fer el confinament total. Parlo amb els presidents i secretaris generals. La conversa, amb alguns d'ells, és molt tensa i pujada de to. A mi em sembla terrible que els sindicats no surtin a defensar els treballadors. Per què els funcionaris i els polítics ens podrem quedar a casa i els treballadors de la construcció o de la indústria hauran d'anar a treballar? Els demano, els imploro que signem aquest acord, que per la salut de tots aturem el país. S'hi neguen els quatre, uns per falta de seguretat jurídica, altres per excuses que em semblen inversemblants.

Enmig de les trucades, arriba l'equip del SEM, el Servei d'Emergències Mèdiques, que m'ha de fer el test. Potser no ha estat fins ara que no m'he adonat «físicament» de a què ens hem d'enfrontar: semblaven un equip d'astronautes. Òbviament, ens hem fet la prova tots els que estàvem a l'habitació.

Em truca la Carola i em diu —via l'amiga Cristina Nadal, la doctora amb qui vam tenir la primera visita en què li van diagnosticar el càncer i amb qui hem esdevingut grans amics, com també després amb el Dr. Lacy, que la va operar— que em posi en contacte amb el Dr. Josep Maria Argimon, director de l'Institut Català de la Salut, que m'ajudarà. No el conec, però si la Dra. Nadal me'l recomana, li truco ara mateix.

A la nit, sopem junts en Pere i jo. En Pere també es quedarà aquests dies a Canonges, a l'habitació de convidats.

Per mi és com un retorn a l'inici de la Presidència, quan, tot just nomenat president, vaig optar per instal·lar-m'hi. Tot passava tan de pressa que gairebé ni tenia temps de sortir d'aquestes parets. Aquells dies es va desfermar una tempesta mediàtica que no sols em va afectar a mi, sinó tota la meva família. Sempre he pensat que tot plegat va ser d'un cretinisme tan monumental que va acabar girant-se contra els seus promotors. També van ser els dies que, nomenat el primer Govern amb consellers presos i exiliats, l'Estat espanyol no va deixar-los prendre possessió. Vam passar-nos quinze dies així, amb un president sense govern. Malgrat tot, les pressions per fer un «govern efectiu», que venien de totes direccions, em van obligar a nomenar un segon govern.

Ara tot just miro pel balcó de Canonges, on hi ha penjada la senyera. No passa gairebé ningú pel carrer del Bisbe. La nit és fosca com la gola del llop. Tanco la porta i recorro l'estança amb els ulls, el tapís del segle XVI que va adquirir la Diputació de Barcelona ara fa cent anys per redecorar el Palau i que ha acabat en aquest despatx, el retrat a carbonet de Macià de Ramon Casas, la taula del president Companys, la que Tarradellas, en tornar de l'exili, manà recuperar de l'edifici del Govern Militar on havia anat a parar després de l'espoli patrimonial feixista.

Macià, Companys —Irla va morir a l'exili—, Tarradellas, Pujol, Maragall, Montilla, Mas i Puigdemont, tots ells han treballat aquí en un moment o altre. I penso com afrontarien cada un la crisi que ens ve a sobre.

Escric un darrer missatge per a la ciutadania:

> *Demà dilluns —i dimarts, i dimecres...— ha de ser com aquest diumenge. Per la salut de tots, quedeu-vos a casa. Moltes gràcies a tots els ciutadans de Catalunya per la resposta responsable i solidària d'avui. Protegiu-vos. Per vosaltres, per ells, per tots nosaltres.*

A les 23 h pujo a dormir. Em costa. Ha estat un dia llarg. Les xifres que arriben a última hora són esgarrifoses. Cal confinar Catalunya, cal confinar Catalunya...

Dilluns, 16 de març

Els casos de coronavirus a Catalunya són: 1.394 positius i 18 persones mortes. A Espanya els positius arriben a 13.716, amb 309 morts.

M'aixeco congestionat, amb tos i mal de cap. He dormit incòmode, arraulit, suant a estones, amb calfreds.

Tenim una reunió d'hora, amb en Pere, al pis de dalt de tot de Canonges, on hi ha el menjador i on hem instal·lat una pantalla per connectar-nos amb qui convingui. L'Anna es connecta des de casa seva.

A les 9 h em confirmen que ja s'ha presentat el Pla de confinament. A veure què hi diu el Govern espanyol.

Prenc una decisió que aquesta nit no em deixava de bullir al cap: cal informar a la ciutadania cada dia de la marxa de la gestió del coronavirus. I demano als consellers Buch, Vergés i Budó que, diàriament, compareguin en roda de premsa a les 13 h.

Aprofito per enviar el nombre d'infectats i morts a UGT, CCOO, PIMEC i Foment. Cap canvi d'opinió. Només silenci o reiteració de les excuses d'ahir.

Informo als grups parlamentaris de la situació. En general, potser perquè tothom està commocionat, les intervencions són força constructives.

Avui continua la polèmica política amb tot el tema de la meva declaració d'ahir i pel fet de no haver signat el comunicat conjunt, que sí van signar tota la resta de presidents, Urkullu inclòs. Era el meu deure no fer-ho. Allò era un pamflet sobre la unitat de la pàtria. Em negaré sempre a firmar aquestes coses.

A les 12 h, quan estic al pis de dalt de Canonges, em truca la consellera Vergés. Soc positiu de coronavirus. M'ho temia. Ningú més dels qui es van fer la prova ahir ha donat positiu. Només jo.

Arriba en Pere. No el deixo passar de la porta. Hem de fer-ho saber a la ciutadania, em diu. Però jo en aquell moment només penso en la Carola. Pateixo per ella. Les seves cinc intervencions de càncer —l'última el febrer— i la «químio»... No té defenses. Si l'ha agafat, pot ser perillosíssim.

Em quedo una estona sol per escriure el comunicat.

Realment, ha passat de tot, en aquesta legislatura: la no investidura del president Puigdemont ni de Jordi Sánchez ni de Jordi Turull; la meva designació, el primer Govern que no va poder exercir, la moció de censura a Rajoy, l'arribada al poder del president Sánchez, la farsa de la taula del diàleg, la no aprovació dels pressupostos espanyols, les dobles eleccions espanyoles, els pactes municipals de tots amb el PSC i a la Diputació de Barcelona, el judici als presos polítics, la lluita de l'exili, la reacció a la sentència —que hauríem d'haver convertit en el «momentum» i que la classe política no va/m tenir el coratge de fer-ho—, el «Sit and Talk», les ganivetades constants i despietades entre els socis de govern, incendis, inundacions, explosions, la retirada per part del president Torrent de la meva acta de diputat i ara la pandèmia, probablement la crisi més greu que viu el nostre país des de fa dècades.

Si haguéssim seguit una línia recta, si realment haguéssim volgut complir el mandat del Primer d'Octubre! Em passen pel cap imatges de les picabaralles permanents de tots contra tots. No estava preparat per a la crueltat de la política catalana. Potser tampoc tenia l'ambició ni la força que calen. Però jo em pensava que anàvem a fer la independència i no la guerra entre nosaltres. És absolutament necessari que el més aviat possible superem totes aquestes desconfiances per poder avançar d'una vegada per totes. Per això, ara no puc més que sentir una gran decepció. Tenir l'oportunitat de presidir el país i no haver pogut avançar, no haver estat capaç de saltar els obstacles que els uns i els altres anaven posant. Quina decepció!

S'ha parlat que soc un president solitari. No crec que a la política s'hi vagi a fer amics, però sí que el respecte a la voluntat popular és sagrat, i que la veritat és la millor mostra de la dignitat d'un polític. Per això, davant de totes les hòrrides politiqueries que he vist —de les quals dec ser també responsable per no haver-les aturat—, la meva ha estat una solitud volguda, gairebé desesperadament promoguda per mi mateix, per allunyar-me de tot allò que jo pensava que era un engany al mandat del Primer d'Octubre. He pecat d'omissió? Segurament. Però també és veritat que no he abandonat mai cap lluita que per mi fos innegociable, al preu de perdre fins i tot el suport d'alguns dels meus companys. Sí, he comptat amb poques amistats entre la classe política. I, malgrat això, m'he sentit molt acompanyat per la gent en tot moment.

Quan anant amunt i avall del país sempre he estat rebut amb una gran cordialitat i estima, m'he preguntat sovint a què obeïa. Si hagués estat pels comentaris de tertúlies i articles polítics, m'haurien d'haver rebut a pedrades. I, en canvi, he gaudit de cada moment del contacte amb la gent, de la seva conversa, dels seus precs i preguntes. I de les seves crítiques. Probablement tampoc tenia una altra arma a utilitzar que la de la proximitat. En qualsevol cas, m'hi he sentit a gust. Espero que totes les persones amb les que hem compartit algun instant tinguin la mateixa sensació.

Tanmateix, sospito que no és qui soc, sinó què represento. Hi he pensat molt i he arribat a la conclusió que es tracta de la «màgia de la Presidència». El símbol, el mite de Macià i Companys; més que «poder», l'aurèola d'alguna cosa pròpia, fundacional de la nació, lligada a la terra.

Quedem que Televisió de Catalunya connectarà en directe al migdia. En previsió del que pogués passar, l'Anna va fer instal·lar un *hot point* en una sala de Canonges. Es tracta d'agafar dos cables, connectar-los, trucar pel mòbil a TV3, posar-me el micro i... endavant. Jo, que era incapaç a casa de gravar una pel·lícula de la televisió en vídeo... Però ha sortit bé:

> *Bon dia,*
>
> *Vull explicar-vos que, en haver presentat alguns dels símptomes previstos, m'he fet el test de la COVID-19, que ha donat positiu de la malaltia.*
>
> *Us parlo des de la Casa dels Canonges, on ja ahir em vaig instal·lar preventivament. Us torno a demanar, com he insistit aquests dies, que siguem tots molt conscients del perill d'exposar-nos i d'exposar els altres al risc del contagi.*
>
> *Tant jo mateix, que continuo exercint totes les meves funcions com a president, com la resta del Govern, continuem actius, decidits i determinats en la lluita contra aquesta malaltia tan expansiva. Més d'un miler de catalans ja la pateixen. En els propers dies seran molts més.*
>
> *El repte per al país és formidable i ens cal una actitud més cívica, més solidària, més generosa que mai. Per això us torno a demanar l'autoconfinament solidari de tots. Per això torno a demanar al Govern espanyol que autoritzi de manera immediata el pla de confinament que li hem fet arribar, així com totes les mesures que, des de divendres, hem anat proposant.*
>
> *No podem deixar passar ni un minut més. Depèn de nosaltres. Però estem segurs, estigueu segurs: lluitarem junts i guanyarem junts.*
>
> *Moltes gràcies i continuem. Endavant, sempre endavant!*

Molts amics m'envien missatges de suport i ànim. Ara sí que Canonges passa a ser casa meva. Em sembla que només Macià, Companys i Tarradellas hi van viure (els altres presidents, molt ocasionalment). Durant quants dies?

Li dic a en Pere que agafi les coses i marxi. No es pot quedar ningú. Li sap greu i es resisteix, però no hi ha alternativa. A la tarda parlo amb el vicepresident i els consellers Buch i Vergés. Em truquen del Clínic. Em diuen que si no tinc febre, vagi tirant de paracetamol.

Portem un dia sense el confinament que demanàvem. Insisteixo per Twitter en una doble via:

1. «The greatest error is not to move». Anem massa dies tard, però mirem endavant, calia tancar la frontera. I tanmateix continua essent necessari tancar aeroports, ports i trens d'alta velocitat i sobretot que el Govern espanyol aprovi el Pla de confinament que ha presentat la Generalitat. No podem perdre ni un minut més.

2. Cal un pla de xoc econòmic urgent per part del Govern espanyol: si es van dedicar 60.000 M€ a salvar la banca, ara es tracta de salvar empreses, treballadors i autònoms.

Amb més calma —ja li havia avançat abans de fer-ho públic—, em connecto per videoconferència amb la Carola, l'Helena i la Carola filla. Les enyoro. M'agradaria dir-los tot el que moltes vegades no he estat capaç o no he gosat de dir: que me les estimo amb bogeria.

Abans de dormir, surto al pont del carrer del Bisbe. Avui tampoc no hi passa ni una ànima. És el pont més fotografiat de Barcelona, obra mestra de l'engany amb què obsequiem els milions de turistes que envaeixen Ciutat Vella. Ells se'n van contents amb la fotografia pensant que és un pont gòtic medieval, i nosaltres no deixem de somriure davant de tants milions de fotos fetes a una obra executada el 1928 —això sí, bellíssima— per Joan Rubió i Bellver.

Trec el cap fins al Pati dels Tarongers. El seu silenci rebota contra les pedres. El terra és moll. Els tarongers tremolen pel vent.

Les gàrgoles tenen un aspecte fantasmal. El campanar sembla un monstre de Lovecraft.

Vaig al llit entre paracetamols, però també hi afegeixo mucolítics i aspirines, perquè he llegit a Internet que a algú li va anar bé. És a dir, faig tot el que no s'hauria de fer. A mitjanit escric a Cesc Esteve: hem de fer el que sigui per confinar Catalunya. Per exemple, utilitzar la Inspecció de Treball, el que sigui, que es miri totes les eines i solucions possibles.

M'adormo.

Dimarts, 17 de març

Els casos de coronavirus a Catalunya són: 1.866 positius i 41 persones mortes. A Espanya els positius arriben a 17.147 amb 491 morts.

Començo el dia amb una reunió del Comitè de Crisi de Junts per Catalunya (JxCat). El formem el MHP Puigdemont, la consellera Budó, els consellers Puigneró i Calvet, Laura Borràs, Albert Batet, Elsa Artadi, Josep Rius, Pere Cardús i Anna Figuera. Insisteixo en el Pla de confinament. Tot ha de pivotar en aquest pla. Tothom està pendent de les mesures econòmiques que ha d'anunciar avui el president Sánchez. Quedem que, un cop conegudes, les analitzarem a fons.

A les 9.30 h, Consell Executiu telemàtic. Fa uns dies vam aprovar que es pogués fer d'aquesta manera i em pregunto com és possible que no s'hagués fet fins ara. Acostumava a ser la part més plàcida de la meva setmana habitual. Ara tot ha canviat. I, tanmateix, no deixa de ser una mica surrealista tractar temes «normals». No té sentit en aquest moment. He tornat a insistir en la gravetat del moment i he exigit a Salut que ho expliqui en aquests termes. Més que res perquè ahir em van passar una proposta de campanya de premsa que era un despropòsit. Una d'aquestes campanyes per «animar» la ciutadania en la línia del lema «ens en sortirem». El que cal és conscienciar la gent del perill enorme al que ens enfrontem. Com els italians, que van fer uns anuncis amb els pacients intubats a l'UCI. Ahir mateix vaig aturar la campanya en sec.

A les 15 h ha comparegut Pedro Sánchez per anunciar les mesures econòmiques. Falta llegir la lletra petita. Per la resta, com sempre:

«unidad», «el virus no entiende de fronteras». N'estic tip. Sortiré a TV3, com a rèplica, per dir:

1. He tornat a enviar una nova petició al president Sánchez perquè decreti el confinament total de Catalunya.
2. Demano aixecar el confinament d'Igualada, perquè ja tant és, tot el país ha d'estar confinat, i
3. Exigeixo que ens arribi urgentment el material sanitari que el Ministeri de Salut del Sr. Illa centralitza.

Aquesta última és una preocupació alarmant i compartida per tothom, perquè els hospitals s'estan quedant sense res. Es tracta de la pitjor de les mesures que s'han pres. Quan la clau és la proximitat, el Govern espanyol allunya la presa de decisions i la centralitza. I tenim els hospitals i residències desabastits, enviem els nostres sanitaris a l'infern sense material de prevenció, llançant un SOS cada minut. La situació és dramàtica i insostenible, i a nosaltres ens obliga a actuar com puguem i amb els mitjans que bonament trobem. Quina temeritat i quin error tan greu que ha comès el ministre Illa!

Ens calen tots els recursos. Venen setmanes molt greus i necessitem disposar de tots els mitjans. I acabo la intervenció a TV3 recordant que el Govern ha actuat sempre seguint els criteris dels experts i ja fa dies que tenim clar que la millor solució és el confinament total. Calen mesures dràstiques immediatament! Estic tan indignat que deixo anar un «m'importen un rave les banderes i les fronteres, m'importa tan sols la vida i la salut de les persones».

Envio una carta al president Sánchez (Annex 4).

Havent dinat, tornem a celebrar una altra reunió per videoconferència amb els sindicats i patronals. Els dono les xifres de contagiats, hospitalitzats i morts i sembla que per un moment s'ho repensen. Però no. Són incapaços de veure la gravetat del moment —o senzillament no volen veure-la. És inaudit. Només els preocupa la «seguretat jurídica», «la viabilitat de les empreses». I la vida de la gent? Va tot lligat. L'única sortida és fer-ho tot i tot alhora. Aturar-se en sec. Si no, això serà una agonia en què ho perdrem tot: vida i economia.

Mentre sopo, faig una videoconferència amb la Carola i les filles, la mare, la Montse i en Josep. Riem una mica.

Vaig a dormir. Soc incapaç de llegir res, ni de veure cap programa a la televisió. Em fico al llit. Tremolo. Prenc el meu combinat de paracetamol i mucolític. No tinc febre.

Dimecres, 18 de març

Els casos de coronavirus a Catalunya són: 2.072 positius i 55 persones mortes. A Espanya els positius arriben a 19.980, amb 598 morts.

Començo publicant una piulada optimista:

La demanda acumulada avui a les línies metropolitanes de FGC a les 20.30 h (respecte d'un dia normal) Metro Vallès: —88,3%; Llobregat-Anoia: —78,9%. Global: —85,9%. Gràcies pel vostre compromís.

Però les notícies no són bones. Hem doblat el nombre de morts. La corba està desbocada. Llegeixo que Salut demana als estudiants de Medicina que s'apuntin a col·laborar-hi. Quin moment tan greu. Ploro. És la primera vegada en tant de temps. Ploro al llit. Però m'he d'aixecar. Ara no puc fallar. Em dutxo i esmorzo.

Reunions amb la direcció de JxCat, alcaldes de JxCat i, després, reunió amb Buch i Vergés. La consellera em diu que va parlar amb Illa i va insistir en el confinament. Miquel Buch s'ha retrobat a si mateix i està hiperactiu. El gran problema és el de subministraments de material de protecció.

Parlo amb l'Anna, en Pere i amb Laura Morgades, de Comunicació. Decidim:

1. Enviar carta al Parlament per comparèixer telemàticament.
2. Enviar cartes a les autoritats europees per posar-los al corrent de la situació i que Espanya ens impedeix fer el confinament domiciliari que ens recomanen els experts.

A propòsit d'això, el president Sánchez compareix al Congrés. Altra vegada *la unidad de España*! Avui s'espera que Felip VI surti per televisió, també. Més unitat de la pàtria.

Estic cansat. Només demano aturar el món un instant. Em porten un te —durant el dia, un assistent de Canonges ve a preparar-me el menjar i després, a la nit, se'n va, no ens veiem, és com una ombra.

Ahir a TV3 vaig dir: «El món d'ahir és el món del dia abans que arribés el coronavirus». Un punt melodramàtic, però Zweig m'ho perdonarà.

Potser des que he començat el confinament no havia tingut mitja hora per a mi, per poder pensar amb una mica de tranquil·litat. Vaig passant de videoconferència en videoconferència. Tot és una bogeria.

Ens manquen moltes coses. Com a tots els països, la COVID ens ha agafat desprevinguts. I, tanmateix, vam veure com es confinava Wuhan i no vam fer res, vam veure com el virus arribava a Itàlia i semblava que no ens havia de passar a nosaltres. Van arribar els primers casos i parlàvem de «traçabilitat». No vam saber avaluar el tsunami. No pot tornar a passar mai més.

Ara hem de pivotar sobre dos conceptes clau: l'anticipació i la veritat. No podem enganyar la ciutadania. Hem de tirar endavant explicant la gravetat del moment. Gravetat i serenitat. És un equilibri difícil, gairebé impossible, però hem d'intentar-ho, no ens podem allunyar d'aquí.

I encara un darrer punt essencial: és imprescindible evitar el patrioterisme lacrimogen. Això per damunt de tot. Res de proclames polítiques, al contrari, salut i ciència; res de guerres ni militars, calen metges i experts; res de bonisme, calen dades i previsions.

Dino i me'n vaig a dormir, perquè al migdia em sento molt cansat.

Les xifres de morts són esfereïdores. Cal actuar ara mateix.

Així que arribo a l'habitació, llegeixo una piulada de Joan Mena que demana que posem la sanitat privada en mans de la pública i que no esperem a demà. Li contesto que ja ho vam fer ahir. Pere Cardús em renya per la piulada, però li responc que els Comuns em superen. Són part del Govern espanyol i en lloc de pressionar-los perquè facin les coses que han de fer —subministraments sanitaris!!!— es dediquen a malparlar! En concret, a malparlar de mi, perquè ja els va bé que jo sigui el president. Així no han d'atacar els altres consellers, que potser no els interessa. Fins i tot ara, la política pot arribar a ser d'un nivell ínfim.

Només em falta veure que Barcelona en Comú «s'apunta» a la cassolada contra el rei. Però quin cinisme!

Torno a enviar un altre WhatsApp al president Sánchez:

Presidente, los datos de Catalunya hoy: 2.702 positivos (836 más que ayer); 55 muertos (14 más que ayer); 228 profesionales infectados (130 más que ayer); 92 personas graves (27 más que ayer).

Te lo ruego, confinad Madrid y Catalunya. Que la actividad se restrinja a los servicios esenciales. Nuestros expertos médicos me urgen. Están en juego muchas vidas.

No podemos esperar más.

No em contesta.

El Síndic de Greuges, en canvi, surt a demanar el confinament a tota la ciutadania. És urgent que, si el Govern espanyol continua bloquejant, assolim un gran acord nacional que ens porti a l'autoconfinament i a fer inevitable el Pla del Govern de Catalunya.

Al vespre, videoconferència amb la Carola, les filles i en Pere des de Ginebra i en Marçal, des de Suècia.

Al llit, a dos quarts de dotze, torno a enviar-li un altre WhatsApp al president Sánchez:

Presidente, no hemos podido hablar. Leo en El País: *Madrid, un muerto cada 14 minutos. Lo que te pido para Catalunya te lo pido para Madrid. Confinemos Madrid y Catalunya.*

Tampoc no diu res.

No puc compartir aquest silenci, aquesta inacció que ens aboca al desastre. No sé quines pressions deu tenir ell, les meves me les aguanto jo. Però una vida és una vida. I hi haurà tantes morts, tantes!

Viurem dies greus, molt greus, viurem dies d'angoixa, viurem dies amb llàgrimes als ulls. Però també viurem dies en què la solidaritat i el compromís cívic ens faran donar el millor de nosaltres mateixos.

És això el que penso. Ho poso en una piulada d'agraïment a tots els qui treballen per la salut de tots.

Dijous, 19 de març

Els casos de coronavirus a Catalunya són: 3.270 positius i 82 persones mortes. A Espanya els positius arriben a 24.926, amb 767 morts.

He dormit una mica més bé i més seguit.

Començo amb les reunions de JxCat i del món local. Avui tinc entrevistes amb la televisió d'Israel i amb la BBC.

M'instal·len Skype. Un drama. No funciona i hem de posposar l'entrevista fins a unes hores després.

Aprofito per enviar-li al president Sánchez l'«Informe de expertos y médicos catalanes exigiendo el confinamiento total en Madrid, La Rioja y Catalunya», que signen els doctors Oriol Mitjà, Àlex Arenas, Bonaventura Clotet, Gabriel Aparicio, Pedro Brugarolas, Joan Roig, Judith Garcia, i altres. Cap resposta. Piulo:

> *Segons diu* El País, *ahir a Madrid hi havia un mort cada 16 minuts. Per això, volem per a Catalunya el mateix que volem per a Madrid o La Rioja. El confinament total. Som zones de risc màxim. Àustria ha confinat el Tirol. És urgent i continuem sense resposta. Hem d'actuar.*

Truco als directors dels hospitals catalans. Vull conèixer de primera mà la situació.

Parlo amb el Dr. Campistol de l'Hospital Clínic, amb el Dr. Salazar de l'Hospital Vall d'Hebron, amb la Dra. Capdevila de l'Hospital de Bellvitge, amb el Dr. Dávalos de l'Hospital Germans Trias i Pujol, amb la Dra. Padura de l'Hospital Trueta, amb el Dr. Sentís de l'Hospital Arnau de Vilanova, amb el Dr. Pons de l'Hospital Joan XXIII, amb la Dra. Pané de l'Hospital del Mar, amb la Dra. Craywinckel de l'Hospital de Sant Pau, amb el Dr. Francesc Guerra de Hospital de Tremp, i amb el Dr. Tobar de l'Hospital Verge de la Cinta de Tortosa.

La situació és crítica arreu, però em sorprèn l'enteresa de tots ells. Aquest país té la força en la seva gent. Estan vivint en primera línia una autèntica tragèdia, que molts cops els toca personalment. No sé si mai sabrem agrair-los de veritat, més enllà dels aplaudiments de cada vespre, el treball fet en unes circumstàncies tan espantosament difícils.

Estic tan desesperat com ells pel tema dels equips de protecció (EPI). Quin gravíssim error, la centralització! Ara ens trobem sense competències, però havent de sortir al món a buscar-nos la vida per trobar tot allò que se suposava que els centralitzadors ens havien de donar. Quina estupidesa més gran.

Mentrestant, no sé res de les cartes que vam dir que enviaríem a diverses autoritats europees. Al migdia, tenim una conversa que deriva en bronca amb Pere Cardús perquè qui havia de preparar-les no ho ha fet encara i ell és ara el meu enllaç amb l'equip de l'Oficina. L'aïllament ens està fent més esquerps, com si el confinament ens fes actuar com llops solitaris. Ens costa entendre les raons de l'altre. Les pantalles no transmeten escalf, ni abraçades, ni complicitat.

A la tarda, entrevista a les 16 h amb el món local. L'Ajuntament de Barcelona i la Diputació de Barcelona, en contra del que demanem, naturalment, només defensen la posició del Govern espanyol; les altres diputacions, a favor, com l'Associació de Municipis. La Federació de Municipis fa funambulisme per no incomodar ningú.

He de deixar-los per connectar amb la BBC. El pròleg de l'entrevista és un caos. Em donen unes instruccions que no entenc, la pantalla es fon a negre, de tant en tant sembla que comencem, però no, dos minuts, un minut... i apa, en directe a la BBC, amb el meu anglès de la Selva. Insisteixo en la posició del Govern de

Catalunya, els efectes perversos de la centralització de la compra dels EPI i en la necessitat que tothom es quedi a casa: «Take care, keep safe and stay home».

Estic esgotat. Sento el pit encara molt carregat. Avui no he descansat ni un minut.

Continuo amb les trucades a directors d'hospitals. Tots em diuen el mateix: la setmana vinent, col·lapse.

Rebo un missatge de la Carola. Hi ha un grup d'empresaris catalans que estan fent una gestió «delicada» per noliejar un avió des de Xangai amb material sanitari. Li truco. M'explica que s'han posat en contacte amb ella per no comprometre'm. S'estimen el país i estan ajudant d'aquesta manera. N'informo al Dr. Argimon i li avanço que li dono el meu vistiplau i que signaré el que sigui. L'operació és de molts milions d'euros.

Joan Ramon Casals em comunica que l'Ajuntament, la Diputació de Barcelona i la Federació de Municipis de Catalunya no signen l'acord que proposàvem. Previsible, però m'emprenyo igual. Quan deixaran de ser una sucursal de Madrid?

Connecto amb l'Anna i amb en Pere. Faig una pregunta sobre les cartes i l'Anna em diu que no té aquesta informació i que la demana. Si no funciona tot l'equip de l'Oficina, estem morts. Jo no puc comunicar-me d'altra manera que amb mòbils i videoconferències. Em diuen que tothom fa molta feina i que hi ha moments de saturació. Em desconnecto. No els agafo el telèfon.

Són les 21.30 h i em poso a sopar. No he fet ni una aturada durant el dia.

Me'n vaig a dormir sense haver parlat amb ells, i demà tinc la Mònica Terribas.

A quarts de dotze, missatge del Dr. Argimon confirmant que s'ha firmat l'operació. Podrem tenir els equips de protecció al centre logístic dimarts vinent!

Divendres, 20 de març

Els casos de coronavirus a Catalunya són: 4.203 positius i 122 persones mortes. A Espanya els positius arriben a 28.572, amb 1.002 morts.

Mentre continuen els atacs espanyolistes per l'entrevista amb la BBC, entro en directe a Catalunya Ràdio amb Mònica Terribas. Parlem de les cartes a la UE, de la situació dels hospitals, ensenyament, l'exèrcit... Mantenim el pols amb el Govern espanyol, fins ara.

He insistit molt en prohibir les sortides de cap de setmana. Ho remato amb una piulada:

He donat ordres al conseller d'Interior i als Mossos d'Esquadra perquè extremin els controls de vigilància, perquè sancionarem amb severitat tots els qui pensin anar-se'n de cap de setmana.

Podria haver-lo redactat millor, sincerament. Però és igual: sortir de Barcelona avui és un acte incívic i insolidari. Veurem què passa. Està en joc la credibilitat de la nostra autoritat, ara que legalment no tenim competències.

I de sobte, l'Info K! Em pensava que la gravació era a la tarda i és ara, a les 11 h. Vam pensar que seria una bona idea contestar les preguntes dels nois i noies del programa. Va ser Josep Lluís Alay qui ens va donar la idea, després de veure que alguns primers ministres ho havien fet. Vaig al *hot point*, em connecto i fem la gravació. Ha estat molt divertit escoltar les preguntes dels nois i noies. Potser és amb la seva naturalitat com hauríem de gestionar la pandèmia, la veritat. Espero haver sabut trobar el to adequat en les respostes. En qualsevol cas, segur que el programa serà un festí per als meus estimats crítics.

Estic pendent del curs oficial de la carta que un grup de científics ha redactat per al govern Sánchez recomanant el confinament total. La consellera Budó diu que té l'acord dels autors per parlar-ne en la roda de premsa del migdia.

Després, reunió amb el sector cultural que, estranyament, ha anat prou bé. Potser perquè l'important és donar la cara, ser-hi. Passi el que passi, ser-hi i explicar la situació: on som, què estem fent, què no podrem fer. Si expliques la veritat, la gent acostuma a agrair-ho. A més, hem pogut fer una proposta de vint mesures concretes, entre les quals una línia de préstecs de 10 M€ i la no revocació de les subvencions concedides. Hi havia Isona Passola, Àlex Casanovas, Bel Olid, Gerard Quintana, Joan Anton Maragall, Marta Lacambra, Mònica Campos, Patrici Tixis, Pep Morella, Raimon Masllorens, i altres representants del sector.

Dino. En Gaietà s'està portant molt bé. Avui he deixat tota la roba de la setmana en una bossa, i me la tornaran rentada.

M'estiro una estona. Hi ha dies que no puc més, m'adormo gairebé instantàniament.

A la tarda, les notícies són alarmants, cada cop més. És desesperant: Califòrnia i Nova York tanquen! I nosaltres, aquí, dessagnant-nos.

Parlo amb Josep Maria Argimon. Em comenta que hi ha algun problema burocràtic en el tema de Xangai. Insisteixo que signaré el que faci falta, però que arribi l'avió. A la Carola continuen trucant-li esperant el vistiplau. Em sap greu per la gent que fins i tot ha compromès els seus diners. Maleïda burocràcia.

Rebo una trucada del vicepresident. Enmig de tot plegat, em dona el nom del nou conseller d'Exteriors, Bernat Solé (Alfred Bosch va dimitir el 9 de març pel presumpte cas d'assetjament sexual del seu cap de gabinet al Departament d'Exteriors). Li pregunto si té experiència internacional. Cap. Demano si parla idiomes. M'assegura que sí.

Truco a Cesc Esteve per saber si podrem fer la presa de possessió telemàtica. Em confirma que sí, que no hi ha cap problema. Perfecte.

En canvi, el president del Parlament accepta la meva compareixença, però la redueix a una tertúlia al bar del Parlament. Quin president, aquest home! Tanta por sempre de no fer res que li pugui comportar alguna conseqüència. Mare de Déu quina por. No entendré mai com l'octubre del 2017 estava ell i tants d'altres disposats a tot i ara no estan disposats a res. Per què? S'ho creien o no s'ho creien? Estaven disposats a fer el que ens deien? ¿Allò de «qui no estigui disposat a assumir riscos, que s'aparti» on ha quedat? Fins on pretenien anar? I ara, on volen realment anar? ¿Es pot continuar en política fent dos discursos tan diferents amb només sis mesos de diferència? És per la presó? És pel risc de veure frenada la carrera política? Per què?

No puc dir que no, i accepto comparèixer segons les regles que ell estipula.

A quarts de nou emeten l'Info K. Ha quedat prou bé. L'equip de Laia Servera està fent una feina formidable. Piulo:

> *He estat molt content de poder parlar amb vosaltres, i moltes gràcies per les vostres preguntes sobre el coronavirus. I recordeu: quedeu-vos a casa. Ens veiem aviat. Molta força i gràcies.*

A la nit, sopo per videoconferència amb la família, amb la Georgina i en Xavi, en Joan i l'Isa. Encara resultarà que ens veurem ara més que mai.

Vaig a dormir, tard. No he obert un llibre en tots aquest dies. No tinc temps de res, ni ganes. Encara sento el pit carregat, però estic molt millor.

Em fico pel forat del llit. He de confessar que encara no me l'he fet mai des que vaig començar el confinament.

Dissabte, 21 de març

Els casos de coronavirus a Catalunya són: 4.704 positius i 191 persones mortes. A Espanya els positius arriben a 33.089, amb 1.326 morts.

Comencem el dia fent una prova de la presa de possessió. Ahir em vaig enfadar molt amb Bernat Solé perquè, sense haver fet l'acte d'avui, ja corria a fer-se entrevistar. Per què a aquests polítics els agrada tant sortir a tot arreu?

Després fem la reunió de seguiment. Demano explícitament a la consellera Vergés que es posi l'accent i tota l'acció en prevenir que el coronavirus no entri a les residències. Seria un drama.

A les 11.30 h gravem la presa de possessió. Un cop hem acabat, m'adono que, per error, no he gravat el missatge final i la repetim. O sigui que tinc un conseller que m'ha promès doblement fidelitat. Em conformaria amb el fet que tots penséssim en el país.

La tarda la passo fent les proves tècniques per a la reunió de presidents i trucant al vicepresident i al Dr. Argimon per l'Operació Xangai. Hi ha hagut problemes de validació de l'operador; demano que no ens falli res, depenem d'aquest avió!

També parlo amb els amics i doctors Cristina Nadal i Antonio de Lacy. Aquests dies estem diàriament en contacte per WhatsApp. M'ajuden molt. Han fet un vídeo demanant fons per a l'Hospital Clínic i hi ha hagut un malentès. La tensió i la crispació són arreu.

Ens avisen que el president Sánchez tornarà a comparèixer a les 21 h.

Preparo amb Pere Cardús l'exposició que faré demà als presidents. He demanat a Elsa Artadi que m'ajudi amb el paquet econòmic. Anirem amb una triple direcció:

1. Confinament total, excepte serveis essencials.
2. Protecció absoluta dels treballadors, autònoms i pimes vulnerables i recuperació econòmica.
3. Reforç equitatiu, transparent i urgent del sistema de salut i, sobretot, del proveïment dels materials i subministraments.

Surt Pedro Sánchez. Quaranta minuts sense cap contingut. És increïble. En canvi, es fa públic que el president de Múrcia demana també el confinament total. Ja no estem sols.

Me'n vaig a dormir preparant la conferència de demà i patint per Xangai.

El *New York Times* avui parla de: «Catalonia's government reacted more quickly than Mr Sanchez, closing bars and restaurants last Friday and asking national authorities to help cordon off their region from the rest of Spain». He de continuar per aquest camí, costi el que costi.

Diumenge, 22 de març

Els casos de coronavirus a Catalunya són: 5.925 positius i 245 persones mortes. A Espanya els positius arriben a 39.673, amb 1.720 morts.

Dormo fatal.

Itàlia interromp totes les activitats productives, excepte les essencials. Piulo:

És dur, sí, el futur serà incert, sí, però és el que cal fer ara.

A les 8 h baixo a esmorzar. En Pere, ahir, em va preparar l'esborrany final i el va traduir al castellà. No sé com me n'hauria sortit —me'n surto, realment?— sense ell ni sense l'Anna. Durant aquests anys, s'han convertit en els meus motors.

Faig uns canvis d'última hora i incloc els missatges que li enviava ahir a la matinada —fins a les 2 h.

El format és com el de la setmana passada. Parla el president Sánchez. No diu res rellevant, excepte que allarga l'estat d'alarma. La resta, repetició del que va exposar ahir.

Quan em toca a mi, deixo anar tot el que havíem preparat. La sorpresa és que els presidents de Múrcia, Canàries, Castella i Lleó i Andalusia demanen el confinament com Catalunya. El País Valencià i les Illes sol·liciten reduir activitats. Ayuso torna a pintar un panorama apocalíptic —i nosaltres anem una setmana rere d'ells en els indicadors!

No veuen que cal el confinament total? Com és possible que no ho vegin? Quins interessos tenen per no veure-ho? Què els paralitza d'actuar? S'adonen que perdre un dia pot representar centenars de morts?

Nosaltres hem de fer tot el que estigui a les nostres mans per reduir al mínim l'activitat i posar tots els obstacles possibles perquè la gent no vagi a treballar. Mentre encara soc a la conferència —dura quatre hores, hi ha temps per tot—, envio un missatge al conseller El Homrani perquè tiri endavant la mesura d'impedir treballar a menys d'un metre i mig de distància entre treballadors. En paral·lel, li demano al Cesc Esteve que prepari la normativa.

Quan acaba la reunió —pesadíssima, inútil, avorridíssima— marxo corrents al *hot point* de televisió i entro en directe a TV3.

Aquest cop vull expressar-me amb la màxima contundència. Som a un pas de l'abisme. I deixo anar: «O l'economia o la vida» (Annex 5).

A les xarxes diran que semblo d'Arran; jo, un noucentista d'Acció Catalana. La veritat, no sé què semblo, però ara mateix, per salvar vides, cal aturar-ho tot. I no fer-ho és tolerar que ens semblin bé les morts de desenes de persones.

Dino a quarts de quatre. Em felicita força gent pel discurs que acabo de fer. Sempre em sorprèn que la gent em feliciti per alguna cosa. Truco a la Carola. Em diu que els empresaris l'estan empaitant perquè no saben què passa. Li comento que encara estic pendent de Xangai, malgrat que el vicepresident m'assegura que tot està correcte. Si falla aquest avió ens n'anem a la merda. Portem tres dies amb aquest assumpte!

Fem una reunió amb l'equip de l'Oficina per preparar la setmana i la «compareixença» de dimecres al Parlament.

Em diuen que Magda Oranich està hospitalitzada i que Xavier Trias està contagiat. Aquesta setmana vinent veurem morir molta gent, potser molts amics. Que dur que serà!

Farem reunions de Consell Executiu cada dia.

Acabo el dia amb una bona notícia, per fi: dissenyen el primer respirador de campanya fabricat amb tecnologia 3D. Hi participen Leitat, Zona Franca, Hewlett Packard i SEAT.

Dilluns, 23 de març

Els casos de coronavirus a Catalunya són: 7.864 positius i 339 persones mortes. A Espanya els positius arriben a 39.673, amb 2.182 morts.

Surto enfurismat del llit per unes declaracions que ha fet el ministre Grande-Marlaska al Matí de Catalunya Ràdio, preguntant-se: «Què és el confinament total? Què és l'activitat econòmica essencial? Les mesures adoptades pel Govern són les necessàries per a la situació actual». Les titllo no sols d'una falta de respecte al Govern de Catalunya, a la qual ja estem acostumats, sinó a tots aquells països que han implantat el confinament total per protegir els seus treballadors i tota la població. L'últim, Nova Zelanda.

Com cada dia, a les 8.30 h hi ha reunió de JxCat. Acabo marxant, tip de politiqueries. A les 10 h, reunió de seguiment. Una reunió inútil, la consellera de Salut no hi aporta cap dada. A les 12 h, reunió de cambres. Les tretze cambres es posicionen a favor del confinament. Els ho agraeixo. De fet, estan fent un gran treball ajudant les empreses i impulsant iniciatives d'emergència.

Al migdia m'asseguren que l'operació Xangai està definitivament encarrilada. Respiro. Els avions sortiran en diverses tongades. Ara bé, si algun no arriba quan està previst, patirem.

Penso que hem tocat fons: la lluita contra la COVID a Catalunya depèn d'uns avions que han d'arribar d'Àsia. Sort dels empresaris que van tenir la iniciativa, i mira que els hem arribat a marejar amb tràmits i paperassa! Salvaran moltes vides.

Dino per videoconferència amb la Carola i les filles.

A les 17 h, entrevista amb *Politico.* Em pregunten sobre Pedro Sánchez i el confinament total. Està clar que el tema és aquest. I tota pressió al president Sánchez serà poca.

Em passo de les 18 a les 21 h reunit amb el Consell Executiu. No puc més i exploto: prou politiqueries! És imprescindible més que mai que ens coordinem i informem adequadament. «Ja sé que no hem superat el recel atàvic entre els dos partits. Però ara tampoc? Ara que estem en la situació més greu en dècades, tampoc?». La consellera Vergés ens acaba ensenyant un Power Point amb unes dades de previsió esgarrifoses.

A la nit, ens connectem amb l'Elena M., que és a Lima. Se t'encongeix el cor encara més de pensar què els pot passar a aquests països.

Me'n vaig al llit. Ja porto nou dies de confinament. La tensió avui ha esclatat en totes les reunions. Ja no som al caire de l'abisme, hi estem caient. Cal més que mai explicar la veritat a tots els ciutadans. Hem de donar la cara. No penso perdre ni un minut més en les nostres batalles idiotes partidistes. Ni un minut. Per respecte a tota la gent que està malalta o morint.

Però jo m'he de tranquil·litzar. Avui, per mi, és un dia d'inflexió en tots els sentits. Em noto irat, a punt de perdre els nervis constantment, amb una angoixa que m'enterboleix el pensament. He de retrobar-me. Gravetat i serenitat. Estic perdent l'equilibri entre ambdues paraules. Piulo:

> *Avui han mort a Catalunya 94 persones per coronavirus. Fins ara, 339. Darrere les xifres de cada dia hi ha noms, cognoms, vides, amors, lluites i esperances. No permetem que aquesta malaltia cruel i deshumanitzadora ens esborri la memòria. El meu condol als seus familiars i amics.*

A Instagram he posat el color negre omplint tota la foto. Estem de dol.

Dimarts, 24 de març

Els casos de coronavirus a Catalunya són: 9.937 positius i 516 persones mortes. A Espanya els positius arriben a 56.188, amb 2.696 morts.

Fa cincs anys de l'accident del vol 9525 de Germanwings. Recordo quan vam conèixer la notícia. Una de les 150 víctimes va ser la parella de Lluís Juncà, Ariadna Falguera, aleshores molt activa a Òmnium Garrotxa. Vam anar al seu enterrament a Olot, amb la Muriel.

Reunió de JxCat i del Consell Executiu, cap novetat.

Just acabat el Consell, nota de premsa del vicepresident atribuint-se la posada en marxa del Comitè de reactivació industrial. L'endemà d'haver demanat que s'acabessin els partidismes de tots els consellers! La consellera Budó es posa com una fúria. Jo, més. M'indigno al xat del Govern.

Parlo amb en Pere del discurs de demà al Parlament. Debatem sobre el to de gravetat que cal donar-li. He d'explicar a la gent on som i les terribles perspectives que tenim al davant.

Mentrestant, al Parlament decideixen la pantomima de la meva «compareixença». Quin ridícul. Pitjor que el Congreso. Trobo que ja hem perdut totalment el sentit institucional. Al final la fórmula oficial és que «comparec». Després els grups intervindran. I el vicepresident Aragonès, i els consellers Buch i Budó.

A les 16 h em ve a veure el Dr. Cardellach. És la primera vegada que m'atén un metge. Fins avui havia refusat que en vingués cap, perquè anava tirant i preferia que dediquessin el seu temps a casos més greus.

M'ausculta, diu que sent uns petits «pitus». Em trobo bé, la veritat. He tingut molta sort. Mai no he tingut febre. Em continua receptant paracetamols.

A les 17 h parlo amb en Pere i l'Anna. Continuem intentant trobar el to del discurs. Escrivim un resum basat en:

1. Confinament total, excepte serveis essencials.
2. Protecció als treballadors: renda de ciutadania.
3. Suport a les pimes, els autònoms i les empreses: crèdit i liquiditat.
4. Suspensió dels pagaments d'impostos, lloguers i subministraments.
5. Reforç sanitari i assistencial màxim.

Tot i tot alhora. Aquesta és la clau. Tot i tot alhora. Ens ho hem de gravar al front.

A les 18 h, reunió amb els experts mèdics: Àlex Arenas, Bonaventura Clotet, Oriol Mitjà. També Vergés, Buch i Budó. La perspectiva és dolenta. César Velasco, del Departament de Salut, ho veu molt malament, és molt pessimista. Alguns dels presents suggereix la possibilitat de confinar Barcelona. M'hi apunto. El que sigui.

Sopo. Parlo amb la Carola i les filles.

Em truca l'alcalde d'Igualada, desesperat. Diu que la consellera Vergés amaga xifres. Telefono al vicepresident i li dic que parli amb Vergés. Al final, hi parlo jo i li demano que es posi en contacte amb l'alcalde —que és un tipus especial, però és evident que no es pot estar cinc dies sense informar-lo de l'estat gravíssim que viu la ciutat. Es tiren els plats pel cap per les xifres i per la situació d'Igualada.

En Pere m'envia la versió final de demà al Parlament. Molt bona, tot i que no incorpora cap de les cites que li vaig passar de Bobby Kennedy. Hi faig correccions. L'hi reenvio.

Parlo una estona amb la Dra. Cristina Nadal. Durant la conversa, em suggereix que contacti amb un psicòleg. Sí, té raó. Necessito ajuda.

M'acaba d'arribar el balanç del dia: 177 persones han mort avui. Més de 500 en total. Quina desgràcia i quant de patiment.

En Pere m'envia el text corregit. Ara me'l miraré, al llit.

Envio un missatge d'ànim a Tatxo Benet, que avui s'ha conegut que és positiu.

Acabo d'escriure aquestes notes al despatx del president Macià. Al carrer del Bisbe el silenci és absolut, sembla com si el món s'hagués paralitzat, però és mentida: roda i roda, i demà ens portarà més notícies espantoses.

Pujo a l'habitació. Em fico al llit amb una aspirina i un mucolític. M'adormo sense poder llegir res del que he de dir demà.

Dimecres, 25 de març

Els casos de coronavirus a Catalunya són: 11.592 positius i 672 persones mortes. A Espanya els positius arriben a 64.059, amb 3.434 morts.

A primera hora es filtra —com no podia ser altrament— el Power Point que la consellera Vergés ens va ensenyar dilluns. La política catalana és allò que passa entre filtració i filtració. M'acaba de decidir a sortir a explicar als ciutadans la gravetat de la situació.

No em connecto a la reunió de JxCat i aprofito per polir el «discurs» amb Pere Cardús.

A dos quarts d'onze comença la «conferència» (Annex 6). Sembla mentida que el Parlament de Catalunya sigui «això», una conversa. Lamentable. A més, la connexió és pèssima, es talla.

Els grups contesten. En general, hi ha un cert to constructiu, excepte l'individu del PP, impresentable.

Després em connecto amb les meves filles, tot dinant. Tardíssim, perquè la «compareixença» ha durat quatre hores. És incomprensible: la gent es mor i nosaltres estem hores i hores en un debat absurd de cara a la galeria i amb autojustificacions que tothom fa alguna cosa.

He intentat ser enèrgic i serè. He avançat que el pic pot arribar a finals d'abril, en oposició al que manté el Govern espanyol, que continua afirmant —a partir de quins informes?— que ben aviat hi arribarem. I sobretot he posat el focus en la preocupació que tinc per les residències. Aquí rau el problema més greu de tots.

Em truca Miquel Buch per dir-me que demanaran el confinament total, excepte serveis essencials, d'Igualada.

Més tard, reunió amb Budó, Buch i Vergés. Acabo reclamant un altre cop a la consellera Vergés que necessitem dades sobre els subministraments dels EPI. Em remet al Dr. Argimon. Fa dies que hi parlo! Si no fos per ell, no coneixeria pas on som. Me les dona: Catalunya està contribuint al 90% dels subministraments sanitaris. El 90%! I se suposava que el ministre Illa, amb la seva usurpació de competències, era l'encarregat de fer-nos-los arribar. És un escàndol que no penso callar. En un moment que tots els estats es troben centrats en buscar els EPI a les fàbriques de l'últim racó del planeta, hem de sortir als mercats com a Generalitat de Catalunya i espavilar-nos com sigui. És al·lucinant. Et treuen les competències i centralitzen les compres, però tu acabes havent de fer la feina, embogint per poder trobar on sigui i com sigui material sanitari.

Josep Maria Argimon també em fa cinc cèntims sobre els nous respiradors i altres compres, però la veritat és que es fa un silenci revelador quan li pregunto per la data del col·lapse. Sense respiradors no hi ha UCI, aquest és el drama.

M'arriben notícies de sis morts a residències d'Olot, un brot de quinze afectats en una residència de Vic...

Truco al Dr. Clotet. Li demano si podem fabricar el que sigui. A Cesc Esteve li imploro que ens inventem «l'autohomologació» per a tots els prototips de respiradors que estan en marxa. No podem perdre el temps d'haver de demanar l'homologació a Madrid.

És una tarda de molta angoixa. Em diuen que Lluís Danés és a Can Ruti, que ha mort el seu pare de COVID i que la mare està molt malament.

No puc més. Pujo a l'habitació i em poso a plorar. No puc parar. Truco en Pere, i penjo perquè no aguanto les llàgrimes. Truco a la Carola. Igual. S'està morint tanta gent!, se'n morirà tanta més!, sento una impotència tan gran! No ho suporto. Moren d'una manera inhumana, sense ningú al seu costat. Ploro i ploro. No puc aturar-me. Déu!, només em faltaria caure ara en una depressió. Però com ho aguantaré?, com suportar tantes morts!

Després, més serè truco a Jaume Alonso-Cuevillas per si pot fer una gestió amb Grífols.

Veig un resum de la sessió del Congreso. Els líders del PP, de Vox, Sánchez... Quina ruïna de polítics. L'escena és patètica: ells, allà, al Congreso, i a fora la gent morint-se. Per cert, s'ha sabut que la vicepresidenta Calvo ha donat positiu de COVID.

Convoco una reunió d'experts per l'endemà amb dos punts: què podem fabricar per prevenir i com podem aconseguir tests ràpids.

Mentre acabo d'escriure aquestes notes —22.40 h— passa un cotxe pel carrer del Bisbe. Agafo els fulls que m'envien via impressora de la reunió de demà amb la Mesa Unitària del Tercer Sector. Serà una reunió crítica. Els professionals fugen dels llocs de treball.

Sona el campanar de Palau. Són les 23 h.

Em miro ara les fotos que la Carola m'ha enviat. L'Helena ha començat a tocar la guitarra. Hi ha un petit tall de vídeo. Ho fa prou bé. Penjo a Instagram una foto en què surten les tres cantant: «Us enyoro. Us estimo. Bona nit».

Sento una solitud absoluta. És com una boira freda que t'embolcalla.

Dijous, 26 de març

Els casos de coronavirus a Catalunya són: 12.940 positius i 880 persones mortes. A Espanya els positius arriben a 72.248, amb 4.089 morts.

Serà un dia complicat.

Primer, en la reunió de JxCat dic que avui cal insistir en el tema d'Igualada i en l'estafa dels enviaments de material sanitari.

A les 10 h, reunió amb Aragonès, Buch, Budó i Vergés. Acordem l'estratègia a seguir. Buch trucarà a Grande-Marlaska, i Vergés a Illa. Pressió màxima. També insisteixo que els alcaldes hi donin suport.

A les 11 h ens connectem amb els experts. Els demano que arrisquem. Que encara que no estiguem segurs al 100% proposem i tirem endavant iniciatives. No podem esperar a tenir certeses absolutes. Oriol Mitjà suggereix de donar hidroxicloroquina a tots els avis, tot i que no s'està el 100% segur de l'èxit. Si té unes mínimes possibilitats, intentem-ho. Demano a Pau Villòria que se n'encarregui i coordini l'operació a les residències. Connectarem amb Open Arms per fer-ho. He parlat amb Òscar Camps i s'ofereixen.

A les 11.30 h truco a Pau Sarsanedas, que forma part de l'equip que farà respiradors 3D. Li agraeixo la feina. I li avanço que donaré tots els vistiplaus que facin falta per agilitzar el tema. L'Argimon hi està d'acord.

A les 12 h, reunió amb la Mesa Unitària del Tercer Sector. Quan arriba el torn de les residències, ens descriuen un panorama apocalíptic: no tenen material, hi ha 212 residències afectades, s'han sentit sols, «Catorze dies amb la porta tancada». Tothom queda glaçat. Es fa el silenci. És molt dur.

A les 14 h, reunió amb Miquel Arrufat, de Salut, i amb Joan Romero, d'ACCIÓ pel tema del *marketplace*, per coordinar-los. És clau i no vull cap problema aquí. Totes les iniciatives de la gent que vol ajudar i s'està oferint cal tractar-les de manera prioritària. És l'altra cara de l'epidèmia: la solidaritat de cor de tanta i tanta gent que ofereix el seu treball, les seves línies de producte per ajudar on més falta faci. Tanmateix, l'Arrufat ens passa unes dades molt preocupants sobre material sanitari. És patètic, pràcticament estem a zero d'estocs: treballem, esgotats, per sobreviure un dia més.

Reunió amb els delegats del Govern a l'exterior. Expliquen els casos d'ajut a catalans que es troben desplaçats —n'han atès 1.289—, així com les bones pràctiques dels governs dels països on estan destinats. Va per barris. Hi ha països que han fet molt bé la feina. D'altres, gens.

Continuo pendent d'Igualada.

Truco a Lluís Torner, de l'Institut de Ciències Fotòniques (ICFO), arran d'un missatge de Jaume Ciurana que em demana que l'atengui. Em recomana que obligui tothom a sortir al carrer amb mascareta. Té estudis que en demostren l'eficàcia. Tant se val com siguin, diu, fins i tot de roba. Millor això que res. Compro la idea. Li envio a en Buch perquè ho preparin. Cesc Esteve em confirma que és possible obligar a portar-la.

La Joana em diu que el president Pujol vol parlar amb mi. Me'l passa. Li pregunto per com es troba la seva dona. Millora, respon. Només em truca per donar-me suport. Li explico la situació catastròfica. M'anima a continuar endavant. Acabem parlant de quan ell va viure un temps a Canonges. No ha canviat res, li dic, els miralls dels lavabos del Samaranch continuen allà mateix. Riu.

Mònica Terribas m'envia un WhatsApp d'ànim. I em torno a trencar. Ploro desconsoladament. Ploro com només he plorat així un altre cop a la meva vida: quan va néixer la Carola amb espina bífida. És una barreja de por, ansietat i angoixa. És un plor opressiu, devorador i irrespirable. Una insuportable desesperació. Gairebé sense forces, li contesto. Ella em respon amb unes paraules del bisbe Casaldàliga: «combat per l'esperança».

No pot ser. Estic entrant en una depressió. I ara no, ara no puc. Ho he de superar.

Ens connectem amb en Buch, la Budó i el vicepresident. Quedem per fer un Consell Executiu l'endemà.

Continuo molt preocupat per Igualada.

Sopo, com darrerament faig: una mica d'embotit i formatge. I un iogurt.

Em truca Miquel Buch, que em comenta que l'Estat accepta el confinament en fase I d'Igualada. És una victòria a mitges.

Abans, m'oblidava, m'ha trucat Laura Borràs per saber com estava, just després de la Mònica. I he tornat a trencar a plorar. És com irreal, no puc continuar així. És una gran amiga, la Laura, sempre m'ha donat suport. Només ella i jo sabem el que ens ha costat tirar endavant moltes coses —per exemple, el *no* de JxCat als pressupostos o a la investidura de Sánchez. No he comptat amb gaire amics, en aquesta Presidència, però la *war room* —Laura Borràs, Josep Costa i Francesc Dalmases— m'ha ajudat sempre. Inoblidables companys!

Després de sopar truco a casa. Tampoc soc capaç d'empassar-me les llàgrimes. Prou. Demà truco a la psicòloga. No puc continuar així.

Parlo amb Pere Cardús del tema Igualada. Em diu que m'aturi, que descansi, i que miri una sèrie de Netflix. En canvi, soc aquí, a les 22.30 h, escrivint aquest diari. Si se n'assabenta, em mata.

Arriben les xifres del dia: més de dos-cents morts. Una altra tragèdia per a dues-centes famílies.

Alhora, Pau Sarsanedas m'envia fotos del respirador fabricat en 3D. Una petita llum en la nit fosca.

Penso una piulada sobre el que hem parlat amb la Mònica. Tiro:

> *Un altre dia molt difícil, un altre dia de dol i d'acompanyar tots aquells que han patit el traspàs d'algú estimat o que està molt greu. Però enmig d'aquesta nit, una amiga m'ha recordat les paraules de Pere Casaldàliga: militar en l'esperança. Força i ànims a tothom.*

Divendres, 27 de març

Els casos de coronavirus a Catalunya són: 14.263 positius i 1.070 persones mortes. A Espanya els positius arriben a 78.797, amb 4.858 morts.

A la reunió de JxCat parlem d'Igualada. Mentre soc a la reunió, envio un WhatsApp a Marc Castells perquè intenti fer un «Igualada - Fase II» amb els agents socials —empresaris i sindicats—. Silenci.

Reunió del Consell Executiu. Faig una crida a la no resignació, a no pidolar més a l'Estat, a plantar-nos, a donar respostes a la ciutadania. La consellera Vergés informa que hem arribat als 880 morts, 50 a Igualada. Diu que les mesures estan funcionant i que l'índex de transmissibilitat va baixant. El conseller El Homrani ens assabenta que s'estan tramitant 51.340 expedients ERTO que afecten més de 400.000 treballadors. També diu que s'està treballant a les residències assegurant els EPI i proves ràpides, tot i que no en dona cap dada.

Quedem per veure'ns dissabte, un altre cop.

Després, ens reunim amb l'Oficina per parlar d'organitzar la setmana vinent: reunió sobre residències, sector de voluntariat, àmbit d'esports, etc. N'hi ha molts que feia dies que no veia (Joan Ramon Casals, Joana Nieto, Jordi Moreso, etc.). Els agraeixo la feina invisible que fan perquè jo sigui visible.

A continuació, reunió amb els representants de les associacions de comerç. Es veuen a venir un desastre total. Demanen mesures que van en la línia del que estem defensant davant d'Espanya: suspensió impostos i quotes dels autònoms, liquidat, etc.

M'agafo com a meva una frase que surt a la conversa: «fer-ho fàcil i fer-ho ara mateix».

Al final, serem capaços d'aplicar sentit comú a tot plegat? Aquesta crisi no la poden pagar ni les persones ni les empreses, sinó les Administracions. Si no ho fem així, i a més a més, si no ho fem ràpid, em fa por veure d'aquí uns dies gent assaltant les botigues de menjar. Hem de posar diners a les butxaques de la gent o esclatarà un polvorí social. Sí, cal fer-ho fàcil, fer-ho ràpid i fer-ho ara mateix.

Vicent Partal em passa un contacte seu de Hong Kong. Diu que és una persona molt ben connectada i que farà el que sigui per Catalunya. Té un proveïdor a la Xina que podria ajudar a subministrar-nos material. Parlo amb ella, la C. Una patriota i una bona persona. Excepcional. Després ho coordino amb el Dr. Argimon i amb Acció. Sembla que pinta bé.

A les cinc, reunió de seguiment. Insisteixo en els tests i laboratoris de recerca. Però no en trec l'aigua clara. És un embolic fenomenal. Estic molt emprenyat. Necessitem la informació clara i al detall. No saben que ens hi va la vida?

A les 20 h em torna a visitar el Dr. Cardellach. Molt amable. Diu que estic millor que l'altre dia. Em sembla que ja estic curat. Aprofito per demanar-li notícies del Clínic. Estan saturats. Li dono ànims i molts records a tothom. Ni ell ni jo oblidem aquella conferència que vaig fer al paranimf de la Universitat en suport dels presos polítics i dels exiliats. El Clínic, compromès amb el país, la salut i la llibertat.

Sopo amb la Carola i les filles. Per uns moments, tot es transforma, i sembla que demà ens hàgim de tornar a abraçar.

Per Instagram, envio un missatge de suport als veïns de Santa Coloma de Farners, el poble que sempre m'acull, amb una fotografia del parc de Sant Salvador i uns versos de Vinyoli, que ens l'hem acabat fent més nostre que l'Espriu:

A totes les colomenques i colomencs, ànims i força! Gràcies per quedar-vos a casa. Un dia tornarem a passejar junts pel nostre estimat parc:

El primer estel

Dolce e chiara è la notte e senza vento
G. Leopardi

Al fons de tot es dreça una muntanya
prometedora, el dia ja finit.
És bo no tenir sempre el que volem
i bastir una cabana d'esperances:
així, per l'entrellum, el primer estel
fulgura net, silenciós incita,
sense fer mal, a un goig que no turmenta
que sigui breu; sabem que en esvanir-se
serà tot lluminària el firmament.
No em puc, doncs, plànyer de la meva sort;
aquí m'estic ple de pressentiment
d'una vida auroral sempre futura
que és ara sols nit clara sense vent.

Dissabte, 28 de març

Els casos de coronavirus a Catalunya són: 15.026 positius i 1.226 persones mortes. A Espanya els positius arriben a 85.195, amb 5.690 morts.

Que hi hagi hagut gent que a pesar de tots els controls i advertiments s'hagi desplaçat a segones residències és un risc per a ells mateixos i els altres, una manca absoluta de civisme i una falta de solidaritat amb tota la comunitat.

A les 8.30 h, reunió de JxCat. Em desespero amb el tema dels centres de recerca. La consellera Chacón no fa més que donar les culpes de tot als altres, en lloc d'entomar la responsabilitat. No hi ha manera de desencallar les coses. Forço una reunió immediata per aclarir el tema. És inadmissible que un departament passi les responsabilitats a un altre. Però què es pensen? És una emergència nacional!

A les 10 h, reunió del Consell Executiu, on ens diem de tot amb la consellera Capella pels presos polítics.

En acabat, encara tinc temps de connectar-me a l'aperitiu virtual que fa la família Torra —tots els meus germans, la meva mare, nebots, expatriats, etc. Tothom a casa està bé. Tots em donen ànims. M'encanta la meva família.

Després de dinar, descanso una mica. A continuació, tinc la reunió amb els centres de recerca que he forçat. Els urgeixo a posar en marxa de manera immediata un pla per activar-los a tots per fer PCR massives.

A Twitter comença a escampar-se el rumor que Pedro Sánchez ordenarà el confinament total. No m'ho puc creure. Quinze dies després de demanar-ho insistentment per terra, mar i aire.

Connecto la televisió a les 18 h. Sí! Confinament total. Les xarxes exploten. És una petita victòria, però no me n'alegro pas. Si ho haguéssim fet quan tocava, hauríem salvat tantes vides! Quinze dies perduts. Què pot haver significat això per a tanta gent!

Truco en Pere i diem de fer una compareixença al telenotícies. S'ho val. L'Anna ho mou tot. A les 20.15 h entro en directe. Abans, en la preparació, mentre em posava els micros, se m'han desenganxat un parell de vegades i he deixat anar uns quants «joder, joder» que han fet riure l'operador de TV3 que tenia a l'altre costat. Engego:

> *Vull començar expressant la meva satisfacció per l'anunci del president Sánchez d'un confinament total per a les pròximes dues setmanes. És una bona notícia en el combat que tenim com a societat contra la pandèmia del coronavirus. Per tant, celebro la decisió anunciada pel president del Govern espanyol aquesta mateixa tarda. Ens devem, tots els governs es deuen, al benestar de la gent, i aquesta mesura era necessària.*
>
> *És evident que si ara es decreta un confinament total, és perquè fins ara no hi havia aquest confinament. I vull agrair el suport de tanta gent que aquestes últimes setmanes ha fet costat a les mesures dràstiques que reclamava el Govern de la Generalitat. Ara, les podem posar en pràctica i cal fer-ho de la manera més estricta. Si ho fem així, farem un pas més en la solidaritat que ens protegeix a nosaltres i als nostres veïns i veïnes.*
>
> *Ara estem a l'espera de la concreció de quines mesures econòmiques i socials acompanyen aquest confinament total que era tan esperat a Catalunya. Demà demanaré els detalls a la reunió telemàtica de presidents i ja en farem la valoració corresponent.*

Tanmateix, ja puc avançar que, com a Govern, exigim i exigirem mesures socials i econòmiques que estiguin a l'altura de la magnitud de la crisi que estem vivint. No pot haver-hi límits al suport als treballadors, als autònoms i a les empreses, així com als sectors dependents i que requereixen del suport de la societat i de l'Administració pública, els més vulnerables. Cal que treballadors, autònoms i empreses no quedin fora de joc i cal donar-los tot el suport perquè puguin tornar a l'activitat que tenien fins ara i que puguin superar totes les dificultats que vindran. No podem estalviar ni una engruna de suport a la nostra gent, i això és el que ara demanem al Govern espanyol.

Aquesta setmana que ve, i les que vindran, continuarem veient coses que no ens agradaran, i les continuarem vivint com aquests dies passats, amb llàgrimes als ulls. Viurem situacions difícils, que exigiran el millor de tots nosaltres. Però Catalunya és un país fet amb l'esforç solidari i col·lectiu. És un país fet contra corrent, contra tot pronòstic. I ara tornarem a demostrar que som capaços de vèncer totes les dificultats. Ens quedarem a casa, i quedant-nos a casa, que és tan necessari, ajudarem els sanitaris i els sectors essencials a fer la seva feina de la millor manera. I cuidarem la nostra gent, que és la millor manera de cuidar-nos tots plegats.

De fet, tots hem de ser capaços de començar una nova fase en què lluitem, amb responsabilitat compartida, pel contagi zero, i també pels tests massius a la població. Com més tests es facin, més eficaçment podrem lluitar contra la pandèmia. I cal actuar amb rapidesa, amb la màxima diligència. Ens cal fer-ho. Fem-ho.

És el moment de mirar endavant. Alcem la mirada i avancem per aturar aquesta malaltia que colpeix molts països del nostre entorn. Que totes les institucions i els agents econòmics i socials sàpiguen que ens tindran al costat per aplicar les mesures més necessàries per derrotar la pandèmia.

Vull agrair al president del Govern espanyol que hagi escoltat finalment les demandes de Catalunya. I ara cal intensificar al màxim el suport al sistema de salut i als serveis d'emergències i de protecció civil en les seves tasques essencials per guanyar aquesta lluita compartida per l'esperança i la vida.

Haurem encertat el to? Començo i acabo la intervenció agraint la decisió.

He de preparar la reunió de demà. La centraré en les propostes econòmiques. Parlo amb Elsa Artadi pel mòbil, i per Internet amb en Sala i Martín perquè em donin la seva opinió sobre els punts que plantejaré. La clau és que qui s'endeuti sigui l'Estat. Retorn a Keynes. Els sembla bé. Al final crec que ja ho tinc:

1. Donar confiança i seguretat a treballadors i autònoms: renda bàsica universal.
2. Liquiditat a empreses: moratòria total d'impostos i suspensió de les quotes dels autònoms.
3. Qui s'ha d'endeutar són les administracions i no pas les persones ni les empreses.

Són quarts d'una. Han passat quinze dies des que vaig confinar-me a Canonges. Quinze dies per arribar allà on volíem. Ho hem aconseguit, sí, però a quin preu? Per què no s'han escoltat els experts? Per què hem permès que mori tanta gent? M'adormo pensant en la cara que faran demà els meus col·legues en la reunió de presidents.

Diumenge, 29 de març

Els casos de coronavirus a Catalunya són: 16.157 positius i 1.410 persones mortes. A Espanya els positius arriben a 94.417, amb 6.528 morts.

Em llevo d'hora. Reunió de JxCat, tothom molt eufòric. Explico els punts que presentaré a la reunió de presidents.

A les 12 h comença la videoconferència. Un suplici, de nou. Sánchez es limita a dir que ara sí que cal el confinament total. El lehendakari Urkullu, en contra; jo, incondicionalment a favor, tot i que reclamo al president Sánchez totes les mesures socials i econòmiques, que són d'igual urgència («Tot i tot alhora»). Hi ha presidents que parlen més de quinze minuts. No he assistit a reunions més improductives i soporíferes que aquestes. Acabo dinant a quarts de quatre. Aquest cop ens limitem a fer una nota de premsa, repetint la compareixença d'ahir.

A la tarda, a la reunió de seguiment de les 17 h, amb Aragonès, Buch, Vergés i Budó. Torno a insistir en el tema de les residències.

Aprofito la resta del vespre, per fer trucades d'agraïment: a Pep Guardiola, a Damm i d'altres que han fet donacions als hospitals.

Truco a la psicòloga. És una dona fantàstica, d'un humor a prova de bombes i de mi. Quan l'he telefonat, estava passejant els seus gossos. Però m'ha escoltat com si els dos únics habitants de la terra fóssim ella i jo. M'ha aconsellat que dosifiqui els meus esclats de plors i angoixa: per demostrar-li com ho domino, no he fet altra cosa que posar-me a plorar, com havia fet abans d'ahir amb Antonio Baños, que em telefonava per donar-me ànims.

Parlo amb ella més d'una hora. «És normal que ploris, no passa res», em diu, «però plora ordenadament". També m'ha aconsellat que no miri cap notícia després de les 22 h i que guardi el mòbil al calaix.

Abans d'anar a dormir, ordenant aquest diari, em surt un full amb una cita que en Pere no em va deixar dir en la intervenció d'ahir per la televisió: «L'home té una tendència irrefrenable a treballar amb desinterès i per espontani impuls per la humanitat i pel racó de terra on viu i pel poble on ha nascut». És de Carles Pi i Sunyer. Jo em limitava a afegir que era cap a aquest l'ideal que demanava a tots els ciutadans de Catalunya que dirigissin totes les seves forces: protegir-nos per protegir els que ens protegeixen.

Dilluns, 30 de març

Els casos de coronavirus a Catalunya són: 18.773 positius i 1.672 persones mortes. A Espanya els positius arriben a 102.136, amb 7.340 morts.

Ahir, a dos quarts de nou del vespre, vaig publicar una piulada queixant-me que era d'una falta de respecte total que encara no s'hagués publicat el decret del confinament total al BOE. Ho van fer a les 23.49! Salvatges.

Però jo, a les 22 h en punt, vaig pujar a l'habitació, vaig desconnectar Twitter i em vaig posar a llegir, per primer cop en el confinament, un llibre que, remenant, vaig trobar a la biblioteca de Canonges —biblioteca francament millorable. Es tracta de les transcripcions d'unes classes de Pompeu Fabra fetes l'any 1934. Quin prodigi de claredat!

A la reunió de les 8.30 h amb JxCat, plantejo la necessitat que hi hagi un responsable únic del Pla de tests. Els consellers no ho veuen clar. Deuen témer perdre algun tipus de competència, ves a saber! Responc bruscament i acabem la reunió.

Després, reunió de coordinació amb el vicepresident, Vergés, Buch i Budó. Torno a insistir en conèixer el Pla de tests de Salut i de com tenim la distribució de material. No hi ha manera d'aclarir-se. Com pot ser tan difícil tenir les dades correctes? Com podem organitzar-nos, si no?

El contacte de Vicent Partal m'envia un missatge confirmant que l'operació Hong Kong està en marxa. Uf, quin alleujament! Li ho agreixo tant!

Prenem una decisió important impulsada pel conseller Calvet: fem gratuït el transport públic de tots els operadors a tot Catalunya (FGC, TMB, Tram, Renfe i busos interurbans). Però ens cal que l'Estat aixequi les barreres de peatge de l'AP-7 i l'AP-2. Són mesures d'ajut als treballadors essencials. Minuts després, el ministre Ábalos ho critica per considerar que afavoreix la mobilitat. No ha entès res: si és un confinament total excepte per als treballadors essencials, del que es tracta és d'ajudar-los a ells i fer-los arribar tots els ajuts que puguem. Mare meva quins personatges que corren pels ministeris!

A les 12 h, reunió amb el sector social. Veuen venir una catàstrofe social. Podrà menjar la gent? Josep Gassó, de Fundesplai, insisteix en què mirem que aquest estiu els nostres infants siguin feliços i que pensem una campanya de colònies per a tothom. Roser Brutau, del Banc dels Aliments, ens parla d'un augment exponencial de necessitats. En una setmana van distribuir 300.000 quilos de menjar.

Dino per videoconferència amb la Carola i les filles —li vaig prometre a la psicòloga que ho faria, passés el que passés.

A la tarda, primer amb en Pere i l'Anna, parlem de totes les morts solitàries d'aquests dies i de com podríem acompanyar el dol. Després, en la reunió del Comitè de Crisi tractem del tema de la pròrroga automàtica de subvencions, de les compareixences amb l'oposició i de les funeràries. Demano que cada membre del Govern redacti un full amb les mesures preses i les mesures a prendre.

Em decep el vicepresident, en totes les reunions té sempre un paper passiu, absent, sense intervenir-hi. Normalment, en cada reunió li acabo preguntant si tés res a afegir. No passa mai.

Faig unes trucades i surto al terrat de dalt de la Casa dels Canonges. La vista és impressionant: Montjuïc, el Tibidabo, la catedral vista per darrere, la torre del rei Martí, els jardins de Cambó, al fons. Tot resta en silenci. Aquests dies pots sentir les campanes de les esglésies del barri antic.

Bado uns minuts. L'aire és fresc. Penso en totes les dificultats que hem de superar. I com de difícils han estat aquests mesos. La legislatura estava acabada abans de començar. El procés ha consistit en dues línies que han avançat alhora, però que sovint s'han entrecreuat. Per un costat, el procés pròpiament dit d'independència. Per l'altre, la lluita a mort, sense fer presoners, entre els espais de JxCat i ERC i, en menor mesura, de la CUP. Només tenint en compte aquesta disputa segon a segon s'entén la política catalana. Els fets d'octubre del 2017 van deixar els dos espais amb les destrals a punt. La victòria imprevista de JxCat el 21 de desembre va ajudar encara més a afilar-les. Des d'aleshores, la lluita ha estat permanent. La no investidura del president Puigdemont va ser tan sols una conseqüència, no pas la causa.

Però, sense que encara conegui els motius, em van proposar la presidència. Ja explicaré en les Memòries tot el que calgui. Ara no, això és un dietari. Només una idea: des del primer moment, vaig deixar clar que per tirar endavant ens calia que tots —exili, presó, institucions i entitats— avancéssim alhora. Tots quatre alhora. Si algú es quedava enrere, no funcionaria, seria impossible. Tampoc no vull donar a entendre que sembli que hi hagués una gran i massiva voluntat d'avançar. Malauradament, no ha estat així. Però jo estava disposat a arriscar el que calgués. M'havia preparat per a això. Moral i materialment. No ho vaig aconseguir. Les dinàmiques guerracivilistes han estat un obstacle insalvable. Tot allò que s'arrossegava d'anys i anys i que va esclatar l'octubre del 2017, s'ha reproduït, doblat o triplicat, per la cruesa de viure en la presó i de voler sortir-ne, pels canvis d'estratègia política, per la falta de crítica als lideratges, etc. Senzillament, les confiances estan trencades. A les presons —on fins i tot les persones han arribat a no parlar-se— i a l'exili —on no hi ha hagut manera d'acordar una estratègia comuna. Aquesta guerra sense final, agreujada per les diferències de l'acció a seguir després de la no implantació de la República, ha tingut una conseqüència directa sobre el Govern i el Parlament. Incomprensiblement, en un moment crític de la història de Catalunya, no hem sabut trobar el camí de la lluita conjunta. Som presoners d'una fatalitat, d'una dinàmica de destrucció de l'oponent que només acabarà quan el moviment independentista, des de la societat civil, tingui la força suficient per marcar el destí a seguir als partits. Cal recuperar la unitat del Primer d'Octubre.

Pel que respecta a mi, acostumava a demanar-li a la meva dona, a l'hora d'anar a dormir i un cop treta la camisa, que em retirés —amb tota la suavitat possible— els punyals que se m'havien anat acumulant a l'espatlla durant el dia. Avui que en veig la pila, que toca el sostre de l'habitació, esgarrifa. I n'hi ha de tots els colors.

En qualsevol cas, paradoxalment, és en aquest confinament com més lliure em trobo. Sol, amb un *hot point* al costat, una pantalla damunt d'una caixa —que hem cobert amb un tros de tela blanc— i un mòbil. Però ara tinc la veu que no havia pogut tenir, la llibertat que buscava.

En el pitjor moment de la meva presidència, ara soc jo.

Baixo al despatx. Em truca el conseller El Homrani. Ara veu a venir la tragèdia. Aprofito per comentar-li que em va semblar de molt mal gust la piulada d'ahir d'ERC atribuint-se —a Treball, Salut i Economia— la compra de material, i que això genera dinàmiques nocives en les altres conselleries. I li ho dic a ell com li ho diria a qualsevol altre conseller o consellera que hagués fet el mateix.

Sopo a les 21 h. Em proposo no obrir el mòbil després de les 22 h. Continuo el curs de català de Fabra.

Dimarts, 31 de març

Els casos de coronavirus a Catalunya són: 19.991 positius i 1.849 persones mortes. A Espanya els positius arriben a 110.238, amb 8.189 morts.

Són les 8.20 h. M'he adormit. Ahir a la nit vaig practicar la prescripció de dosificar els plors i deuen ser-ne les conseqüències. Quantes morts, Déu meu!

Em ve a despertar en Gaietà, perquè es veu que em busca la consellera Capella. Em comenta que fan una nota sobre els presos polítics, el tercer grau i l'article 102.2. Bé, endavant, dic, i penso en els dies que fa que ho demano.

Després, immediatament que obro el mòbil, em surt una piulada d'ERC que ja parla que els presos polítics podran tornar a casa a passar el confinament. Mare de Déu Senyor! Dies i dies reclamant-ho i ara va i... Aquest politiqueig barat em mata. Vingui d'on vingui. És impossible avançar enmig de les desconfiances que fa que ens destruïm els uns als altres.

Arribo tard, i encès, a la reunió de JxCat. La consellera Chacón dona les dades de les quotes dels autònoms a Catalunya: 180 M€. Ni això no pot condonar l'Estat? On som? En quin país vivim?

Després, Consell Executiu. El més destacat és la discussió que tenim la consellera Capella i jo arran de la filtració del matí.

Em fan saber que ha mort de COVID el pare de Carlos Carrizosa. El truco per donar-li el meu condol. Ho agraeix. Dino en directe amb la Carola i les filles. Es veu que la Carola filla avui ha fregat la cuina i prepararà el sopar. Realment, som en una altra vida.

M'estiro al llit, em trobo cansat.

A la reunió de coordinació de les 17 h, dono un cop de puny a la taula. Exigeixo responsables únics del Pla de tests, de subministraments i del Pla de xoc de residències. Els anuncio a tots els membres del Comitè que ja n'hi ha prou de retards i que fins que no es tinguin els noms i s'hagi fet el pla, no em tornaré a reunir. A continuació, surto del xat.

Dedico la resta de la tarda a trucar a diferents responsables de les confessions religioses a Catalunya per plantejar-los el tema de la mort digna i acompanyada. Com podem evitar aquests morts solitàries i fredes? Parlo amb el cardenal Omella, els abats de Poblet i Montserrat, els arquebisbes de Tarragona i la Seu, amb representants dels protestants, de la religió jueva, musulmana i budista.

Encara he de trobar una estona per contestar la carta que els alcaldes metropolitans del PSC van enviar-me —que bé que viuen alguns contra mi! Han sortit a disparar Comuns i PSC. I tot perquè la «dreta burgesa catalanista» està plantada davant l'Estat demanant, i exigint, sense demanar perdó per fer-ho, decrets i lleis socials de protecció als autònoms i treballadors als esquerranistes i cosmopolitistes de saló que governen Espanya.

Abans de sopar, em venen a fer la prova de la COVID. Jo crec que anirà bé, perquè, tot i que estic cansat, em trobo bé.

Continuo fent classes amb el mestre Fabra. Quina claredat, quin seny, quina manera tan elegant d'explicar els secrets de la nostra llengua.

Avui, però, he piulat uns versos del poema «Maig d'amor» de Gerard Vergés, un dels poetes que més aprecio:

D'aquí a molts anys potser recordaràs
que algú, algun dia, et va estimar moltíssim.
I et pujarà a la gola una dolçor
com una immensa mel, com una música.
La mateixa dolçor que ara jo sento
recordant-te en la meva soledat.

Res no val tant com un instant d'amor.

Dimecres, 1 d'abril

Els casos de coronavirus a Catalunya són: 21.804 positius i 2.093 persones mortes. A Espanya els positius arriben a 117.710, amb 9.053 morts.

Em llevo i ja em trobo un missatge al mòbil del Dr. Campistol. Soc negatiu.

A la reunió de JxCat, explico que he demanat uns responsables únics per als plans més importants i que no penso connectar-me a cap reunió de coordinació fins que no se'm donin i es tirin endavant els plans.

Amb tants dies aïllats, les relacions professionals es barregen amb les personals. Tothom viu aquest confinament com pot, els uns amb fills, els altres sols. Tothom ha de fer equilibris en una situació sobtada i imprevista. Ara mateix, l'Anna i en Pere estan ocupats coordinant tot l'equip de l'Oficina. Tiro com puc.

Truco a la Carola i les filles i els explico el resultat de la prova. Estan molt contentes.

Al final, decideixo fer un comunicat públic i una piulada. Emociona veure tanta gent que et dona suport i t'anima a continuar endavant.

Dino amb la família. Avui es connecta en Guillem, des d'aquella masia on viu amb els seus amics. El trobo a faltar, i la seva energia, la seva determinació i la seva bondat. És l'única persona que conec que viu d'acord amb allò que pensa. És incorruptible. Quan va decidir marxar de casa als 19 anys es va posar a treballar en un supermercat. Ell sí que es va independitzar! Va estudiar Educació Social i, quan va acabar, es va posar a treballar en una feina d'acompanyament a la gent gran que encara viu sola a les masies que hi ha escampades per Brunyola. M'imagino que s'haurà fet amic de tota la gent gran. Ja el veig entrant en aquelles cases amb un «Ei, bon dia, com va tot? Què farem, avui?».

Alguns amics m'han preguntat sovint: no us preocupa el seu futur? I jo els contesto que després del que m'ha passat a mi, no tinc cap altra preocupació que faci el que li sembli bé, que ho faci amb passió i que no traeixi mai la seva consciència.

Pujo a estirar-me una estona.

A les 15.30 h ens connectem amb els de Comunicació. Però tenim una altra discussió i acabem penjant-nos el telèfon. No puc més.

Just després, comença la reunió amb les residències. El conseller El Homrani introdueix la sessió. Parla que cal perspectiva i abordatge. Proposa reubicar les persones amb diagnosi o símptomes a més de cent vint clíniques de les mútues de treball. També ens comparteix una xifra esfereïdora: tots els anys, cada mes moren 1.000 persones a les residències. Ho desconeixia. Acaba fent-nos saber que avui, a les 17 h, el Secretari General farà una roda de premsa amb dades específiques.

Les intervencions dels representants de les residències són duríssimes. Per a Cinta Pascual, d'ACRA, la radiografia de les necessitats està feta però no arriben ni els EPI ni les PCR ni res. Afirma. «No sabem què tenim a dins». Altres que hi intervenen plantegen una situació al límit, a punt del col·lapse.

Torno a no connectar-me amb la reunió de seguiment per pressionar a tots plegats. Sembla que funciona, perquè la consellera Budó em diu que ja ha consensuat els noms amb el vicepresident.

Em passo la resta de la tarda parlant amb proveïdors i empreses que estan desenvolupant els nous respiradors d'urgència (d'Igualada, Siemens, etc.) i encara em connecto a una reunió dels centres de recerca (bona notícia: podríem arribar a aconseguir fer

170.000 proves PCR diàries al cap de 6 setmanes de posar en marxa el programa).

Avui ens assabentem que el Govern espanyol —en aquest moment!— pretén reduir en un 55% les polítiques actives d'ocupació de Catalunya i retallar 215 M€ que afectaran els drets de tots els treballadors catalans. He demanat a tota l'oposició que doni suport al Govern per aturar-ho. És manicomial.

L'Estat necessita fer els ajustos necessaris per prioritzar despeses, en això estem tots d'acord. Però no a costa de polítiques en favor dels treballadors. Per l'amor de Déu! Si ara cal fer tot el contrari: endeutar-se! Som davant d'una emergència excepcional que no poden pagar-la ni els ciutadans ni les empreses, perquè, si no, la crisi social i econòmica ens devorarà. No vam rescatar els bancs amb milers i milers de milions d'euros? Són més importants els bancs que les persones? Doncs ara és l'hora de la gent, dels treballadors, autònoms i emprenedors.

Sopo amb la pantalla al davant, amb la Carola i les filles.

Al vespre, repasso un llibre sobre el Convent d'Horta de Sant Joan —que és a la biblioteca de Canonges—, que tant em va impressionar quan vaig visitar-lo farà uns mesos, mentre m'imaginava Pablo Picasso vivint en una cova semienterrada, just a la muntanya del convent. La Terra Alta, aquesta bellíssima comarca que he après a estimar aquests anys.

Dijous, 2 d'abril

Els casos de coronavirus a Catalunya són: 23.460 positius i 2.335 persones mortes. A Espanya els positius arriben a 124.736, amb 10.003 morts.

Dormo més de 8 hores.

Entrevista amb Josep Cuní. A la pregunta sobre la gestió de les residències dic que ens hem equivocat en la manera de com hem informat. M'he quedat aquí. El vicepresident m'ha trucat després queixant-se i jo li he contestat que estic donant la cara per tot el Govern i que ja està bé, que la gestió de les residències no ha estat a l'alçada i que si no som autocrítics enganyaríem la gent. No estic disposat a mentir.

A Twitter, mentrestant, un personatge indecent, José Zaragoza, deixa anar una piulada miserable: «A Vox y a Torra les emociona una bandera. A mí me emociona el personal sanitario». M'escalfo i responc. Quin llast terrible per a la política catalana aquests individus que tenen el seu hàbitat a les clavegueres, que s'arrosseguen en els seus partits per continuar cobrant un sou públic i que representen el pitjor que pot donar de si la política.

A les 11.30 h em reuneixo amb el Consell Escolar. El tancament d'escoles va ser una de les primeres decisions que vam prendre. I una de les més difícils. El confinament afecta 1,6 milions d'alumnes i mestres. Hem debatut sobre com encarar la tercera avaluació, el retorn acompanyat i com ho hem de fer perquè tothom pugui gaudir de l'estiu.

Aquesta reunió m'ha fet pensar, juntament amb tot allò dels plans i els responsables, que en general es troba a faltar capacitat de gestió, de prendre decisions i d'executar-les. Clarament hi ha dos principals actituds: els que s'arromanguen i els que xiulen. Davant d'una situació límit i catastròfica com aquesta, és quan més te n'adones. També de la inexperiència de molts polítics en el món de la gestió empresarial. Molts no han treballat mai en una empresa o com a autònoms. Viuen dels sous públics des de fa molts anys. No saben gestionar crisis, saben gestionar paraules.

Em torno a connectar a la reunió de seguiment perquè ja han decidit i consensuat els noms.

Deneguen els permisos als presos polítics dos dies després de l'amenaça del Suprem als funcionaris. L'amic Jordi Cuixart piula, refermant el seu compromís insubornable. Jo ja no sé què dir. No sé per què tanta crueltat, no sé per què tanta injustícia, tantes amenaces. Com es pot haver endurit tant el cor dels homes?

Faig una altra ronda de trucades: als subministradors (la setmana vinent, en un temps rècord, tindrem els primers respiradors!), als hospitals, al Dr. Argimon...

Sopo connectat amb la Carola i les filles. Volen venir a Canonges, però no pot ser.

A l'Instagram he penjat una foto des de l'interior del balcó del despatx Macià, agafant la bandera en primer pla i, al fons, la façana del Palau del carrer Bisbe. Obra mestra del gòtic català, amb l'escultura bellíssima de Sant Jordi i unes gàrgoles amb les figures del drac i la princesa, del mestre Pere Joan, que a penes tenia vint anys, cap allà el 1418. Sabem que els diputats van estarne contents i van pagar-li l'estipendi convingut.

Acabo el llibre sobre Sant Salvador d'Horta. Em proposo escoltar cada dia una mica de música. Demà, Toldrà.

Divendres, 3 d'abril

Els casos de coronavirus a Catalunya són: 24.734 positius i 2.508 persones mortes. A Espanya els positius arriben a 130.759, amb 10.935 morts.

Reunió de JxCat. Cada dia estic menys interessat en aquestes reunions, que acaben derivant en tertúlies on no es decideix res.

A les 10 h, reunió de seguiment. La primera després que ens poséssim d'acord amb els responsables del pla. No hi ha pogut assistir Josep Rius —ell i Lluís Juncà són els dos coordinadors— perquè s'ha mort la seva sogra. ACS.

Només passen uns minuts des del començament i ja hi tornem a ser: es posen a parlar de competències, dependències... És terrorífic. No ho suporto més. No es pot treballar així. Calen decisions, no discussions.

Em preparo amb Martí Anglada l'entrevista amb Reuters a les 11 h, que enllaço amb la reunió de rectors universitaris, amb la consellera Chacón. Acordem que cap estudiant no perdrà el curs; que els estudiants dels últims cursos es graduaran; i que se suspendran les classes presencials durant els mesos d'abril i maig, que es faran en línia.

A la tarda, ens veiem amb en Pere i l'Anna. Hem passat uns dies molt complicats. I cada dia és un dia crític. Ens conjurem a encarar la situació amb més coordinació. Si cal, ens donem una mica de temps. Som un equip.

Una mica més tard, m'entrevisten a TeleGirona. Ho aprofito per dir, a la reunió de coordinació de les 17 h, que no m'han sobre els problemes de les residències. Envio uns missatges molt durs al vicepresident: o hi ha un pla de xoc o xocarem i prendré mesures.

Envio una carta, que ha preparat en Gonzalo Boye, a l'Alta Comissionada dels Drets Humans de l'ONU per denunciar les amenaces del Tribunal Suprem espanyol a les autoritats penitenciàries a l'hora de concedir permisos als presos polítics (Annex 7). Que no és possible per un independentista català trobar justícia a Espanya ja ho sabíem, però que fins i tot amenacin funcionaris... A això encara no havíem arribat. Era només qüestió de temps.

Rebo un missatge de l'estimadíssima alcaldessa Colau qüestionant les xifres de les residències afectades a Barcelona i urgint-me que hi faci alguna cosa. Li responc que estic més preocupat que ella. I que hi ajudi. Acabo la conversa prometent que el vicepresident li trucarà. Ja està bé de ser sempre jo l'ase dels cops.

La tensió és altíssima: les morts de cada dia, els brots a les residències, els contagiats que no paren de créixer. Surto a donar un volt pel Pati dels Tarongers. Feia dies que no em tocava l'aire. M'arriba el perfum de les flors. M'assec al banc que dona al costat de l'escala de la Princesa, on encara hi toca el sol. Miro el pati, desert, només amb els coloms a la font. L'han convertit en el seu reialme. A la Rodoreda li agradaria la imatge. Només se sent, de tant en tant, el batec de les ales en volar. La resta és silenci. Mentre s'escola el temps, m'adono que el sol ja solament arriba a la cantonada del pati, on hi ha els bustos del president Companys i del president Irla. Com una criatura, avui vull aprofitar fins al darrer dels raigs de sol. M'aixeco i camino fins a situar-me al mig dels dos presidents, al costat de la paret lateral de la capella de Sant Jordi. Penso en el president Irla, el que més admiro després de Macià. Sense cap poder, en una situació perillosíssima després de l'afusellament de Companys, va acceptar la presidència i va sostenir-la amb tota la dignitat. Sempre he sospitat que en la seva renúncia, que va donar pas al president Tarradellas, no hi havia només cansament, sinó un punt de decepció davant de tantes lluites caïnites com hi havia al seu voltant. Ell, però, aguantà en el moment més crític. Després, les democràcies occidentals enterraren el somni del retorn.

Irla sabia de la importància del símbol. La presidència, a Catalunya, ho és tot. Per això fallar als ciutadans és la pitjor taca per un president. Irla no va fallar.

Estic fent el que cal fer? Sense recursos, amb les competències centralitzades, el govern de coalició amb turbulències ondulants... Estem fent el que cal fer? De fet, la Generalitat ha quedat despullada i va nua. Però altra vegada es tracta de la importància del símbol i, per tant, que no fallem a la gent. Que donem confiança. Que expliquem la veritat.

Ho estem fent bé? Potser mai com fins ara ens hem jugat la credibilitat de la idea de la independència: tant perquè es faci evident que és impossible sortir-se'n sense competències ni recursos com, paradoxalment, per la capacitat de lideratge, de credibilitat i de responsabilitat amb què actuem. Hem de fer i hem de ser.

Faig una última mirada al pati, ja totalment cobert per l'ombra. Travesso el pont. Entro a Canonges.

PSC i Comuns no paren d'atacar el Govern. Demano al Grup Parlamentari que faci alguna cosa i contraataqui. Després l'alcaldessa envia una piulada contra mi per la gestió de les residències. Home, ja està bé! Demano al vicepresident i al conseller El Homrani que es pronunciïn avui mateix públicament i defensin la seva gestió.

És un joc pervers, aquest del PSC i dels Comuns, lacais dels seus amos madrilenys.

Ens enviem uns WhatsApp duríssims amb l'alcaldessa que, com és habitual, mai no té la culpa de res. És un prodigi de la política. L'alcaldessa líquida. Li reclamo per què no aproven la renda bàsica, ara que manen, i em contesta preguntant-me com ho pagarem si no cobrem impostos. Responc: «Doncs endeutant-nos fins a les celles».

A la nit decideixo fer públic que escric aquest diari i piulo:

Ja fa 19 dies que vaig començar aquest Diari del Confinament. Intento —massa sovint amb poc èxit— escriure cada nit. M'ajuda a fixar la memòria d'uns temps que no podríem haver imaginat mai de viure, a deixar enrere el món d'ahir i a pensar en els dies resilents que vindran.

Vaig a dormir preocupat per com encararem la reunió de presidents. No pel que significa —que és la inutilitat més absoluta— sinó per com plantegem el pas següent des de Catalunya.

Compleixo la promesa: Spotify i cançons de Toldrà.

Dissabte, 4 d'abril

Els casos de coronavirus a Catalunya són: 26.032 positius i 2.637 persones mortes. A Espanya els positius arriben a 135.032, amb 11.744 morts

Em llevo pensant en demà.

Demano l'opinió de com enfocar-la, tant en la reunió de JxCat com en la de coordinació. El vicepresident em comenta que a Madrid es diu que prorrogaran el confinament total.

M'incorporo d'incògnit a la reunió del PROCICAT, on ja es parla de desconfinar la Conca d'Òdena, perquè els resultats són similars als de la resta de la Catalunya Central. Es fa un repàs del material de protecció que tenim (mascaretes, ulleres, bates i respiradors). Tenim estocs per a cinc dies vista. Posa els pèls de punta: cinc dies! El punt més greu continua estant a les residències: el 31% estan infectades. Calen mesures radicals: trasllats massius i clíniques socials.

A la tarda, reunió amb la Comissió d'Experts. El Dr. Trilla assegura que el confinament no s'aixecarà per la sobrecàrrega dels hospitals i que ell creu que això passarà el dia 11 d'abril, per als serveis no essencials. Jaume Padrós alerta que la setmana vinent tindrem una mortalitat molt alta. Oriol Mitjà planteja una estratègia que ha de passar primer de tot per la salut de les persones, i per conèixer el nivell d'infecció de la ciutadania, amb tots els tests que calgui fer, l'anàlisi dels resultats de l'aplicació, etc. Només a partir d'aquest moment i d'aquesta informació podrem moure'ns a una segona fase que prevegi obrir la mobilitat de persones i activitats. Sempre gradualment i sempre prioritzant la salut.

Acabada la reunió, truco al Dr. Clotet per si acceptaria ser el comissionat del Pla de desconfinament. Se sent molt afalagat, però prefereix continuar amb les seves investigacions. A continuació truco a Oriol Mitjà i li ofereixo ara a ell aquest càrrec. Em dirà alguna cosa.

Al vespre, demano a l'equip de l'Oficina l'esborrany dels punts de la reunió de demà. No han avançat. Em toca començar a escriure ara.

Acabo extenuat. No tinc ni ganes de sopar. Pujo a l'habitació i m'entretinc amb *Les hores*, de Josep Pla, que havia portat feia mesos a Canonges. Una delícia quan parla del cucut i les orenetes.

Diumenge, 5 d'abril

Els casos de coronavirus a Catalunya són: 26.824 positius i 2.760 persones mortes. A Espanya els positius arriben a 140.510, amb 12.418 morts.

Em llevo a les 8.30 h. Baixo i preparo el discurs per la televisió de després de la reunió. El Col·legi d'Economistes de Catalunya demana que el termini de declaració de la renda s'allargui fins al setembre.

Oriol Mitjà tampoc no accepta el càrrec, però diu que m'ajudarà en tot el que pugui.

La reunió de presidents és pesadíssima, però trobo uns aliats inesperats: les Illes i Castella i Lleó, que demanen explicacions sobre els tests i els PCR —el mateix que demana Catalunya. El president de Galícia també es queixa que ells estan aportant el 90% del total del material sanitari. La presidenta Ayuso parla d'un milió de contagiats i proposa que la gent se'n vagi a estiuejar a Salou o al País Valencià. També s'oposa a la renda bàsica universal. El president Sánchez, impertèrrit diguem el que diguem, no contesta res. Clou el tràmit i... fins a la setmana que ve.

Quan acaba la reunió, surto al Pati dels Tarongers a prendre el sol cinc minuts. Em trobo els dos mossos —en Jordi i en Marc— que estaven amb mi el dia del meu confinament. Van haver de fer la quarantena. Estan bé, i les seves famílies també.

Me'n vaig a la sala on tenim el *hot point* de TV3. Em connecto i entro en directe al telenotícies. Insisteixo en la demanda de prorrogar el confinament total, excepte serveis essencials. No ens podem permetre equivocar-nos. No és el moment d'abaixar la guàrdia. En aquesta lluita tan desigual contra el virus, l'única possibilitat que tenim és anticipar-nos-hi (Annex 8).

Però també poso l'accent en allò que fa dies que demano reiteradament: han de ser les Administracions les que carreguin amb les conseqüències d'aquesta crisi, i no pas les persones ni les empreses.

A la tarda, l'Helena filla m'insisteix que em distregui, que em connecti a Netflix. Ho provo i no me'n surto. He de baixar l'aplicació i resulta que tinc un sistema operatiu que no m'ho permet. Me'n vaig a Youtube i m'empasso *Encadenados* de dalt a baix. La seqüència del petó de Cary Grant i Ingrid Bergman és fascinant. La de la clau, meravellosa. Claude Rains, un luxe. Que gran, Hitchcock!

Avui tinc la família motivada. La meva mare, de 88 anys, confinada a casa seva —i no crec que ningú a Catalunya compleixi amb la normativa amb l'escrupolositat que ho fa ella—, m'envia unes fotografies de les flors del seu jardí. I m'adono que la primavera s'ha obert pas enmig de la foscor i que enyoro tornar a l'hort de Santa Coloma de Farners, i a les petites històries, senzilles i benignes, d'aquest jardí, on he estat molt feliç i que el pare tan bé va saber descriure'l, amb les seves notes personals sobre la glicina, els bonsais o el gripau familiar. Però sé que hi tornarem.

No tots els països estan actuant igual; no tots tenen la mateixa por d'enfrontar-se amb l'*establishment* de sempre. A Portugal, avui, el seu president ha demanat als bancs que tornin els diners de l'última crisi financera: «Cada portuguès va contribuir a fer viables els bancs. Ara, sabent que la banca està estabilitzada, és una ocasió de retornar als portuguesos el que vam fer». Té tota la raó. Sempre ho he defensat: l'autonomia que ens cal és la de Portugal.

Dilluns, 6 d'abril

Els casos de coronavirus a Catalunya són: 28.323 positius i 2.908 persones mortes. A Espanya els positius arriben a 146.690, amb 13.055 morts.

Comença una altra setmana crítica. Quantes en portem, ja?

El gerent de l'Hospital de Cerdanya penja un vídeo explicant que ha pujat el nombre de pacients no domiciliats a la comarca atesos al seu centre. Em sulfura que això pugui estar passant i piulo:

> *El gerent de l'Hospital de Cerdanya ho diu amb paraules educades. Jo, no. Em sembla un gest d'insolidaritat absolut marxar a les segones residències posant en perill el sistema sanitari. El confinament total no és una dèria de ningú, és la protecció del bé més comú, la salut, la vida.*

A la reunió de coordinació del matí he tornat a preguntar a la consellera Vergés pel tema de les residències. Ja no sé com insistir més. També he demanat un pla d'ús obligatori de mascaretes. I, tanmateix, no hauria de ser al revés? Els consellers no m'haurien d'estar col·lapsant de propostes dures i d'impacte per aturar la pandèmia?

Avui toca reunió amb el sector d'esports, que es fa càrrec de la situació i dona suport a les mesures que ha pres el Govern. Els ho agraeixo.

Surt una alerta a la xarxa informant de la mort de Josep Maria Benet i Jornet. Un dels grans. Encara recordo la cerimònia d'entrega del Premi d'Honor de les Lletres Catalanes, on va ser ell més que mai. Després treballem amb en Pere i l'Anna l'agenda de comunicació: un article per al *Punt Avui*, una roda de premsa internacional i una possible entrevista a RAC1. Com s'ho fan perquè tot funcioni?

A les 12 h, em connecto a la reunió tècnica del PROCICAT, que és, de fet, l'única manera que tinc de saber del cert què passa.

Dino amb la Carola i les filles. Parlem de la Muriel, que avui hauria complert 75 anys. He penjat una foto seva a les xarxes. Sens dubte, una de les persones que més m'ha influït en la vida, en la meva manera de ser i de pensar. Vaig compartir els millors anys de la revolució del somriures amb ella. M'omple d'orgull haver-ne estat el seu amic. I el seu record em porta a comprometre'm cada dia amb la independència de Catalunya, la justícia social i el benestar de tots els catalans. La seva tràgica, estúpida, colpidora mort encara em crema. Amb la Laia, la seva filla, vam parlar-ne molt. En vaig escriure un llibre, que sempre m'acompanya. Busco per Internet l'obituari que vaig escriure amb motiu de la seva mort (Annex 9).

Començo la tarda amb una reunió sobre les residències i el pla de xoc que fa dies que demano. M'expliquen que passen a treballar segmentant els equipaments en residències A (grans residències on és possible aïllar els pacients malalts); i residències B i C, mitjanes i petites, on és difícil aïllar i on caldrà reubicar els pacients.

Poso l'accent en el calendari i en els tests. No hem de córrer, no, hem de volar. Poso tota la pressió de què soc capaç. No em val que estigui passant el mateix a tot el món; és una tragèdia i és el nostre deure combatre-la amb totes les nostres forces.

En la reunió de coordinació de les 17 h, decidim enviar al PROCICAT de dimecres el pla de pròrroga del confinament. I que demà al Consell Executiu aprovem mesures com l'ús de la mascareta i la distància d'un metre i mig entre persones.

Acabo el dia amb reunions amb experts sobre mascaretes i sobre tests.

Encara arriba, al vespre, una bona notícia: també s'han homologat els respiradors de l'empresa Gpainnova i Siemens. He seguit molt de prop tot el projecte i puc constatar fins a quin punt l'esforç ha estat majúscul. La gent, sempre la gent d'aquest país.

A la nit, recupero la sèrie *The West Wing*. Som tota una generació a la qual els Bartlet, Toby, C. J., Leo, Sam i Josh ens van marcar per sempre. El diàlegs, el ritme, el sentit de l'humor i un president adorable, que diria la meva filla. Veus tota aquella maquinària, aquell embalum de gent i de poder real i el compares amb el de la Generalitat i... bé, millor que comenci la sèrie.

Cada dia estic agraint la feina i l'esforç d'algun col·lectiu. Avui el dedico als quatre mil alumnes de formació professional que s'han ofert per ajudar a lluitar contra la COVID. Això sí que és compromís i solidaritat.

Dimarts, 7 d'abril

Els casos de coronavirus a Catalunya són: 29.647 positius i 3.041 persones mortes. A Espanya els positius arriben a 152.446, amb 13.798 morts.

No cal apuntar res de les reunions de JxCat i del Consell Executiu perquè no han servit de res.

Ahir vam saber que havia mort la mare de Pep Guardiola per COVID. Em va colpir. No fa ni quinze dies que parlava amb ell per agrair-li el seu donatiu i li havia preguntat pels seus pares, i m'havia dit que estaven bé. Quina malaltia tan cruel!

Com que la seva germana treballa a Exteriors, li truco. Li dono el condol. Parlem de com de ràpid ha anat tot. Penjo. Al cap de cinc minuts, em truca ella. Em vol fer saber que el seu pare li demana que em doni molta força i coratge.

Em trenco, un altre cop. Feia dies que anava fregant els plors. La xifra de morts és insuportable i quan toca a persones conegudes es fa present el dolor d'una manera bestial, primitiva, atroç. Quina tragèdia, Déu meu!

Però, el que és la vida, després d'un moment així, rebo un missatge del contacte de Hong Kong confirmant l'enviament. Gràcies, moltíssimes gràcies C.! Salvarà moltes vides.

Vaig darrere les mascaretes. Començo a fer gestions. Truco a Eurecat —Miquel Rey, un crac—, que té un contacte amb l'empresa Hartmann. Faig un intent. Podríem aconseguir-ne 14 milions per ser distribuïdes a les farmàcies. Bé! Cal organitzar-ho i passar tots els controls.

Els Comuns continuen collant, amb qualsevol excusa. Ara, els coronabonus. Tinc la impressió que no em coneixen en absolut. Els contesto:

> *Em semblen perfectes. I he donat tot el suport al president Sánchez per reclamar els fons europeus que calguin. Ara bé, reclamo també: 1. Pròrroga del confinament total; 2. Renda bàsica universal; 3. Suspensió d'impostos. Vosaltres maneu a Madrid, hi esteu d'acord?*

El que més em costa de digerir és aquesta manera de presentar les coses, com si no fossin responsables del que el Govern espanyol està fent. Ells són part del Govern i directament responsables, per tant, del que fa.

Sopo. Al llit, torno a *Les hores*, de Pla:

> *—De manera, doncs, que Pasqua de Resurrecció se situa en el primer diumenge posterior al pleniluni que segueix l'equinocci de primavera. Em segueix?*
>
> *—Molt bé. ¿I no podria dir-me qui arreglà les coses d'aquesta manera?*
>
> *—Aquest ordre de coses fou acordat en el concili Nicea, que tingué lloc l'any 325.*

Pla total.

La Carola filla m'ha enviat una foto de la seva mare fabricant mascaretes amb la màquina de cosir. Carola total. Així és ella. La penjo a Instagram i hi deixo anar: «Molt bé, Carola! Gràcies. T'estimo».

Dimecres, 8 d'abril

Els casos de coronavirus a Catalunya són: 31.043 positius i 3.148 persones mortes. A Espanya els positius arriben a 157.022, amb 14.555 morts.

Avui és el Dia Internacional del Poble Gitano, un bon moment per recordar la riquesa de la seva cultura i dels seus valors i reconèixer la seva història, que també forma part de la cultura collectiva de Catalunya. *Sastipen thàj mestipen!* Salut i llibertat.

A la reunió de JxCat insisteixo que el missatge únic d'aquests dies ha de ser el de confinament total. La situació és molt greu i ho necessitem. I ja és dimecres. No hem rebut encara cap pla ni cap proposta del govern espanyol de com pensa obrir l'activitat. No tenim tests. Les UCI saturades. No podem permetre que es posi en risc la salut de milers de treballadors quan hagin de tornar a la feina. Cal rigor, planificació i responsabilitat.

Ho repeteixo a la reunió de coordinació. Com era d'esperar, ja es presenten problemes burocràtics per l'operació mascareta. No podem perdre temps! D'altra banda, avui presentem la Memòria per prorrogar el confinament total.

La consellera Vergés diu que cal fer un Consell Executiu divendres. Ens explica una conversa amb el ministre Illa que va anar així:

Vergés: Si llancem la gent a treballar, com s'ho faran?
Illa: Sí, sí, en soc conscient.

I ja està. Res més. No em crec res. Mai m'he cregut res d'aquesta gent. Si el ministre fos conscient del que pot significar obrir les activitats, no ho permetria.

Tinc problemes de connexió amb el mòbil. El que faltava. Ara l'estan intentant recuperar.

Parlo amb en Pere per organitzar l'arribada de la Carola i les filles, dimarts, a Palau.

Dino i entro a la reunió de residències. Una setmana més. Són les reunions més dures que he tingut en tota la meva vida. Però si no les hagués anat convocant, com podria ara continuar mirant-los als ulls? De les poques coses que he après aquests anys és que els problemes no desapareixen, si de cas, es transformen. I l'única manera que no se t'enduguin per davant és fer-los-hi front. Donar la cara. Sempre. Encara que sigui duríssim, com aquestes reunions.

Pregunto a tots els assistents:

1. Opinió general: estem millor o pitjor que fa una setmana?
2. S'ha notat el Pla de xoc?
3. Protecció al personal sanitari.
4. Mesures que es proposen.

El conseller El Homrani delega en Aina Plaza i el Dr. Santaeugènia, perquè té una roda de premsa. Diu que ens hem adaptat a l'estructura de Salut amb equips conjunts. Aquests expliquen les novetats que s'han implementat i els plans de tests que tenen previstos. Després, dono la paraula als representants de les residències.

Cinta Pascual, d'ACRA, és contundent: estem igual, més cansats i no s'ha incorporat el personal; necessitem acció, que la notem; no ens podeu demanar paciència. També Francina Alsina, de la Taula del Tercer Sector, hi coincideix: la situació és molt greu i manca material.

En general, tots els assistents reclamen tests i PCR immediatament, i més suport. Però sobretot demanen que el que fem es vegi. Estan cansats de papers i de bones propostes. Volen acció, que actuem d'una vegada.

Finalment, tanca el secretari general, Cesc Iglesias, que rebat els assistents dient que sí que estem millor i que hi ha una governança nova.

Surto de la reunió i truco immediatament a Pere Aragonès. Com vaig fer amb el cas d'assetjament que implicava un col·laborador del conseller Bosch, li trasllado un ultimàtum: exigeixo un canvi immediat. I ha de ser avui mateix o prendré les decisions que em semblin necessàries.

Enllaço amb la reunió del món local. Els explico la situació a Catalunya i que hem demanat la pròrroga del confinament total, perquè, en cas contrari, 820.000 persones hauran d'anar a treballar. Parlen també els consellers i després els presidents de les diputacions. Núria Marín, la menys favorable, lògicament. També l'Associació i Federació de Municipis hi estan a favor. Jaume Collboni, per part de l'Ajuntament de Barcelona, s'ofereix a col·laborar i posa el dit a la nafra de les residències.

És evident que les residències són ara mateix el punt més feble —i dramàtic— del Govern. I, naturalment, l'oposició ho aprofita. Per això el canvi ha de ser immediat, avui.

Amb en Pere i l'Anna, preparem l'entrevista amb Jordi Basté. Algunes idees:

- És una temeritat no prorrogar el confinament. Tractant-se de la salut, no es pot admetre cap imprudència.
- Que ningú no aprofiti una crisi humanitària per fer política.
- La COVID no es derrota a cops de nacionalisme espanyol, sinó amb personal sanitari, amb recursos, amb coordinació, sense centralitzar competències per deixar-nos al final amb tots els problemes igualment.

- La gestió, com més pròxima a la ciutadania, millor: més flexible, més ràpida, més adaptable.
- Molt pitjor que un confinament són dos confinaments.

També comentem que cada dia es veu més gent pel carrer. És un disbarat que tots podem pagar molt car. Això va de solidaritat amb els altres. De compromís cívic. De compartir sacrificis. La situació al país és crítica. Cal que la ciutadania mantingui el confinament total.

A les 20 h sento els aplaudiments de cada dia al personal sanitari. I no puc deixar de pensar en la meva germana i una neboda, metges, i la meva cunyada i una altra filla seva, infermeres. Estic molt orgullós d'elles i de tothom que avui treballa per cuidar-nos i salvar-nos.

Tot sopant, el conseller Buch em confirma que demanem el confinament total, i ho presentem.

A última hora es filtra que les competències sobre les residències es traspassen a Salut. Sincerament, jo m'esperava la dimissió del conseller, però és una alternativa que no puc rebutjar.

Dijous, 9 d'abril

Els casos de coronavirus a Catalunya són: 31.727 positius i 3.231 persones mortes. A Espanya els positius arriben a 161.852, amb 15.238 morts.

Avui fa 82 anys va ser afusellat Manuel Carrasco i Formiguera. És un dels polítics que no només admiro, sinó que estimo. La defensa dels seus ideals li va costar la vida, el preu més alt que pot pagar una persona per les seves creences. Carrasco trenca tots els motlles i estereotips: catòlic fervent, independentista acèrrim, home de confiança de Francesc Macià. La seva carrera és fulgurant, fins a ser nomenat ministre de la República Catalana del 14 d'abril. Però el poder no li interessa, el triomf personal no li importa. Ell lluita per un país. I tant li fa el que pugui passar-li: es limita a defensar sempre el mateix, la qual cosa, davant de les renúncies dels altres, el converteix, mal que li pesi, en un autèntic revolucionari no tan sols nacionalment parlant, sinó també des del punt de vista de la justícia social. Un democristià afusellat per Franco, amb una dona i vuit fills al darrere. He volgut compartir a les xarxes les seves últimes 24 hores (Annex 10).

L'entrevista amb Jordi Basté gira pràcticament tota al voltant de les residències. Dic que calia reconduir el rumb de la gestió de les residències, que és necessari el màxim impuls i atenció possible; que ho vaig parlar amb el vicepresident i que el conseller El Homrani s'ha de concentrar en l'àmbit del treball i de l'ocupació i se n'ha d'ocupar al 100%. És un punt disruptiu necessari.

Després intento parlar amb Pere Cardús. No contesta. Demano pel Pla de voluntariat que hem encarregat. Ningú no ha preparat res. No ho entenc. Finalment, em truca en Pere. Ens enfadem. L'aïllament ens està tensionant molt. Massa. Em diu que presenta la dimissió. Contesto que en un moment com aquest, quan més ajuda necessito, no em sembla correcte. De sobte, em trobo cridant a ple pulmó per la galeria gòtica. No pot ser. Hem d'asserenar-nos.

Em connecto a la reunió amb el sector del voluntariat. Totes les entitats passen per moments molt difícils. Jordi Balot dona dades: el 80% del voluntariat està confinat a casa; en actiu hi ha uns 9.000 voluntaris. Llança la idea, compartida per Francina Alsina i els altres, d'un Pla d'Emergència Social a Catalunya. José Javier Ordoñez, d'Arrels, anticipa que el col·lapse sanitari d'ara arribarà després a les entitats socials. Hi intervé Creu Roja, Càritas, Pere Tarrés, Fundesplai, Telèfon de l'Esperança, Amics de la Gent Gran. Roser Brutau, del Banc dels Aliments, alerta que han doblat el torn de magatzem. Quan acabem, entra a la reunió Cesc Iglesias. En resum: ens cal aquest Pla d'emergència social.

A continuació comencem la reunió dels agents econòmics i socials. Els faig partícips del moment crític i d'excepcionalitat que ens porta a continuar demanant el confinament total, excepte els serveis essencials. També els informo que estan en marxa el Pla de tests, el de mascaretes, el d'antiaglomeracions, i mesures de prevenció per als treballadors i la ciutadania.

Hi són presents el vicepresident i alguns consellers, que expliquen la situació dels seus departaments.

Els representants de les patronals em fan saber que no comparteixen la posició del Govern i que donen suport a un desconfinament. Al·leguen que el 60% dels comerços no sobreviuran. «Hem de posar les llums llargues», afegeix Josep Sánchez Llibre. I jo penso que les llums llargues seran milers de morts si no continuem confinats. Josep González, de PIMEC, li dona suport, emparant-se en la falta de garanties jurídiques. Els representants sindicals prefereixen centrar-se en reclamacions sobre els ERTO o la necessitat de concertació social. En això tenen raó: el Govern espanyol només ha tramitat el pagament de 600.000 ERTO a tot l'Estat. Això vol dir que a Catalunya n'hi tocarien 100.000, quan, només al nostre país, tenim 600.000 treballadors afectats. És la ruïna per a moltes famílies. I si és així, per què no surten a denunciar el Govern espanyol amb totes les seves forces?, per què no donen suport al Govern de Catalunya en la pròrroga del confinament, per la salut dels treballadors?

Com fa un mes, han preferit l'economia a la vida. I no tindran economia i perdrem milers de vides.

Laura Borràs em diu que Santiago Abascal acaba de criticar Pedro Sánchez per no haver-me detingut. «Per què, aquest cop?», li pregunto. Em contesta: «Per posar obstacles a les Forces Armades espanyoles». Vaja.

El Mundo destapa una notícia que malauradament hem patit i que ha estat un dels grans desastres de la gestió de la COVID del ministre Illa: el dia 2 de març, el seu ministeri va prohibir a comunitats i hospitals la compra de material. Això va fer que Espanya quedés desabastida durant vint dies crucials. És, sens dubte, el gran, l'immens, el catastròfic error que ha fet l'Estat espanyol.

És Dijous Sant, ja no me'n recordava!, i tota la família està fent bunyols. Acostumàvem a reunir-nos sempre a casa dels pares, preparar la pasta (amb celiandre i matafaluga), amassar-la, deixar-la reposar i, un cop a punt, començava un festival d'enginy més o menys maldestre on fills i nets lluitàvem sense compassió per veure qui feia el bunyol més bunyol de tots. La vida del món d'ahir.

Aprofito també el moment per trucar al ministre de Salut d'Andorra. Han tingut força èxit i ho han fet molt bé, sempre anticipant-se. És un home molt assequible. Però he de tallar la conversa perquè m'alerten que posi la televisió. Pedro Sánchez anuncia que es prorroga el decret d'alarma, però no el confinament total.

Li envio immediatament un WhatsApp:

> *Presidente, es jueves y hoy nos enteramos de que decretas la vuelta al trabajo de personal no esencial. No lo comparto en absoluto y es una temeridad. Ayer la Generalitat presentó una petición de prórroga del confinamiento total para Catalunya. Exijo una respuesta por escrito. Casi un millón de trabajadores catalanes van a tener que correr un riesgo innecesario. Tenemos las UCI al 88%, con sobrecarga en el personal y sin tests. No puedo aceptar una no respuesta. Exigo una justificación. Saludos.*

Ell em contesta, aquest cop, dient que l'anunci ja s'havia fet i que el ministre Illa està en contacte amb la consellera Vergés i que en el marc del diàleg social s'ha anat treballant per tenir-ho tot preparat per al dilluns.

Responc:

> *Presidente, gracias. Pero no voy a aceptar esta decisión si no hay una respuesta por escrito a nuestra petición de prórroga. Saludos.*

I es fa el silenci.

Quines pressions deu tenir, Pedro Sánchez? Les patronals espanyoles? L'IBEX? S'estan prenent decisions que afectaran la vida de milers de persones. Però quin Estat és aquest que exposa la salut dels seus ciutadans a un risc perillosíssim? Tenim una situació d'una pressió sanitària a punt del col·lapse. Hauria col·lapsat si no s'haguessin transformat els hospitals en repúbliques independents que s'han autogestionat i ampliat i ampliat i ampliat llits de crítics. De debò que no podem aturar l'economia dues setmanes més i compensar de manera directa —i decent— els treballadors i empresaris? I nosaltres abocats a la ruïna des d'aquesta autonomia despullada, espoliada i vençuda. És tan desesperant que clama al cel: una Catalunya independent sense el dèficit fiscal podria portar a terme totes les polítiques de suport econòmic que ara es necessiten. Però els representants empresarials catalans prefereixen mirar cap a una altra banda, i els nostres sindicalistes només miren a Madrid.

Bona notícia. Missatge del Dr. Argimon: primer malalt amb el respirador RESPIRA fet. Impecable la tolerància.

Li pregunto com està tot. Prudent, em respon: a poc a poc, anem millor. Després m'envia una nota de veu, més explícita: ingressos hospitalaris a la baixa; crítics, comença a suavitzar-se la pressió. Dependrà dels dies de confinament. Important el canvi que s'ha fet al Departament de Treball. La persona que portarà les residències és de la seva confiança.

Sopo uns formatges que m'han portat avui a Canonges, appenzell inclòs, mentre em preparo l'entrevista de demà amb Ràdio Tarragona.

Al llit, em miro un nou episodi de *The West Wing*. «Deixeu que Bartlet sigui Bartlet». No sé si era el millor capítol per veure.

Divendres, 10 d'abril

Els casos de coronavirus a Catalunya són: 32.984 positius i 3.331 persones mortes. A Espanya els positius arriben a 166.019, amb 15.843 morts.

M'entrevisten a Ràdio Tarragona. Molt bon periodista, em cita dos cops Rovira i Virgili. No puc sinó correspondre amb una piulada, afegint aquesta frase del gran historiador i polític: «la terra on els homes habiten no és solament un paisatge pintoresc, és l'escenari de la vida i de les lluites».

Arriben notícies molt preocupants sobre milers de treballadors amb un ERTO que no han cobrat avui, com tocava. La indefensió i vulnerabilitat en què queden aquests treballadors, en el pitjor moment, és d'una extrema gravetat. Exigiré explicacions al Govern espanyol. Però de moment qui me les exigeix a mi és el PSC. Ens acusa de «crear confusió» i reclama «missatges clars a la ciutadania». Ara va per aquí la cosa. Els que defensem nítidament una posició som els que posem la ciutadania davant de situacions contradictòries. És la visió sucursalista del món que té el PSC, súbdits del PSOE —que és qui els posa i qui els treu.

Insisteixo molt clarament en la nostra posició:

1. Pròrroga del confinament total, excepte serveis essencials, basat en criteris d'experts (el Govern espanyol no ha contestat, i ha reconegut que no ha consultat els experts).
2. Renda bàsica universal per als treballadors (sense aplicar, quan, a més a més, avui són milers els treballadors que no han cobrat els ERTO).

A les 10 h celebrem un altre Consell Executiu telemàtic. No dura gaire. A continuació m'entrevista *National Geographic.*

Cristina Nadal em fa saber d'un assaig per a diagnòstics serològics que es podria fer amb l'empresa Hipra. Hi ha el Dr. Clotet i altres especialistes involucrats en el projecte. Em passa el telèfon de David Nogareda. Li truco i parlem. Sobretot li agraeixo el treball i la disposició.

Dino i pujo a descansar. M'he llevat amb mal de cap.

Es fa públic que el Govern espanyol aixecarà el confinament total sense haver consultat el seu Comitè d'Experts. Però com és possible? Així doncs, com prenen les decisions? El Govern de Catalunya ha basat sempre totes les peticions, i les ha argumentat, en el criteri dels experts epidemiològics. És tot tan escandalós que ja no sé ni què dir. Demano que em passin urgentment el ministre Illa. Ja s'ha fet fosc i encara no han contestat a la nostra petició. És una barreja de menyspreu, ignorància i colonialisme. A terços. Tinc decidit que si no contesten, no assistiré a la reunió de presidents.

A les 17 h, en la reunió de coordinació, tot i que encara és massa teòrica pel meu gust, per fi comencen a arribar algunes dades d'interès. Es comença a notar el lideratge de Yolanda Lejardi, encarregada del Pla de residències. Parlem de cribratges (1.000 testats a la regió Metropolitana Nord), material sanitari, etc. M'asseguren que en deu dies tindran testades totes les residències de risc.

Al final de la tarda, em passen el ministre Illa. Li exigeixo una resposta i li dic que aniré fins a les últimes conseqüències. Queda sorprès. «Més enllà del Decret?», em diu. «Fins on faci falta», responc.

Em connecto amb l'Anna i en Pere per planificar el cap de setmana. Hem d'esperar a veure què dirà Pedro Sánchez i anar a la reunió de diumenge amb els plans, convocar el Consell Executiu i aprovar les mesures restrictives de mobilitat i de seguretat per publicar-les diumenge a la nit.

A les 22.30 h faig un darrer intent amb el president Sánchez i li envio el *link* on s'informa que Itàlia prorroga el confinament i atura les activitats econòmiques. També li exigeixo que ens contestin.

Em respon dient que m'enviarà el Pla de desconfinament i que el que cal és unitat. O sigui, se'm treu de sobre i no rectifica.

Dissabte, 11 d'abril

Els casos de coronavirus a Catalunya són: 34.027 positius i 3.442 persones mortes. A Espanya els positius arriben a 169.496, amb 16.353 morts.

Començo el dia continuant amb la pressió a Pedro Sánchez:

Presidente, es el momento de hacer caso a los expertos. Yo lo haré con los míos, hasta las últimas consecuencias. Buenos días.

Avui fa vint-i-set anys que un grup de feixistes va assassinar un jove de 19 anys de Burjassot, Guillem Agulló. Però no l'oblidem, ni a ell, ni la seva lluita compromesa amb la llibertat, la solidaritat, la democràcia i la justícia.

A la reunió de coordinació del JxCat debatem els passos a seguir. La consellera Chacón parla d'«incertesa» i d'«indefensió legal». El conseller Calvet, de fer una crida al país de presa de consciència.

De fet, es tracta:

1. Sabem el que no s'ha de fer: aixecar el confinament.
2. Sabem el que s'ha de fer: tests.
3. Per això estem fent: els plans de xoc, etc.
4. Catalunya ha seguit sempre els criteris dels científics: fa un mes i ara.
5. El Govern espanyol torna a equivocar-se i posa en crisi la recuperació, sense atendre als criteris dels experts.

6. El Govern de Catalunya es posa al costat de la seguretat i protecció de la salut. I actuem: convoquem el Consell Executiu per aprovar un pla de mesures i un «contracte social» amb la comunitat; «queda't a casa» i apel·lació a la ciutadania i als agents econòmics i socials.

Cloc el debat: el poder és de la gent. Si la gent creu en nosaltres, ho aconseguirem.

En la reunió de coordinació de després, topada entre les conselleres Budó i Vergés, perquè la consellera de Salut fa rodes de premsa pel seu compte sense assabentar-ne la de Presidència.

Jo no solament estic cansat, sinó fart de tantes deslleialtats. No només han fet una roda de premsa sense que ho sabéssim, sinó que el Dr. Guix ha explicat un pla de desconfinament que desconec. Justament el Dr. Guix!, després de tot el que ha dit i del que ha passat. Parlo amb el vicepresident i exigeixo responsabilitats. El Dr. Mitjà serà qui marcarà el Pla de desconfinament. Apugem el to dels missatges. Al final, no puc més i li deixo anar que si no ho veu, que a mi tant m'és JxCat o ERC! Prou, home, prou! Ja no es pot aguantar més. A mi m'és igual qui faci la feina, el que vull és que es faci bé, coordinadament, sense missatges contradictoris.

Al cap de cinc minuts arriba la carta del ministre Illa. Més que una carta és un despatxar-se sobre Catalunya, amb un menyspreu èpic:

> *Una vez recabado el correspondiente criterio técnico sobre el informe del PROCICAT, se traslada que sólo una información epidemiológica y científica más sólida al respecto podría justificar la adopción de medidas diferentes de las aprobadas por el Gobierno para el conjunto del Estado, que se estima seguirán siendo de gran impacto para la contención de la transmisión del virus.*

Dicho lo cual, desde el Gobierno se sigue analizando a diario la situación y los datos disponibles sobre la evolución del COVID-19 por si fuera necesario revisar las medidas en curso.

Atentamente,

Salvador Illa
Ministro de Salud

Faig una foto d'aquest tros de la seva resposta i li envio al president Sánchez:

Es increíble que nos digáis esto. En fin, presidente. Lo he intentado por todos los medios. Solo me resta desearnos suerte.

Així tracta Espanya un assumpte que pot costar milers de vides.

Però no penso quedar-me de braços plegats. Cal enviar tots els informes tècnics que tenim i l'aval de la comunitat científica catalana i exigir-los els criteris dels seus experts.

M'arriba un missatge del Dr. Argimon pregant-me que, per a la conferència de presidents, faci entendre que un desconfinament ràpid i poc controlat pot ser molt contraproduent per a les persones. És important mantenir el confinament i que el Govern central faci arribar ràpidament els diners a la butxaca de les persones més vulnerables.

El responc immediatament: «Ja et pots imaginar que hi coincideixo al 100%». Em poso a recollir signatures per demanar el confinament total i aprofito per demanar-li a Josep Maria Argimon que si us plau mogui els seus contactes als hospitals catalans per si volen donar-hi suport.

També truco a Josep Rius perquè doni el vistiplau a l'Operació Open Arms a les residències, atès que s'estan trobant molts entrebancs a Salut.

Fetes aquestes trucades, entro a la reunió de diputats de JxCat, als qui no veia des del confinament. Molts dels recels que alguns diputats havien tingut amb mi durant aquests mesos sembla que s'han esvaït. També comprenc que alguns diputats nostres, que de cap manera avalen desobeir per assolir la independència —i mantenen en aquest sentit una posició molt semblant a ERC—, no hagin estat d'acord amb mi. Però la COVID ha canviat moltes coses. Els agraeixo de cor el seu suport.

Connecto amb la reunió d'experts. Demano a la consellera de Salut que expliqui la memòria del confinament total. Després els comentem que hem rebut la notificació denegant-lo. Oriol Mitjà diu que anirem a la catàstrofe si davant de la situació de pressió hospitalària actual surten 900.000 treballadors a treballar. La Dra. Campins i el Dr. Clotet coincideixen en la necessitat del confinament total. Els doctors Trilla i Padrós demanen que la gent no es mogui de casa.

En el transcurs de la reunió, el Dr. Argimon em va fent arribar les adhesions al confinament total. Pràcticament tothom: directors de grans centres hospitalaris, directors d'atenció primària, caps de servei d'UCI dels grans hospitals, caps de servei de malalties infeccioses dels grans hospitals, caps de servei de medicina preventiva i epidemiologia, caps de serveis d'urgències i pneumologia. També s'uneix a la petició el Col·legi Oficial d'Infermeres i Infermers —estan fent una feina extraordinària.

S'atreviran a anar contra tota la comunitat científica catalana? La pregunta és retòrica, s'atreviran a tot. No ens escolten ni ens escoltaran. Encara que fins i tot l'Organització Mundial de la Salut ho demani o que, per exemple, Itàlia, amb tot el que hi ha passat, prorrogui el confinament i l'aturada productiva fins al 3 de maig.

Dino amb la Carola i les filles per videoconferència, però no aconsegueixen treure'm de la preocupació en què em moc.

A la tarda, ens connectem amb Buch, Budó, en Pere, l'Anna i Cesc Esteve per dissenyar el pla de les properes hores:

1. Enviar una carta al president Sánchez.
2. Preparar la compareixença de demà i el Consell Executiu a la tarda (després que els plans passin pel PROCICAT).

Al vespre surto al Pati dels Tarongers, entre els últims raigs de sol de la tarda. Hi ha un moment màgic, breu com un sospir, que és quan la llum entra directament per la roseta de la capella de Sant Jordi. Quan van pujar la capella el s. XVI, de la planta baixa al primer pis, la van col·locar a la paret que dona al pati. Quan el sol la il·lumina és un esclat de colors i de rostres angelicals, preciós.

Telefono a Jordi Cortada —fa segles que no parlem— i em dona tots els ànims del món. Si alguna cosa he de fer quan acabi tot això és recuperar els amics que he deixat penjats durant tota aquesta Presidència.

Torno a trucar a Josep Rius, perquè rebo un nou missatge d'Oscar Camps que no s'ha avançat amb Salut. Més dies perduts. Els anem a buscar perquè es despleguin arreu de les residències per fer-hi els cribratges, i després ens empantaneguem amb papers i tràmits.

Avui, com els darrers dissabtes, no he pogut fer el vermut virtual familiar. La solitud se m'enganxa a la camisa, com la suor. Vaig encadenant conferències, reunions, missatges..., sempre sol. Canonges és com una sala d'operacions d'acer.

Necessito estirar les cames. Baixo a l'entrada del Palau i saludo, des de la distància, els Mossos que estan de guàrdia. Estan bé, ells i les seves famílies.

Em giro cap al *Desconsol*. Sempre he pensat que amb Josep Llimona l'escultura catalana fa el cim. El seu Sant Jordi de Montjuïc em té fascinat, per la força i la bellesa. El monument al Dr. Robert és com una escultura impressionista. Hi és tot. No hi ha una obra que se li pugui comparar.

Però el *Desconsol* és especial. Acostumat a veure'l al parc de la Ciutadella des de fa tants anys, donava per fet que aquella era l'única còpia. Però quan vaig assumir la Presidència vaig demanar al director del MNAC si tenia alguna obra de Llimona. El Palau és ple d'escultures i quadres d'autors magnífics, però no hi havia cap Llimona. Vaig quedar-me bocabadat quan em va contestar que a l'espai de reserva del museu hi havia l'obra original del *Desconsol*. L'original! No m'ho podia creure. I avui la tinc al davant. L'he observat hores i hores des de tots els punts i angles possibles. És d'una bellesa inenarrable. Tan bella com delicada i sensual. I ha canviat totalment l'espai de la planta baixa. Ja no és el mateix. Però només de pensar que en menys de vint-i-cinc metres de distància hi ha el *Sant Jordi*, de Pere Joan, la galeria gòtica, la capella de Sant Jordi, els murals de Joaquim Torres-Garcia i el *Desconsol*, em produeix un atac de síndrome d'Stendhal. És una tonteria, però em fa il·lusió pensar que es quedarà aquí.

Després truco per saber com tenim la carta al president Sánchez. Resulta que encara no tenim l'informe actualitzat. Demano refer-la per exigir al president espanyol que ens faci arribar els seus informes científics. No ho veiem igual amb l'Anna i en Pere. Cal que hi continuem treballant. Al final, no podrem enviar-la avui.

Treballem amb molta pressió. Avui no ho porto gens bé, tot plegat. Agafo el titular del *The New York Times* i el penjo a Instagram: «Spain, the only European country hit harder than Italy by the pandemic, will allow some nonessential employees to return to work on Monday. WHO has warned that now is not the time to relax measures». A les xarxes es comenta que hi ha ministres de Podemos que rebutgen aixecar aquest dilluns el confinament. Potser entre la pressió internacional i Podemos podem aconseguir-ho. Truco a Ada Colau per demanar-li ajut. En va.

Després de sopar, abans d'entrar a l'habitació, pujo a la biblioteca de Canonges. Ja he dit que és francament millorable, però de tant en tant, com sense voler-ho, hi apareix alguna perla. Per exemple, el *Breviari de ciutadania* de Carles Rahola: «Cadascú dona una nota individual i com més original sigui, millor; però hom no ha d'oblidar que del seu esforç i de la seva obra ha de beneficiar-se'n tota la col·lectivitat». És això! Va per aquí, apel·lar a la ciutadania, un contracte social de cadascun de nosaltres pel bé comú.

Avui han mort 111 persones a Catalunya. I volen desconfinar-nos.

Diumenge, 12 d'abril

Els casos de coronavirus a Catalunya són: 34.726 positius i 3.538 persones mortes. A Espanya els positius arriben a 172.541, amb 16.972 morts.

És el dia de l'Aberri Eguna. Pengem la ikurrinya al balcó de Canonges i felicito els bascos per Twitter. *Der Spiegel*: «Spain reopening the economy while still leading the world in deaths per capital is folly».

El Punt Avui em publica un article que hem preparat amb en Pere (Annex 11).

La reunió de presidents comença, com sempre, amb els autoelogis del president Sánchez. Xifres i més xifres sense cap autocrítica. Com una màquina. Fins i tot ens obsequia amb una relació d'ordres i instruccions. També ens deixa anar, com de passada, que volen centralitzar els tests.

Tot amb una desgana, com un recitatiu, un rosari, una lletania. Ni una paraula del dolor de les víctimes, de la salut de la gent. I tanca dient que, pel que fa a la duresa de les mesures preses, «España e Italia lideramos».

Per descomptat, acaba amb una crida a la unitat. Quaranta minuts d'exposició. Nosaltres en tenim cinc.

Tothom es queixa del caos en la distribució de material i dels ERTO no cobrats. Cap certesa, cap nou plantejament. Moltes crítiques al funcionament d'aquestes reunions: falta de calendaris, falta de documentació prèvia, falta de planificació. Destaco que la presidenta de Madrid diu que tots els metges asseguren que cal un confinament total; que el president de Cantàbria sosté que els experts espanyols són millors que els catalans i que la presidenta Armengol fa una demanda per tancar ports i aeroports. Inesperadament, ens surt un aliat. El president de Castella i Lleó —que sempre ha estat prudent i molt al costat dels criteris científics— pregunta a Pedro Sánchez: «¿Estás en condiciones de garantizar la seguridad en el trabajo, presidente? Nosotros estamos por el confinamiento total».

Pedro Sánchez ens contesta a tots, juga amb les paraules tot mentint i fa surf sobre les crítiques, talment com un paraigua evita que et mullis.

Jo he estat avui més contundent que mai. Ens hi juguem molt, aquesta vegada, ens juguem tornar enrere, ni més ni menys. Els meus arguments han estat:

1. Catalunya ha seguit en tot moment els criteris dels experts científics: fa un mes i ara.
2. Vam sol·licitar el confinament total fa un mes i l'hem tornat a demanar aquesta setmana: tenim el 89% de les UCI ocupades; els professionals estan sobrecarregats; les residències estan en un moment crític.
3. Demà, milers de treballadors espanyols i un milió de catalans estaran exposats a un risc evitable. És una temeritat i una imprudència absoluta.
4. Ahir vaig demanar conèixer els criteris tècnics en què es basa la decisió del Govern espanyol, adjuntant la llista de professionals catalans que avalen el confinament total. La comunitat mèdica i científica catalana és unànime. Per què no els volen escoltar?
5. Recordo els consells de l'OMS i que la decisió d'obrir les activitats econòmiques posa en crisi la recuperació sanitària, deixa desprotegits milers de treballadors i indefensos els empresaris i els autònoms.

I, adreçant-me al president Sánchez i al ministre Illa, hi afegeixo: «President, el Govern de Catalunya no es quedarà de braços plegats i prendrem les nostres pròpies mesures i decisions per protegir la nostra gent. Us ho vaig avisar privadament a vós i al ministre Illa. I ho farem».

També aprofito per reclamar que el desastre de la gestió dels ERTO s'arregli de la manera més urgent possible i que se suspenguin els impostos a les empreses.

Quan s'acaba. Surto al Pati dels Tarongers. Respiro. Em poso una corbata i em connecto en directe a TV3, via *hot point.* Repeteixo els punts anteriors, però hi afegeixo una reflexió que em va impressionar molt i que des d'ahir porto al cap. Es tracta del magnífic discurs que va fer el president d'Alemanya per desitjar una bona Pasqua als seus compatriotes. Un discurs brillant, humanista, a l'altura del moment. Just el contrari dels discursos patrioters i legionaris del Govern espanyol.

Vaig prendre unes notes, que llegeixo per als ciutadans que m'escolten:

> *Un discurs que posa l'accent en l'ésser humà, en el moment de dolor que vivim, en la nostra vulnerabilitat, però també en l'impressionant esforç que s'ha fet, en tot el que podem construir solidàriament.*
>
> *I deia: «No estem fent els esforços que estem fent aquests dies perquè una mà de ferro ens obliga a fer-ho. Ho fem perquè som una democràcia viva amb ciutadans responsables. Una democràcia en la qual confiem els uns en els altres, per escoltar fets, per demostrar arguments i per fer el correcte. Una democràcia en què cada vida compta —i en la qual tothom és important, des dels infermers fins a la cancellera federal, des del consell assessor científic fins als pilars visibles i invisibles de la societat. Als caixers del supermercat, al volant d'autobusos i camions, a la fleca, a la granja o a la deixalle-*

ria. Tots vosaltres ara esteu creixent més enllà de vosaltres mateixos. Us ho agraeixo per això».

Frank-Walter Steinmeier.

I per mi aquesta idea de «ciutadans responsables» és clau. Això va de solidaritat amb els altres, de compromís cívic, de compartir sacrificis. I de treballar determinats pel bé comú. Cal que hi hagi un contracte social entre cadascú de nosaltres i la comunitat.

Per més normatives o controls que posem, només amb un compromís entre nosaltres per protegir-nos a tots ens en sortirem. I aquest esperit de ciutadania el necessitem més que mai la setmana que ve (Annex 12).

Avui faig un rècord personal: dino a quarts de cinc.

A Twitter, Òscar Camps s'ha queixat de la lentitud de Salut. Demano explicacions a la consellera Vergés. No podem perdre ni un segon!

Ara he d'enllaçar amb el Consell Executiu per aprovar els plans que proposem. Però abans em truca Pep Costa. Em proposa d'utilitzar els dies festius que queden de l'any per construir una setmana de festa, allargar el confinament i que ningú no es vegi obligat a tornar a la feina. Caldria acumular Sant Joan, l'11 de setembre, Sant Esteve i un dia de festa dels ajuntaments per guanyar una setmana. És impossible fer-ho, però hauria estat genial.

Mentre em connecto per a la nova reunió, el Dr. Padrós piula donant suport a la nostra proposta.

Al Consell Executiu aprovem els plans restrictius de mobilitat, mascaretes, etc. Tenim, doncs, un full de ruta. El conseller El Homrani parla de les negociacions en marxa del Consell de Relacions Laborals. És una bona notícia. Quedem que inclourem l'acord com a annex als plans i que es publicarà al Diari Oficial de la Generalitat de Catalunya (DOGC).

Josep Rius m'alerta que els responsables dels EPI de Salut han comunicat al comitè tècnic del PROCICAT que les autoritats xineses han canviat la normativa per adquirir material a la Xina, que s'ha fet molt més enrevessat. Tenim avions aturats. Tornarem a patir amb l'estoc de material. Hi ha una guerra comercial oberta, i això afecta totes les administracions i països.

És un drama. El pitjor error va ser centralitzar la compra de materials. Illa no podrà mai treure's això de sobre. Hem passat dies i dies patint per si arribaven les mascaretes, les bates o els guants dels nostres professionals. He dedicat hores i hores a posar en contacte gent que ens oferia col·laborar amb ACCIÓ i amb el Dr. Argimon. Hem hagut de sortir al món, en una crisi com aquesta, amb la marca *Generalitat de Catalunya.* Algun dia caldrà fer un homenatge a totes les persones que, des de Salut i ACCIÓ, han multiplicat temps, contactes i gestions per poder anar aconseguint un dia més d'equipaments.

Estic realment esgotat. No puc més. Sopo virtualment amb la Carola i les filles i pujo a l'habitació.

Dilluns, 13 d'abril

Els casos de coronavirus a Catalunya són: 35.197 positius i 3.666 persones mortes. A Espanya els positius arriben a 177.633, amb 17.489 morts.

Avui fa un any que va morir Neus Català. Vaig anar al seu enterrament en representació del Govern. «Ho vaig voler mirar tot i mai, mai, mai, vaig plorar davant d'un nazi. Era la meva manera de resistir. Jo només plorava a les nits, perquè les nits eren eternes [...]. Els nazis em van prendre la son, però no em van prendre la llibertat ni la vida.»

No sé per què em ve al cap que l'any 2015, en la discussió de quines aliances es farien per acudir a les eleccions de setembre, jo vaig proposar una «llista sense polítics». Havia arribat ja aleshores a la conclusió que les malfiances entre els dirigents dels partits serien un obstacle insalvable. Vaig aconseguir el suport d'ERC i la CUP i d'alguns sectors de Convergència. Però el president Mas s'hi va oposar frontalment. Si aquella llista hagués prosperat, hauria estat la llista del *sí.* El resultat hauria tingut un pes polític decisiu. No es tractava d'escollir cap president, sinó de votar *sí.* La personalitat que pensava que podia encapçalar-la era, precisament, Neus Català. Però no va poder ser.

Finalment, hem aconseguit signar un document amb els sindicats i patronals (a la 1.30 de la matinada). Però els sindicalistes no volen sortir junts amb el Govern a la foto. Ho reescric millor: no volen sortir *amb mi,* a la foto.

Parlo amb la consellera Budó i li demano que avui, a la roda de premsa, explícitament se centri en aquests tres punts:

1. No ens quedem de braços plegats i ho farem tot per protegir els nostres ciutadans. No és la mesura que s'hauria d'haver pres, i s'ha actuat irresponsablement i sense cap planificació.
2. El Govern va aprovar i ha treballat amb patronals i sindicals un pacte de mesures i protecció. Cap centre de treball que no pugui garantir aquestes proteccions no ha d'obrir. El president Torra ha donat instruccions a tots els responsables del Govern que s'actuï amb la màxima diligència i contundència per defensar els treballadors.
3. Sobre la mobilitat i les mascaretes, denunciem la improvisació i la manca total de planificació. Els equips de Protecció Civil de la Generalitat han estat treballant dia i nit per poder revertir la situació.

Avui tinc una reunió amb els diputats a Madrid de JxCat. M'ho va demanar la Laura, per reforçar-la. No va malament, però detecto ja alguns tremolors de cames per continuar defensant el confinament total. El sector negocis comença a protestar tímidament.

Parlo amb en Pere sobre què fer a partir de demà. Vaig a dormir a casa o venen la Carola i les meves filles a Canonges? Al final quedem a casa, i aniré anant i venint. Em moro de ganes de veure-les!

A l'hora de dinar, miro la roda de premsa dels consellers. La consellera Budó, bé; el conseller Buch s'embolica amb les 1.714.000 mascaretes i es fica en un jardí. La consellera Vergés continua sense donar cap dada de les residències. El conseller El Homrani no concreta.

En Gaietà, mentre dino, em comenta que es farà la prova per saber si té la COVID o no. Després, m'estiro. Estic molt cansat i m'empasso un nou capítol de *The West Wing*.

A la tarda, apareix per uns minuts una piulada d'en Tardà carregant contra la gestió de les residències, és a dir, contra la gestió dels consellers del seu partit! L'esborra. També en Rufián aprofita per treure punta a la relliscada d'en Buch. Em queixo al xat del Govern i demano als seus col·legues que almenys el facin callar i que deixi treballar als qui donem la cara.

Em creuo missatges molt agres amb Ester Capella pel tema dels presos polítics. Cuixart, Turull, Rull i Forn han demanat sortir demà de la presó per anar a treballar. Poden fer-ho amb el 100.2. La directora del centre sembla que ho veu bé. Espero que la resposta sigui positiva.

M'arriben notícies de l'aterratge d'avions amb material. Parlo immediatament amb Josep Maria Argimon: «Com anem? Enyoro les nostres converses. Crec que avui hem tingut bones notícies, oi?» El seu «Sí!!!» és amb 3 signes d'admiració. També em deixa un missatge gravat: demà arribaran més de cinquanta respiradors i el canvi de gestió fet a les residències amb la Yolanda Lejardi està funcionant molt bé (les reubicacions, les PCR fetes amb Open Arms, etc.). Coincidim: la Yolanda és molt operativa, el canvi ha estat radical i les patronals de les residències així ho confirmen.

El president francès anuncia que prorroga el confinament fins al 3 de maig. I em fa pensar que demà dimarts, en un acte d'irresponsabilitat absoluta, el Govern espanyol llançarà, literalment, a la seva sort milers de treballadors contra l'opinió de tota la comunitat científica catalana. Sense escoltar-nos. Vexant la professionalitat del nostre personal sanitari. És una autèntica temeritat.

A les xarxes hi ha qui em demana que publiqui un decret al DOGC ordenant el confinament total. Mai he tingut por a desobeir l'Estat. Precisament, creia que veníem aquí a fer-ho. Però, l'arribaríem a poder publicar? Els funcionaris encarregats ho farien? I si el publiquem, en aquests moments, el seguiria la gent? Amb l'*establishment* de dretes i esquerres en contra, hi guanyem o hi perdem? La meva sort tant me fa, sempre ha estat així; la qüestió és què li convé més al país.

Nosaltres només podem posar tota la fermesa en un objectiu: que cap centre de treball obri demà si no compleix les mesures de prevenció i seguretat que hem dictat. I hem d'estar al costat de tanta gent que no podrà tirar endavant, de les famílies que hauran de patir tantes morts que vindran, encara, tantes pèrdues, tants dols.

No ha sortit el sol en tot el dia. Ha anat plovent. Un cel gris, cendrós, com de plom. Un cel per recordar Neus Català.

Quan ahir parlava amb Jordi Cortada, li comentava que en aquesta crisi emergeixen o els caràcters executius o aquells altres que senzillament han quedat sobrepassats per la situació. Hi ha buròcrates disfressats de polítics que ara semblen nens perduts al món que no saben per on tirar. Hi ha homes i dones espantadissos que s'amaguen darrere normatives i muntanyes de paperassa. Hi ha qui parla de tot excepte del que està passant ara mateix. Hi ha els qui sempre donen notícies positives, mentre els qui donem la cara som els que hem de parlar dels morts i de totes les desgràcies. Són polítics petits, de cel·lofana, que sobreviuen a tot perquè tenen l'ànima de plàstic.

Al llit, reprenc el meu curs de català amb Pompeu Fabra: «L'estudi del vocabulari necessita molta atenció. Per a l'aprenentatge de la llengua el millor sistema és la lectura, i la lectura de bons escriptors. En els casos dubtosos, tant d'ortografia com de sentit dels mots, cal confiar-se a la consulta del Diccionari».

Avui expresso el meu agraïment a tots els voluntaris de la Creu Roja i a les desenes d'associacions municipals de Protecció Civil de Catalunya que demà repartiran mascaretes. Ens fan ser millors.

Ja han mort 3.666 persones a Catalunya.

Dimarts, 14 d'abril

Els casos de coronavirus a Catalunya són: 36.505 positius i 3.756 persones mortes. A Espanya els positius arriben a 182.816, amb 18.056 morts.

Aniversari de la mare. Tants anys com la República de Macià.

Durant aquestes setmanes, al despatx de Canonges, on molts vespres he escrit aquest dietari, m'ha acompanyat fidelment el retrat de Macià al carbonet fet per Ramon Casas, cap al 1906. És un Macià jove, el Macià que ha deixat enrere la seva feina de coronel enginyer de l'exèrcit espanyol per abraçar la Solidaritat Catalana. Falten encara 25 anys perquè guanyi les eleccions municipals del 12 abril de 1931 i, 48 hores després, esmeni Lluís Companys precisant que la República que es proclamava era la catalana.

Fa uns anys vaig escriure per al diari *El Punt Avui* una crònica política de la República Catalana. La busco a Internet. Transcric els paràgrafs finals:

«La llibertat de Catalunya ha d'ésser obra d'un profund capgirament que elimini els elements que li són hostils: monarquia, institucions i organismes conservadors i reaccionaris. I només serem lleials a l'esperit i a la tàctica alliberadora actuant amb feréstega intransigència en defensa de les llibertats integrals de Catalunya...», proclamava el seu partit, Estat Català, el febrer de 1931, després de tants anys de lluita sorda i constant. Al cap només de menys d'un mes i mig proclamava la República Catalana. Tenia 72 anys.

Sempre un pla, sempre un objectiu, sempre un enemic. Aquesta és l'única manera per seguir-lo i no perdre'ns en el camí. Política en majúscules. L'estratègia és l'alliberament de la pàtria, la tàctica consistirà a utilitzar tots els mitjans a l'abast, l'enemic, Espanya. Quin altre catalanista ha tingut un full de ruta més clar?

Mentre els altres somniaven en l'encaix impossible amb Espanya, Macià aconseguia tocar la independència amb la punta dels dits i la posava a l'abast del poble català. Aquella tension vers le but *('tensió vers el blanc') amb què Carner-Ribalta el va definir. No va deixar mai d'«avançar cap al blanc, cap a la independència» conscient que era l'única carta que el nostre país tenia per sortir del laberint, però no la vam saber jugar. No va deixar mai d'afirmar un cop i un altre que tenia fe en el poble de Catalunya, però el poble de Catalunya no va saber tenir fe en si mateix. En paraules de Rossell i Vilar: «En la naturalesa, com en la política, res es fa de franc; tot s'ha de guanyar. No vàrem poder guanyar-nos la República Catalana i ens haguérem de conformar amb el govern de la Generalitat.» Macià, simplement, va acatar el manament del poble. Per això la crònica de la República Catalana és la crònica bellíssima d'un fracàs. Del nostre fracàs.*

Però avui és 14 d'abril de 2020. Dimarts. Consell Executiu. La consellera de Salut ens informa que tenim 1.384 persones a les UCI i 1.217 persones amb ventiladors invasius. Déu meu, quin horror! Quanta gent morirà mentre fem aquest Consell Executiu?

Continua el menyspreu. Per una banda, el ministre d'Inclusió i Seguretat Social fa unes manifestacions dient que els epidemiòlegs del Govern «estan plantejant unes mesures més estrictes de confinament basades en un coneixement limitat, clarament menor que el que tenim nosaltres». Arriba un moment que ja no t'estranyes de res, però aquesta falta de respecte a tota una comunitat mèdica i científica esparvera. Sempre hem acompanyat les nostres peticions dels informes corresponents; en canvi, mai, mai!, el Govern espanyol no ens ha ensenyat cap dels seus. Exigeixo públicament una rectificació immediata.

Per una altra banda, el Govern espanyol ratifica la retallada del 55% de la partida per a polítiques actives d'ocupació de la Generalitat. Per entendre'ns, 215 M€ que volen. Per a polítiques d'ocupació, nogensmenys. Això és diàleg?, això és cooperació?, això són els Pactes de la Moncloa 2? I què pensen fer el PSC i els Comuns?, mirar-s'ho? I els sindicats?, permetran aquesta indefensió dels treballadors catalans?

Entro al migdia al Comitè Tècnic del PROCICAT per assabentar-me del que passa. Estic tan cansat de repetir un cop i un altre les coses, que prenc la decisió que a partir d'ara les peticions els les enviaré per escrit, perquè en quedi constància. I demano a la consellera Vergés els informes de seguiment dels plans, posant-hi en còpia al vicepresident.

Dino per darrera vegada a Canonges confinat, perquè aquesta tarda marxo a casa. Abans de sortir, veig que es filtra que els presos polítics podran sortir. Ho hem aconseguit. Estic content. Txell Bonet m'envia un missatge d'agraïment. Amb això ja en tinc prou.

S'anul·la la reunió de seguiment de les 17 h i ho aprofito. Surto cap a casa. Em moro de ganes de ser-hi.

Torno a travessar, trenta dies després, Barcelona, aquella ciutat que vaig veure espantada el dia 15 de març i que continua tremolant pel seu futur. Em fixo en cada detall. Els cotxes, les bicicletes, la gent que passeja, si porten mascareta. També estic pendent del mòbil, perquè tota la família està felicitant la mare, enviant-li fotos de tot tipus de pastissos. Premo el seu número i hi parlo una estona.

M'ha recordat també aquella trucada que vaig fer-li des de Berlín, cinc minuts abans que es fes públic l'anunci de la meva candidatura a la Presidència. La mare sempre ha vist la política amb por, i ens havia recomanat que no ens hi emboliquéssim mai. Quan els mitjans van començar a fer córrer el meu nom, ella em va trucar molt amoïnada. Li vaig assegurar que estigués tranquil·la, que tot eren rumors infundats i que de cap manera seria el president. De fet, durant aquells mesos incerts de gener a maig, mai vaig tenir ni la més mínima sospita que pogués esdevenir president de Catalunya. Vaig treballar de valent per a la investidura del MHP Puigdemont, pactant amb la CUP i ajudant a escriure el seu discurs, que hauria d'haver llegit un dels secretaris de la Mesa. El dia 29 de gener tot era a punt. El dia 30 tot va saltar pels aires. Això és la política catalana. També vaig intervenir en definir l'estratègia del Pla República del grup parlamentari, on establíem els quatre motors que havien de treballar plegats: exili, presó, institucions i entitats. Però els actors d'aquesta partida d'escacs infinita van preferir no un govern efectiu, sinó un govern tòxic, que fos culpable de tot. Vaig viure amb una tristesa infinita l'entrada a la presó de Jordi Turull —i dels altres—, a qui havia donat un cop de mà en una petita part de la seva intervenció. Vaig pujar sovint a Brussel·les, Berlín i Schleswig-Holstein. Però mai no vaig fer res per ser candidat. Odio els aduladors tant com als conspiradors, i per això la relació amb el president Puigdemont més aviat va ser sempre respectuosament distant. També per part seva. En això ens assemblem molt. Encara més, pensava que atès el punt a què havíem arribat després de la segona no investidura de Jordi Sánchez, la situació havia d'acabar en eleccions. Tant se val. Va arribar el dia de Berlín i vaig pensar que havia de telefonar a la mare, que si se n'assabentava per la televisió, ves a saber què li agafaria. Li vaig trucar i li vaig dir:

—Mare, estàs asseguda? Mira, ha passat una cosa que no havia de passar, però ha passat.

—Digues, Quim.

—Estàs asseguda, sí?

—Sí, sí, què passa?

—Mira, soc a Berlín i..., en fi, resulta que..., al final... bé... m'han proposat de ser el president. I he dit que sí.

Silenci. Silenci d'un, dos..., cinc segons. Jo, com una figa.

—Quim.

—Digues, mare.

—El pare n'estaria molt content. Endavant, tens tot el meu suport, i no pateixis per nosaltres.

I amb aquestes paraules va desaparèixer qualsevol rastre d'angoixa que pogués tenir davant de tot el que havia de succeir.

Ara li he tornat a trucar. De fet, ens hem vist sovint per videoconferència. Com sempre, m'ha donat molts ànims i tot el suport. M'ha fet gairebé plorar. Em temo que quan vegi la Carola i les filles no ho aguanti.

Doncs no ho he aguantat. No he aconseguit arribar a la porta, m'esperaven a l'ascensor. I ens hem fos en una gran abraçada. Quant de temps? Quatre..., cinc minuts?

Se'm fa estrany tornar a casa un altre cop, després de tant de temps. Parem la taula junts, sortim al balcó i prenem una llimonada. Quant de temps feia que no estava així, mirant passar el temps?

I a les 20 h surto a aplaudir els professionals sanitaris des del balcó. Veig molts veïns que ho fan. Alguns miren cap a nosaltres. Ens saludem. Que estrany tot!

Sopem *raclette*, el plat favorit de casa des que vam viure a Suïssa. I acabem el dia mirant plegats una nova sèrie, *Unorthodox*. Sembla interessant. Amb l'Helena ens hem empassat grans sèries, com *Peaky Blinders* o *Suits*. La família que segueix les sèries unida, roman unida.

Anem al llit. Fullejo el llibre de poesies de Lluís Solà que feia un mes havia deixat a la tauleta de nit.

Em costa adormir-me. Estic cansat però, pitjor encara, estic decebut. Decebut que tot sigui tan feixuc, que continuïn les ganivetades i deslleialtats mentre tenim el país en la situació gravíssima en què el tenim, decebut que el Govern espanyol hagi jugat amb la salut de tots i no hàgim pogut fer-hi res més que alçar la veu i buscar totes les escletxes possibles per restringir la mobilitat. Aquesta crisi ha despullat l'autonomia catalana. Va nua, la pobra. És insostenible. O som independents o la nació no sobreviurà. Les institucions, ferides de mort, deixen veure el cartró pedra que les embolicava. La degradació del Parlament ha estat immensa i el Govern senzillament no pot atendre les necessitats de la ciutadania. La qüestió és simple, hamletiana: ser o no ser. I per ser ens calen tots els recursos i tota la sobirania. Si no, senzillament no som.

Dimecres, 15 d'abril

Els casos de coronavirus a Catalunya són: 37.354 positius i 3.855 persones mortes. Amb el còmput de les dades de les funeràries, les morts passen a ser 7.097. A Espanya els positius arriben a 188.068, amb 18.579 morts.

Surto de casa a un quart de nou. Que estrany, dir, «surto de casa». Arribo a Canonges a dos quarts. A *La Vanguardia* han publicat un article d'Antonio Lacy: «N'aprendrem?». La tesi és que cal destinar tots els recursos necessaris a investigació i sanitat i eliminar la paraula «retallada» del diccionari. No puc estar-hi més d'acord.

Passem una hora i mitja de tertúlia a la reunió de JxCat. Sincerament, no hi presto atenció i despatxo una sèrie de temes pendents mentre continuem connectats.

Després he ordenat a la consellera Budó que anul·li totes les reunions de coordinació fins que no ens facin arribar els informes dels tres plans que he demanat. Em creuo missatges molt durs amb el vicepresident Aragonès, «sorprès» que l'hagués posat en còpia en l'escrit que ahir vaig enviar a la consellera Vergés reclamant els informes. «Tu ets tan responsable com jo», li he contestat. O és que només he de sortir jo a donar la cara per tots els consellers, siguin del partit que siguin? Senzillament, demano que tothom s'hi impliqui.

Una bona notícia enmig d'aquest panorama desolat. El Mobile World Congress prorroga un any més el contracte amb Barcelona i hi haurà Mobile, com a mínim, fins al 2024. Em venen a la memòria aquells dies tan difícils en què havíem de decidir si mantenir o no el Mobile. John Hoffman va treballar exquisidament i amb un enorme respecte institucional. Aquest home s'estima Barcelona. No era fàcil prendre una decisió. Ara tots la veiem com a correcta, però les pressions van ser colossals. Estic convençut que vam fer el que calia fer.

Em reuneixo amb en Pere i l'Anna. Decidim concentrar-nos en el Pla de desconfinament i en el «Pla renaixença» (nom provisional, n'hem de buscar un de millor).

A continuació, reunió amb el sector de discapacitats. Per mi ha estat sempre una de les prioritats. Segur que ha influït el fet que la meva filla Carola hagués nascut amb espina bífida. Sé què vol dir la discapacitat. Però també tinc un nebot amb paràlisi cerebral. He viscut, doncs, molt de prop el món de la discapacitat. Estan molt preocupats. Volen una interlocució directa continuada amb el Govern i salvaguardar els serveis en funcionament. Veuen el futur amb molts interrogants. Jo els intento animar i donar tot el suport. Cal que aquest país faci un esforç suplementari amb els col·lectius més vulnerables.

Torno al menjador de sempre. I dino amb la Carola i les filles, per videoconferència, com sempre.

Em trobo terriblement cansat. Fa dies que em passa. M'està sortint un esgotament que m'atueix. Pujo a estirar-me i m'adormo a l'acte.

Em venen a despertar. Al cap de cinc minuts tinc una reunió amb Oriol Mitjà, a qui demano les bases del que haurà de ser el Pla de desconfinament. Sé que hi haurà problemes amb Salut, però li demano la màxima coordinació. Vull anticipar-me al Govern espanyol i que siguem nosaltres qui plantegem com volem fer el desconfinament. La Dra. Nadal, que hi col·labora, m'avança alguns detalls: el desllorigador són els tests massius (més de dos milions en quatre mesos) i un passaport digital amb semàfors que regulin l'entrada a les empreses, escoles, i establiments turístics i culturals. Naturalment, amb tota la protecció dels drets.

Continuo sense connectar-me a la reunió de les 17 h, perquè no m'han enviat els informes.

De tota manera, avui el que em preocupa és que finalment tindrem el recompte real de morts. Fins ara Salut donava només la xifra dels traspassats a qui s'havia fet una PCR (com fan a tot Espanya). Però això no sumava totes les morts, com hem anat veient, per exemple, a Igualada. Per això s'ha estat demanant donar la xifra real, ser completament transparents, perquè en aquesta epidèmia les dades ho són tot. L'única manera d'aconseguir-ho, m'ha assegurat la consellera, ha estat anant a recomptar els morts a les funeràries i allà recopilar la informació. D'aquesta manera, totes les persones traspassades a casa o a les residències o fins i tot als hospitals que no tenien prova de PCR però que el metge, a l'hora de signar el certificat de defunció, posava com a causa de la mort la COVID, els podrem tenir registrats. Cal fer-ho, per més dur que sigui. Una ocultació de dades en això, no dir tota la veritat, ens faria perdre la credibilitat que hem anat guanyant.

Abans de marxar a casa, em preparo la roda de premsa amb els corresponsals internacionals que tindrem demà per videoconferència.

Surto de Palau. Arribo a casa. Sopem. Riem. Mirem un nou capítol d'*Unorthodox*. L'actriu que interpreta el paper principal fa una autèntica creació.

A última hora m'arriben els informes dels plans. També la nota de premsa sobre les defuncions que sortirà demà: Catalunya dobla el nombre. D'un dia per l'altre, hem de dir a la ciutadania que en lloc de 3.855 són 7.097 les persones traspassades per la COVID (segons declaració que fan les funeràries: 3.855 traspassats a hospitals,1.810 morts a residències; 62 a centres sanitaris; 456 morts als domicilis, els casos restants són morts a hospitals o casos no classificables per manca d'informació). M'esborrono de pensar-ho. La Carola m'ho veu a la cara i em pregunta què passa. Li explico. Abans no tenia ningú al meu costat per compartir un drama com aquest. M'abraça i m'anima: «No et preocupis, has fet tot el que has pogut». Però jo em desfaig en plors altra vegada, pensant en tantes morts, tant de dolor! És espantosa la dimensió de la tragèdia. I pensar en tot el que vindrà: tenim quasi un 20% de residents contagiats. Fa feredat.

No tinc esma de llegir res. Tanquem els llums, però no m'adormo. El cor sembla que m'hagi de rebentar. Quina tragèdia per a tantes famílies, quina tragèdia.

Dijous, 16 d'abril

Els casos de coronavirus a Catalunya són: 38.316 positius i 7.097 persones mortes. A Espanya els positius arriben a 191.726, amb 19.130 morts.

Em salto la reunió de JxCat i faig mitja hora de classe intensiva d'anglès. A les 10.45 h em connecto. La roda de premsa amb els corresponsals estrangers comença a les 11.00 h. Pregunten sobre xifres, el procés i els pactes de la Moncloa.

Responc:

1. Procés: Nosaltres, el Govern independentista de Catalunya, ens dediquem plenament a protegir la vida dels ciutadans. No tenim cap altra dedicació que no sigui aquesta. Confio que ningú, que cap Govern, no tingui la temptació d'aprofitar la crisi per a usos partidistes.
2. El postconfinament: Catalunya volia continuar el confinament dues setmanes més. No se'ns ha escoltat. Tampoc no s'ha fet cas de les reclamacions que hem fet sobre la renda bàsica universal, la suspensió d'impostos i la necessitat d'esmenar la gestió catastròfica dels subministraments i els tests del ministre Illa. El postconfinament el plantegem en fases, territorialitzat i gradual. La solidaritat és clau: cal un «contracte social» amb la comunitat, i sobretot atendre prioritàriament els més vulnerables.
3. Europa: Defensem els valors que han fet Europa, l'humanisme, la tolerància, els valors republicans de la llibertat, la igualtat i la fraternitat, i la justícia social.

4. El món nou que ve: Un món més democràtic (més participatiu), més verd, basat en l'humanisme i els valors republicans. I a Catalunya, hi veig un futur tecnològic, perquè hem apostat molt fort per això.
5. Pactes de la Moncloa 2: No tenim cap informació. Aprofito per recordar als periodistes que la gestió d'aquesta crisi ha estat una demostració constant de menyspreu i centralisme en l'Espanya de les autonomies. Diàleg nul, cap resposta científica a les peticions argumentades pels nostres experts. Res no fa pensar que això variï.
6. Independència: Nosaltres anem contra el règim borbònic, no pas a perpetuar-lo. Ens basem en la democràcia, el dret a l'autodeterminació i la fi dels pactes del 1977.
7. Dades: Fins ara, les dades que donàvem eren les de les morts hospitalàries certificades per COVID. Però en aquesta pandèmia hem de ser autoexigents i més transparents que mai. Ara podem donar, finalment, totes les dades. Som més a prop de la veritat. Això és bo. Darrere de cada xifra, hi ha milers de famílies destrossades. Cal acompanyar-les i no pas banalitzar les dades o tractar-les amb indiferència (Annex 13).

Piulo:

We've acted as the critical conscience in safeguarding health, pushing the Spanish Government until it put a total lockdown on 30/03. And we've worked right up to the last minute to keep it in place. In this fight against the pandemic, our greatest ally are the Catalan citizens.

En acabat, m'assabento que la consellera Vergés fa una roda de premsa sobre residències sense haver-nos-en informat. M'imprimeixo els plans que em va fer arribar ahir. Estona de lectura.

No dura gaire. En lloc d'apostar per la transparència i la veritat, el ministre Illa emet una ordre insistint a les Comunitats que «només s'han de comptar com a morts per COVID els casos confirmats». És a dir: obliga a mentir. Mai Espanya no sabrà què haurà passat, quina és la xifra exacta de morts. Prefereixen saber que no diuen la veritat a enfrontar-s'hi.

Mentre dino, tot mirant la televisió veig com, impertorbable a l'epidèmia, el Parlament britànic es prepara per passar-se amb tota normalitat al món virtual i telemàtic, inclosa la sessió de control al primer ministre. Són fets normals que passen als països normals. Jo, en canvi, he d'anar presencialment al Parlament.

Pep Costa em fa arribar unes piulades de l'aeroport de Barcelona. Són antigues, del 31 de març (Air China opera un vol entre Xangai i Barcelona, el quart dels últims dies) i de l'1 d'abril (el proper dissabte aterra a Barcelona un avió d'Air Bridge procedent de Xangai amb material sanitari. Portarà més de 100 tones de material, el carregament més gran fet fins aleshores). I encara una piulada d'avui, de BTV: «L'aeroport de Barcelona ha operat 37 vols amb material sanitari des de l'inici de la pandèmia, la majoria procedents o en direcció a la Xina, Qatar i l'Uzbekistan». Li prego discreció. Ja ho explicarem quan toqui. Ara ens hem de moure entre bambolines per guanyar aquesta cursa dels materials. Fins a aquesta situació ens ha portat el ministre Illa! I, com nosaltres, el País Valencià, Galícia, les Illes, tothom, vaja. Comprant com podem a qui podem.

He convocat Pep Rius i Salvador Cardús per parlar de la «Recuperació» (tampoc no m'agrada el nom, haurem de continuar buscant). Ens acompanya Elsa Artadi, Ester Ubach i en Pere. En Rius ho porta preparat. Suggereix organitzar una conferència nacional catalana per al desconfinament i crear una comissió de reparació executiva i una altra, més reflexiva i a mitjà termini, agrupant el talent del país. Salvador Cardús també veu aquesta doble via, a curt i a llarg termini. Apunta a un «consell de cent», amb un comitè executiu.

Podria anar per aquí:

Reparar: Cost de la COVID.
Reactivar: Ara mateix.
Reinventar: Quan comenci el desconfinament amb restriccions.
Repensar: Futur.

Els demano a tots que em facin arribar més informació. Diumenge voldria comentar-ho en la reunió de presidents.

A les 17 h em connecto, ara sí, a la reunió de coordinació. Ens centrem en el Pla d'emergència social.

Marxo cap a casa als volts de les 19 h. A les 20 h sortim a aplaudir als balcons. Hi ha molta gent.

Sopem i mirem l'últim capítol de *Unorthodox*. Magnífic. Molt recomanable.

Llegeixo Nancy Mitford, però tanco el llibre perquè no estic d'humor i em salto paràgrafs sencers per no haver-los de traduir. Agafo el dietari que ha publicat Pere Rovira. M'atrapa. És de l'estil dels que m'agrada llegir, dels que barregen literatura, vida, humor, terra.

Torno a dormir molt malament.

Divendres, 17 d'abril

Els casos de coronavirus a Catalunya són: 39.943 positius i 7.881 persones mortes. A Espanya els positius arriben a 195.944, amb 19.478 morts.

En la reunió de coordinació del Govern de les 10 h, ens posem d'acord en un esquema d'agenda del Pla de desconfinament:

Diumenge: Esborrany per a la reunió de presidents.
Dimarts: Informe d'Oriol Mitjà.
Dijous: El PROCICAT aprova el Pla de desconfinament.
Dijous: El Consell Executiu aprova el Pla de desconfinament.

És un pas important, ateses les continues discussions que tenim.

Francament, tot ha estat així des del mateix moment que entrava al Palau de la Generalitat. Ho he viscut amb una gran frustració i impotència. I potser no calia dramatitzar-ho: des del mateix moment que neixen, les coalicions de govern estan destinades a desaparèixer. És una llei immutable del cicle de vida dels partits polítics. La seva vida efímera pot ser més o menys convulsa, més o menys tràgica o agradable, però el final és inevitable. Però mentre dura, hi ha un principi per damunt de tot que finalment he après i que, modestament, aporto per al coneixement de qualsevol polític que faci una coalició en el futur: tot aquell espai de poder que no ocupa el partit propi tendeix a ser ocupat pel seu contrincant-soci. Per tant, tota coalició comporta una lluita diària, aferrissada i sense descans per desplaçar-se mútuament entre els partits de govern de tots aquells espais que siguin possibles, es tracti de grans questions d'Estat o de simples controvèrsies de protocol. Tot es batalla com si no hi hagués demà. És una mica ridícul, doncs, preocupar-se'n tant com jo ho he fet. Els governs i les coalicions desapareixen per mort natural —la majoria— o electoral.

Però, esclar, aquesta no era una legislatura normal: amb exiliats, presos polítics, represaliats; no era una legislatura en què calgués inventar res, sinó just reprendre el punt on ho havíem deixat. Ha estat impossible, i assumeixo la part de culpa que em pertoca com a president del país. Però m'hi he deixat la pell, i quan, amb la sentència del procés, després de setmanes i setmanes de reunions amb els partits i entitats a Barcelona, Ginebra i Brussel·les, no van/vam ser capaços de consensuar una estratègia, aleshores senzillament vaig dir el que pensava i vaig proposar tornar a referendar el Primer d'Octubre. Ho havia advertit a tots els grups: si no hi ha acord, jo no em podré quedar callat i hauré d'explicar als ciutadans quina és la meva opinió. Puc sentir encara avui el silenci gèlid, siberià, lovecraftià, que es va fer al Parlament quan vaig fer el discurs a la cambra.

Avui em reuneixo amb el sector del turisme, un dels més afectats per la crisi. Comparteixo amb ells les xifres d'hospitalització i morts, així com la posició del Govern. Els representants del sector viuen el moment com una autèntica catàstrofe. Demanen que s'allarguin els ERTO i els ajuts directes. Jordi Mestre ho resumeix: estat de xoc.

Després de dinar, parlo amb Gonzalo Boye. Quina sort haver-lo conegut i que fos el meu advocat. Amb el seu humor habitual —agut, punxant, britànic— parlem de la meva possible inhabilitació. Em planteja una sèrie d'alternatives. Ho haurem de discutir més a fons.

La mare ens continua enviant fotografies de les flors del seu jardí. Canviaria el Palau sencer per aquell petit jardí sense temps.

I jo me la imagino amunt i avall, regant les margarides, les azalees i les hortènsies, la glicina, els cactus i el bonsai que tant agradava al pare, i el llimoner, que ja deu tenir els fruits a les branques. «Ni els estranys corrents de l'amor, ni l'aigua en el punt de la set, és a dir, res d'aquest món no es pot comparar al plaer que regala mirar la flor —l'has de mirar estirat per terra—, ni al moment en què el sol de posta la fa cantar», diu Mercè Rodoreda.

A la reunió de coordinació de les 17 h, demano explicacions de la distribució de mascaretes a les farmàcies. Sembla que ja està resolt. Mentrestant, m'arriben propostes del Pla de «Recuperació» de Salvador Cardús. Hem de donar-li un impuls fort. També Oriol Mitjà m'assegura que tindré el document d'estratègia demà.

El vicepresident planteja tres etapes:

1. Fer front a l'emergència sanitària (transferències de l'Estat / endeutament).
2. Liquiditat a l'economia per poder salvar la capacitat econòmica del país (reprioritzar partides pressupostàries).
3. Reconstrucció (fons europeus): energies renovables, procés de digitalització, recerca, revisió del sistema de dependència, etc.

Va molt en la línia del que hem estat treballant. Tant de bo, potser almenys aquí no xocarem.

Marxo a casa. Discrepem amb l'Anna i en Pere de l'estratègia comunicativa que cal seguir. Consideren que no s'ha de fer una compareixença en directe a la televisió pública cada diumenge i obrint el telenotícies si no és per fer un anunci important. Jo no hi estic d'acord. Crec que cal sortir a explicar-se cada vegada davant la ciutadania. Pengem. Al cap d'una estona truco al Pere i no m'agafa el telèfon. Ho provo amb l'Anna i li dic que vull mantenir l'estratègia que he anat marcant les darreres setmanes. I ho vull fer amb la meva veu, amb les meves paraules. Ara no puc distreure'm. Tenim una conversa llarga i al final quedem de fer una roda de premsa el dissabte per anticipar les mesures del Pla de desconfinament.

No puc continuar treballant així, amb aquesta tensió. És com una tortura espiritual. He de trobar la manera de rebaixar la tensió que vivim. He de saber combinar l'exigència i la crítica constructiva amb l'escalf cap al meu equip. M'estic desfent a trossos.

Al vespre, preparant ja la roda de premsa, busco per Internet un poema que vaig llegir un dia en una entrega de medalles als millors estudiants de selectivitat. L'havien atribuït a Walt Whitman. «No t'aturis». Vull fer-lo servir perquè m'agradaria demà fer un cant a la joventut.

Fa així:

No deixis que acabi el dia sense haver crescut una mica,
sense haver estat feliç, sense haver augmentat els teus somnis.

No et deixis vèncer pel desànim.
No permetis que ningú et tregui el dret a expressar-te,
que és gairebé un deure.

No abandonis les ànsies de fer de la teva vida alguna cosa extraordinària.
No deixis de creure que les paraules i les poesies
sí que poden canviar el món.

Passi el que passi la nostra essència està intacta.
Som éssers plens de passió.
La vida és desert i oasis.

Ens derroca, ens fa mal,
ens ensenya,
ens converteix en protagonistes
de la nostra pròpia història.

Encara que el vent bufi en contra,
la poderosa obra continua:
Tu pots aportar una estrofa.
No deixis mai de somiar,
perquè en somnis és lliure l'home.

No caiguis en el pitjor dels errors:
el silenci.
La majoria viu en un silenci espantós.
No et resignis.
Fuig.
Emeto els meus udols pels sostres d'aquest món,
diu el poeta.

Valora la bellesa de les coses simples.
Es pot fer bella poesia sobre petites coses,
però no podem remar en contra de nosaltres mateixos.
Això transforma la vida en un infern.

Gaudeix del pànic que et provoca
tenir la vida per davant.
Viu intensament,
sense mediocritat.
Pensa que en tu està el futur
i encara la tasca amb orgull i sense por.

Aprèn dels qui puguin ensenyar-te.
Les experiències dels qui ens van precedir
dels nostres «poetes morts»,
t'ajuden a caminar per la vida
La societat d'avui som nosaltres:
Els «poetes vius».

No permetis que la vida et passi a tu sense que la visquis.

Tenia la certesa que pel fet que s'esmenti «els poetes vius» i que a molts llocs l'atribuïssin a Whitman, el trobaria al volum *Fulles mortes.* No recordava haver-lo llegit, però he anat a buscar-lo a la biblioteca de casa. He mirat l'índex i l'he fullejat pàgina a pàgina. Ni rastre. Aleshores se m'ha ocorregut demanar-li al seu traductor, Jaume C. Pons Alorda, si em podia ajudar.

Li he enviat un missatge directe per Twitter:

Benvolgut, em podries ajudar? En la teva traducció de Whitman no trobo un poema que se li atribueix, «Carpe Diem», un cant a la joventut que he vist a Internet. Inclou els versos: (i he adjuntat el poema sencer). És de Whitman? Moltíssimes gràcies i enhorabona per una traducció genial.

Deu haver quedat tot d'una peça. M'ha contestat immediatament:

MHP, un honor rebre aquestes paraules. Però lamento dir-li que aquest poema que surt a Internet és fals, fake. *No existeix. El magne Walt Whitman mai va escriure aquest text i per això no es troba dins la meva traducció. Si necessita un poema èpic li recomano «Cant de mi mateix», és energia pura i esperança. Gràcies per l'elogi, en sento honorat. També li recomano la meva nova traducció:* El preludi, *de William Wordsworth. El gran poema romàntic de la natura i la llibertat, un llibre imprescindible per a aquesta crisi actual. Si la fes servir per a alguna ocasió especial, ens faria feliços a mi, a Edicions 1984 i a Wordsworth. Gràcies i coratge i fins aviat. Soc el seu servidor. Jaume*

No he pogut sinó respondre:

Queda encarregada la traducció de Wordsworth per a aquest Sant Jordi. Gràcies i abraçades.

I ell ha acabat, aquesta estranya conversa, a quarts de deu de la nit:

Gràcies infinites! Sort i coratge.

M'enduc les *Fulles d'herba* al llit. Avui la llum de Whitman il·lumina més que mai en aquest món de tenebres on vivim.

Dissabte, 18 d'abril

Els casos de coronavirus a Catalunya són: 40.600 positius i 8.067 persones mortes. A Espanya els positius arriben a 200.210, amb 20.043 morts.

M'aixeco a les 8.30 h, però em trobo més cansat que quan estava confinat a Canonges. Alguna cosa no rutlla.

La reunió de JxCat em deprimeix. Tots els consellers pressionen per anar a treballar immediatament. Soc l'únic que demana prudència per si hi ha cap rebrot. Ho entenc, la gent està cansada, tipa. Però el virus és aquí, ell no descansa mai.

A la reunió de coordinació, plantegem la sortida per franges dels nois i noies. Tothom hi està a favor. La consellera Budó m'envia una missatge dient-me que el Dr. Mitjà no arriba a temps per entregar-me el document a les 13 h. Li pregunto quan el tindré. Al vespre. Hem de canviar la roda de premsa a demà diumenge. Li demano a l'Anna que ho mogui.

Em passo tot el matí treballant tant en els punts de la intervenció de la reunió de presidents com en el text que llegiré als ciutadans després. L'acabo a quarts de cinc i l'envio a l'Anna i en Pere. És un text que acaba essent molt personal. Però és que vull dir això, necessito dir això i no cap altra cosa. Ho sento, vull ser jo.

La reunió de coordinació del Govern de les 17 h s'anul·la. Només hem comparegut el vicepresident i jo. Tothom està molt cansat. He aprofitat per dir-li a Pere Aragonès que li passaria el text que he preparat.

Marxo a casa aviat. Molt poca gent pel carrer.

Fem una sessió de Rumik; no, dues. I en guanyo una.

Continuo redactant el discurs de demà, mentre Pedro Sánchez surt per televisió, com acostuma a fer el dia abans de cada reunió de presidents, per explicar que allarga l'estat d'alarma i que es flexibilitza la sortida dels nois i les noies. Ens hem tornat a avançar.

A la nit comencem una nova sèrie, *La conjura contra América*. Té un ritme massa lent. No passa el tall i decidim abandonar-la.

A mitjanit acabo el text.

Diumenge, 19 d'abril

Els casos de coronavirus a Catalunya són: 41.676 positius i 8.273 persones mortes. A Espanya els positius arriben a 204.178, amb 20.453 morts.

El president Sánchez intervé, a les 10 h, per parlar del repartiment de material, de les xifres de contagiats, etc. Ens fa saber que el Govern espanyol, generosament, contribuirà amb un fons de 14.000 M€ per a totes les autonomies com a finançament extra. Deu desconèixer que només el dèficit fiscal de Catalunya amb l'Estat puja a 16.000 M€ l'any.

Com sempre, no fa cap autocrítica, però això sí, s'omple la boca de cooperació, col·laboració, i cogovernança.

El president de Cantàbria, que és un personatge valleinclanesc, deixa anar: «No pintamos nada. Somos monaguillos detrás de un prior». L'encerta de ple. El d'Extremadura: «Este es un país de bares. Hay que ver cómo la gente va a poder ir a su segunda casa, que es el bar». El de Castella-la Manxa: «Nuestro país, que es simpático y que quiere abrazarse».

Tot això dura gairebé quatre hores. L'única part positiva és que tots els presidents demanen un desconfinament territorialitzat.

Jo he centrat la meva intervenció en els punts següents:

- Aquesta setmana Catalunya ha «recomptat» les seves xifres. Més transparència i més veritat. Seria bo que Espanya fes el mateix.
- Des del 22 de març, fa un mes, venim repetint un cop i un altre que el cost de la crisi l'ha de pagar l'Estat. No s'ha

avançat gens en renda de ciutadania, liquiditat a empreses i pimes, suspensió de subministraments bàsics, ampliar les condicions de força major els ERTO, eliminar l'objectiu de dèficit i la regla de despesa de les CCAA i permetre disposar del superàvit dels ajuntaments i dels mecanismes de finançament i liquiditat territorial.

— El Govern de Catalunya no parlarà de «reconstrucció», perquè no volem tornar a fer les coses malament. Volem dibuixar un horitzó nou, i cal una actitud d'innovació disruptiva. Deixar enrere el món d'ahir, no reconstruir-lo. No serem al costat dels que volen que tot canviï perquè tot continuï igual.
— Catalunya disposa de la seva pròpia estratègia per al seu Pla de desconfinament. Ho farà seguint els criteris de l'OMS, desenvolupat per experts catalans, i es farà de manera gradual. Serà aprovat pel PROCICAT i pel Consell Executiu.

I acabo adreçant-me al president Sánchez: «Este es el Plan que queremos, presidente; el virus no entiende de banderas, pero sí de focos de infección en territorios. Necesitamos respuestas específicas, y la consecuencia lógica es que el desconfinamiento lo gestione la Generalitat».

Durant la meva intervenció per TV3 poso èmfasi en la crida a la joventut. No els demano que siguin valents, tan sols que segueixin els seus ideals. «Els joves teniu el poder de decidir el món que voleu», va dir el Premi Nobel Muhammad Yunus. He triat aquesta cita avui per acabar el discurs. N'estic convençut. Res no pot aturar la força de la joventut. Hi confio. Només ells poden evitar que reconstruïm el món desfet en el que els hem portat. Ells són l'única esperança del canvi, d'un futur diferent. Que la joventut catalana ens guiï i que no deixi que ningú mai més abarateixi els seus somnis. I via fora (Annex 14).

Abans de marxar de Palau, surten unes declaracions del número dos de la Guàrdia Civil declarant que treballen per «minimitzar» el «clima contrari al Govern espanyol». Però com és possible que tolerin unes declaracions així? Quina vergonya.

Torno a dinar a quarts de cinc. Vaig cap a casa. I per sopar ens cruspim una pizza davant de la televisió mentre mirem, per enèsima vegada, *Notting Hill.*

Tot el que ha passat avui em recorda alguns dels aforismes que vaig extraure de l'obra de Josep Pla per publicar-los a *Vilaweb* durant la campanya electoral del 21 de desembre de 2017. Ho busco. Me'ls rellegeixo i gairebé en memoritzo alguns: «Tenim la tendència a veure la política o com una poesia o com un exercici de caníbals», «L'essencial d'un país són els homes, la qualitat del material humà.» «A Catalunya les coses no haurien canviat ni un mil·límetre si hom hagués seguit la tàctica de tenir sempre raó i de no fer res, que ha estat la tàctica dels millors esperits de la política general aquests últims 30 anys.» Fantàstic! (Annex 15).

Dilluns, 20 d'abril

Els casos de coronavirus a Catalunya són: 43.112 positius i 8.441 persones mortes. A Espanya els positius arriben a 208.389, amb 20.852 morts.

En la reunió de JxCat discutim sobre com enfocar la conferència de diumenge i sobre com encarar la setmana al Parlament (pressupost, compareixença...). La Laura haurà d'anar a Madrid i jo... ves a saber com acabo. Té nassos que es puguin fer reunions telemàtiques del Consell Executiu, als ajuntaments, a l'Àrea Metropolitana, a les comissions del Parlament... i al Ple no! És absurd. I vergonyós.

En la reunió de coordinació següent, la consellera de Salut explica que estem millorant, però que aquests dies la mortalitat continuarà sent molt alta. Assegura que la 2a fase del Pla Orfeu anirà al Consell Executiu de demà. També parlem de la renda garantida i de les esmenes als pressupostos.

Seguidament, reunió amb les Cambres de Comerç. Comparteixo amb ells les fases econòmiques que preveiem: 1. Rescat i reparació; 2. Reactivació i 3. Horitzó i construcció de futur. Poso l'accent en la proactivat que han demostrat al llarg d'aquests dies. El president Canadell, tanmateix, ens manifesta —a la consellera Chacón i a mi— la seva inquietud perquè es desencalli d'una vegada la llei. Li dono la meva paraula, és un compromís de tot el Govern. També lamenta que se senten «molt desaprofitats». Tots els presidents incideixen en la gravetat econòmica del moment i que cal insistir en aconseguir que «cap empresa tanqui».

Em truca Quim Forn, molt amable, felicitant-me pel discurs d'ahir i per donar-me ànims. Pobre Quim, quin desastre: tres mesos al Govern i ja fa tres anys que és a la presó. Sempre l'he considerat un dels millors polítics que he conegut. És una bona persona. Nacionalista, noble, digne. Els primers dies de la seva detenció vam estar ajudant molt Laura Masvidal, la seva dona. Fins i tot els vam deixar uns radiadors portàtils, perquè s'havien quedat sense calefacció. La Laura ha estat la veu del Quim. Ho ha fet molt bé. Crec que el Quim ha anat fent un procés intern de reflexió, a la presó, molt interessant. En les últimes visites que els he fet, mantenia unes posicions molt fermes. I, tanmateix, aquesta vivència atroç, aquest desastre de la presó i l'exili, de què els haurà servit, a ells? I al país? És una llavor de victòria o la demostració de la derrota? Tot tenia sentit si haguéssim continuat la lluita, si de la presó i l'exili n'haguéssim volgut fer una palanca per a la revolta real. Però no ha estat així.

S'ha parlat molt de si tenim o no prou força, els independentistes, per a la defensa sacrificada, continuada i llarga de la independència, al carrer —que és on l'aconseguirem, si algun dia ens ho proposem. Doncs jo que he viscut de ben a prop els fets de la plaça Urquinaona, el Tsunami democràtic i tots els esdeveniments que van passar aquells dies, jo us ben asseguro que tenim la força per fer-ho. No és una afirmació llançada al vent, és una afirmació basada en fets i en la meva experiència com a president. I la tenim avui, la tenim ara. Que suposa un esforç herculi? Sí. Que vol dir que si errem, molta gent pot acabar a la presó? També. Però que el moviment independentista, quan s'ho proposi seriosament, pot aconseguir-ho, no en tinc cap dubte.

Finalment, parlo amb en Pere.

Hem tingut problemes amb la mascareta a les farmàcies. Ha caigut el sistema informàtic dels farmacèutics. Naturalment, els Comuns han corregut a criticar-ho. En concret, a criticar-me. Els vaig molt bé, jo, als Comuns. Soc com el seu sac de boxa. Així no cal que parlin del Govern; ho focalitzen en mi i... a córrer.

Res no m'haurà decebut més en aquesta epidèmia —i en tota la legislatura— que les esquerres espanyoles. Quina diferència de gestió hi hauria hagut amb un govern del PP? Sincerament, no la sé veure. Han «militaritzat» l'epidèmia, amb aquelles rodes de premsa esperpèntiques amb membres de l'exèrcit, han fet d'una lluita científica, una lluita política per la unitat de la pàtria, han centralitzat les decisions més importants. Patètic. I molt trist.

Un exemple: avui el Sr. Borrell afirma, amb aquell autoodi que necessita per viure, que tem que el coronavirus engreixi els nacionalistes. Naturalment, m'apunta a mi. Té gràcia que enmig de les crides a la unitat i les rodes de premsa amb militars, els nacionalistes siguem nosaltres i no ells. M'he limitat a respondre per Twitter, perquè ja cansa: «No conec un polític més nacionalista que el Sr. Borrell. És absolutament insuperable en aquesta qüestió».

Es donen dades de les PCR fetes. Són completament insuficients. Tantes setmanes insistint a Salut en la necessitat de proves i tests! Si no avancem en això, no ens en sortirem. Es desconvoca la reunió de seguiment de les 17 h.

Avui és l'*Iom Hashoa* o Dia de Record de la Catàstrofe, que Israel commemora en memòria de les víctimes de l'Holocaust: M'hi solidaritzo: «Recordar i no oblidar mai. Avui i sempre. En record de totes les víctimes de l'Holocaust. No oblidar mai el genocidi nazi».

Passo tota la tarda a l'espera que el president del Parlament em truqui. Li costa trobar el moment. Jo crec que li faig una mica de por i tot.

A la tarda, per les xarxes, s'escampen crítiques sobre el «passaport» proposat pel Dr. Mitjà. M'emprenyo i envio uns missatges furibunds al vicepresident, perquè surt de l'entorn d'ERC. Ara també resulta que el conseller Buch qüestiona que es vulnerin drets. Recordo que aquest informe el vaig demanar jo com a president, cosa de la qual estic molt satisfet, perquè Catalunya podrà comptar amb una estratègia de desconfinament com pocs països:

seriosa i rigorosa. Ara caldrà que el Departament de Salut la desenvolupi i que un Consell Executiu l'aprovi definitivament. Afegeixo que no puc oblidar que el Dr. Mitjà, només per acceptar aquest encàrrec, ha patit una de les campanyes més bèsties de desprestigi, només comparable a les que alguns ja estem acostumats a patir. Però a ell, un científic, no li tocava.

Escric un missatge de defensa i suport incondicional al Dr. Mitjà. Aquí devorem la gent que aporta solucions, que és crítica però que no s'està creuada de braços, que no para de proposar alternatives. Doncs no.

L'Albert Batet em comenta que les reunions de les 8.30 h s'han de replantejar. Suposo que m'ho diu perquè li ho ha suggerit el president Puigdemont. Hi estic completament d'acord. No tenen cap sentit en aquest moment.

Laura Borràs, mentrestant, ha hagut de treballar a fons el *no* de JxCat a la pròrroga de l'estat d'alarma. Es veu que hi havia qui es volia abstenir i diuen que comptaven amb els avals i suports necessaris. Ja sabem què vol dir, això. És una gran victòria. Encara controlem la situació.

Plou tot el dia, i penso que tot ajuda perquè la gent es quedi a casa. Trobo una poesia de Vinyoli per pujar a Instagram:

Queralbs
Tota la nit, al llosat,
la pluja bat.

Jo parlo baix amb mi,
davant l'espessa cara
que em torna el mirall. Què soc?

Per culpa de qui,
ferida que no es tanca?
Per què per tota menja un mal
brossat de por?

Què no daria per la mareselva,
pels gira-sols del vell carrer del Camp.

Què no daria per un tros de pa
menjat amb tu,
sols vora un foc,
mentre el vent xiula
i l'òliba xiula.

Plou a barrals. Dormen els carros
dessota el ràfec. El graner està ple,
vessant el trull.

Quan al matí les llandes
ferrisses de les rodes sotraguegin
per l'empedrat, començarà de nou
l'interminable, penetrant suplici
de perforar les negres galeries
del meu carbó, sense que mai no hi trobi
cap diamant.

A la nit, a casa, ens decidim a començar una sèrie que narra l'inici del futbol com a esport. Molt *british*, molt acurada en els detalls, com sempre fan aquestes produccions angleses. No arriba al nivell de *Dowton Abbey*, ni té el toc de sensibilitat *d'Orgull i prejudici*, però ens hi enganxem.

Demà em faran unes proves analítiques per veure si aquest cansament que arrossego té alguna explicació.

Dimarts, 21 d'abril

Els casos de coronavirus a Catalunya són: 43.802 positius i 8.845 persones mortes. A Espanya els positius arriben a 213.024, amb 21.282 morts.

A les 8 h arribo al Clínic per a les proves. El Dr. Campistol, tan energètic com sempre. És indestructible, aquest home.

La reunió de JxCat ja s'ha convertit directament en una tertúlia. Deu estar molt bé, per alguns, però ara no és precisament el moment de perdre el temps. I menys en les batusses habituals.

En el Consell Executiu, cada conseller fa un repàs de les accions que porten a terme en els seus departaments. Em queixo al conseller d'Exteriors i Relacions Institucionals que se m'obligui a anar al Parlament. En el nostre cas —i el Consell, els ajuntaments, etc.— es poden fer les sessions telemàtiques, però el Parlament sembla una baluerna del s. XIX i s'ha de fer tot presencialment. El vicepresident explica l'impacte de la crisi en els comptes. Tenim necessitats no cobertes que pugen a més de 3.300 M€.

Al voltant de quarts d'una, el Dr. Soriano em porta els resultats de les anàlisis d'aquest matí. Tot bé i amb anticossos. El Dr. Campistol em felicita per WhatsApp. Com que hem estat comentant aquesta fatiga que experimento cada dia, em recomana que busqui suport psicològic. Ho faré. L'altra vegada em va anar molt bé. No puc continuar tan cansat, perquè m'acaba afectant l'estat d'ànim.

Continua el festival del Govern espanyol amb els militars. La ministra Celaá diu tal qual que «no podem acceptar missatges negatius en contra dels òrgans públics». Faig l'esforç mental d'imaginar per un instant que això ho hagués dit jo i el cap se m'esmicola en mil bocins. Ara ja no cal demanar que rectifiqui el general de la Guàrdia Civil, perquè senzillament estava complint les ordres del Govern espanyol. El que hem de demanar ara són responsabilitats polítiques. La llibertat d'expressió i d'opinió és un dret fonamental. Ho entendran mai? Al final, aquesta militarització de la gestió de la pandèmia se li girarà en contra al Govern espanyol. És un despropòsit, i l'absència de sentit del ridícul sembla no tenir aturador. Hauran de fer alguna cosa.

Després de molts dies de no fer-la, avui ens trobem els de la reunió del «5x5». Per JxCat, Batet, Budó, Costa, Calvet i jo; per ERC, el vicepresident Aragonès, Torrent, Capella, Sabrià i Jové. El president del Parlament ens informa que s'ha decidit una sessió de control i aprovació de decrets i una altra del debat de pressupostos. Hi haurà votació delegada i també telemàtica. S'hauran de complir una sèrie de mesures de seguretat. No puc deixar de queixar-me que hàgim d'anar presencialment al Parlament. Ho trobo diluvià.

Em ve a veure el Dr. Vieta, psiquiatre del Clínic. Ens havíem conegut arran de la conferència que vaig fer-hi ja fa uns mesos. És una estona per parlar tranquils, relaxadament. Li explico com puc aquest mes que ha passat, les morts, la responsabilitat, els errors que s'han comès... Ha estat tan gros, tan difícil de suportar el dia a dia.

Ell em comenta els sentiments que tenen els metges que han viscut aquests dies al Clínic, molt semblants. El mateix neguit de responsabilitat, de culpa, per no haver pogut fer més. El tallo: «no, no, ells han fet tant! Jo m'he fet un fart de patir perquè tinguessin la protecció que necessitaven. Pensar que durant tants dies no la van tenir...».

També em diu que la seva dona i ell mateix van patir la COVID. Ja es troben bé, tots dos. Em recepta unes pastilles.

Tornem a tenir una petita victòria amb el tema de les sortides dels joves i infants. El Govern espanyol rectifica de nou i ara permetrà la sortida dels menors de 14 anys. Sempre tard i malament. Però la qüestió és: per què prenen una decisió o una altra? On són els informes que avaluen les mesures que aprova el Govern espanyol? Per què mai, mai!, no han contestat els que li hem presentat des de la Generalitat?

Al voltant de les set, el Dr. Mitjà publica una piulada on adjunta el document «Eines i estratègies per al desconfinament a Catalunya». Bé! Li ho agraeixo públicament, a ell i a tot el grup d'experts, perquè han fet un gran esforç per complir els terminis que els vaig demanar. Ara, Salut i Interior l'han de desenvolupar, i el PROCICAT i el Govern aprovar el Pla de desconfinament.

Marxo a casa a quarts de vuit del vespre. Quan hi arribo, em trobo la taula del menjador convertida en taller de mascaretes. La Carola i les filles en continuen produint a desenes per a no sé quantes entitats diferents.

Llegeixo en una piulada de l'*Ara* que el periodista Ernesto Ekaizer afirma que el Tribunal Suprem resoldrà el meu recurs l'últim trimestre de 2020. Per tant, serà abans, sens dubte.

Sopem i mirem dos episodis de *The English Game.*

Dormo més bé.

Dimecres, 22 d'abril

Els casos de coronavirus a Catalunya són: 44.892 positius i 9.050 persones mortes. A Espanya els positius arriben a 219.764, amb 21.717 morts.

Em salto la reunió de JxCat per preparar l'entrevista que tinc amb *El Punt Avui* d'aquí una estona. Preveiem que sortiran tots els temes del moment: pressupost, franges horàries de sortida dels nois i noies, l'estira i arronsa amb el Govern central, etc. Per mi, el titular ha de ser que no veig cap diferència entre aquest Govern més progressista de la història i els del PP.

A les 10 h, reunió de coordinació. La consellera Vergés diu que es posa a treballar amb el conseller Buch. Em fa por que no vulguin desvirtuar el treball d'Oriol Mitjà.

A les 11 h, gravo, amb motiu de l'any commemoratiu del cinquantè aniversari de la seva mort, els poemes «Bèlgica», de Josep Carner i «L'espera», de Simona Gay.

Començo amb Carner:

Bèlgica

Si fossin el meu fat les terres estrangeres,
m'agradaria fer-me vell en un país
on es filtrés la llum, grisa i groga, en somrís,
i hi hagués prades amb ulls d'aigua i amb voreres
guarnides d'arços, d'oms i de pereres;
viure quiet, no mai assenyalat,
en una nació de bones gents plegades,
com cor vora de cor ciutat vora ciutat,

i carrers i fanals avançant per les prades.
I cel i núvol, manyacs o cruels,
restarien captius en canals d'aigua trèmula,
tota desig d'emmirallar els estels.

M'agradaria fer-me vell dins una
ciutat amb uns soldats no gaire de debò,
on tothom s'entendrís de música i pintures
o del bell arbre japonès quan treu la flor,
on l'infant i l'obrer no fessin mai tristesa,
on veiéssiu uns dintres de casa aquilotats
de pipes, de parlades i d'hospitalitats,
amb flors ardents, magnífica sorpresa,
fins en els dies més gebrats.

I tot sovint, vora un portal d'església,
hi hauria, acolorit, un mercat de renom,
amb botí de la mar, amb presents de la terra,
amb molt de tot per a tothom.

Una ciutat on vagaria
de veure, per amor de la malenconia
o per desig de novetat dringant,
cases antigues amb un parc on nien ombres
i moltes cases noves amb jardinets davant.

Hom trobaria savis de moltes de maneres;
i cent paraigües eminents
farien —ai, badats— oficials rengleres
en la inauguració dels monuments.

I tot de sobte, al caire de llargues avingudes,
hi hauria les fagedes, les clapes dels estanys
per a l'amor, la joia, la solitud i els planys.

De molt, desert, de molt, dejú,
viuria enmig dels altres, un poc en cadascú.

Però ningú
no se'n podria témer en fent sa via.

Hom, per atzar, un vell jardí coneixeria,
ben a recer, de brollador ben clar,
amb peixos d'or que hi fan més alegria.

De mi dirien nens amb molles a la mà:
—És el senyor de cada dia.

Continuo amb Gay:

L'espera

De la soca de vinya aprenc la paciència
quan espera la vida i sols se'n veu l'absència,
en els hiverns gelats
braços nus enlairats,
sembla morta la vinya, i els arrels en la terra,
saben l'esforç callat que mou la primavera.

La saba nova pujarà
al cap del brot esclatarà,
i el dia s'aclareix amb una fulla tendra.

Quan fa el niu l'aulendra,
en el ram s'obrirà
la flor menuda i el gra.

De la vinya jo sé la llarga paciència.
De tot s'ha vist l'eflorescència,
per tot arbre fruiter,

primerenc, tardaner,
se'n ven el temps de la collita.

La vinya, rama estesa, espera la visita
del sol, cada dia d'estiu,
guanya el raïm color més viu,
i vol per cada gra la fina transparència
on riu la clara llum. Jo sé la paciència
en el ritme segur
que esperi com la vinya el bell pàmpol madur.

Així explicava el mateix Príncep dels Poetes com escrivia, i només així es podia fer, dels lectors, partícips de l'experiència del poema. Primer, una paraula suggestiva (i amb poder d'irradiació); després, el vers, amb la seva arquitectura:

> *El meu concepte de la poesia és, potser, més difícil de concretar. Us acontentareu de saber com neix en mi l'obra poètica? El meu mecanisme és molt senzill. Comença amb una paraula (que no ha d'ésser pas extreta d'una llista de paraules sonores,* ad hoc*) apareguda de sobte a flor de consciència, estranyament suggestiva, dotada d'un inefable poder d'irradiació. Després, com si aquella paraula hagués treballat sola, se us acut un vers tot enter, tan enter que fins dubteu si és d'un altre autor. Després, el vers desplega l'arquitectura que implícitament conté. La inspiració segueix, doncs, un procés com de germinació successiva. Versos que a un observador lleuger li semblaran de «remplissage» són, en rigor, de preparació. Per ells, com per una rampa, el lector arriba a l'essencial, a la troballa [...].*

El vendaval que va irrompre amb ell a la literatura catalana encara no s'ha acabat. Amb Carner va prevaler l'artifici, i va fer del llenguatge sensual una joguina on les paraules es podien vinclar en el vent. La poesia, en ell, no és una expressió nua del sentiment, ja que el seu valor està en la forma; tampoc la realitat no pot ser la que és, sinó que ha de reelaborar-se i formular-se en la seva estructura més ideal i harmònica.

És la màgica virtut de la paraula, com va dir Guansé, el joc de miralls amb els límits de la realitat. Ja no és la veu, sinó la cançó escrita, la que vola fins al seu destinatari final.

Per cert, a *Auques i ventalls*, Carner, amb una tècnica que no superaria cap dels polítics catalans que es prodiguen a les xarxes, s'anticipa al món de Twitter i, per exemple, la clava aquí:

El polític

Quan diu rugint: —És tot govern impur!—
hom hi endevina el governant futur.

També gravo un fragment de *Cadaqués*, de Josep Pla, per a la Fundació Josep Pla. De Pla m'agrada tot, esclar, però són els llibres que jo qualifico de «prosa poètica» els que més em subjuguen. Hi ha pàgines i pàgines seguides a *Cadaqués* on els adjectius s'encavalquen un darrere l'altre, talment un torrent de llengua. Prodigiós.

A dos quarts d'onze fem l'entrevista d'*El Punt Avui*, amb Xevi Xirgo. En acabat, se m'atansen per lamentar-se que cal tornar a repetir la gravació dels poemes. Tornem-hi. Tractant-se de Carner i Gay, cap problema. Gravo també una frase de Pau Casals per a la campanya d'Òmnium d'enguany #SantJordiésllibertat: «la llibertat, com la pau, també és indivisible».

Dino amb la Carola i les filles.

A la tarda insisteixo a Miquel Buch que no s'allunyin de l'informe del Dr. Mitjà. M'ho assegura.

Començo la reunió setmanal de residències. La directora del Pla, Yolanda Lejardi, ens explica les xifres: 15.000 proves fetes, reubicacions, estratègia d'atenció primària (8.000 visites diàries a residències), control i prevenció dins de les residències, material de subministrament, etc.

El to de la reunió és radicalment diferent. Tots els representants del sector agraeixen la feina de la Yolanda. Per fi troben algú al darrere que els aporta solucions. Han estat fins avui les reunions més dures de la meva vida. Però per ser-hi cada cop, per haver donat la cara en els pitjors moments, ara també podem caminar junts cap a aquesta llum que s'endevina al final del túnel. Tant de bo.

Envio la tradicional carta de felicitació per Sant Jordi a tots els treballadors públics (Annex 16).

Al vespre, a casa, continuem amb les partides de Rummy. A la nit, acabem els capítols finals de *The English Game*. Com que acaba amb un final feliç, ja ens va bé.

Dijous, 23 d'abril, Sant Jordi

Els casos de coronavirus a Catalunya són: 46.571 positius i 9.186 persones mortes. A Espanya els positius arriben a 223.759, amb 22.157 morts.

Torno a rellegir el poema «Bèlgica», de Carner. És extraordinari. Aquell «M'agradaria fer-me vell...», malenconiós i amb aquella cadència lenta, pausada, que et permet anar assaborint cada vers.

Quin Sant Jordi tan diferent, el d'avui!

Tanmateix, em temo que continuem sense posar l'accent en el símbol, el personatge, el cavaller, el mite, l'heroi, el patró de Catalunya. Envoltat de núvols i cavalcant un cavall blanc, Sant Jordi acompanyà el comte Borrell II l'any 985 per recuperar la ciutat de Barcelona dels musulmans; també es va aparèixer a Jaume I en la conquesta de València i Mallorca. Invocant-lo («Sant Jordi, firam, firam!»), els catalans van fer seva la Mediterrània sencera, i la seva creu s'alçà al castell de Cetines, l'Acròpoli d'Atenes. Les Corts catalanes reunides el 1456 a Barcelona, fa 563 anys, proclamaren Sant Jordi patró de Catalunya ja que «mossèn Sant Jordi és patró i advocat del senyor Rei».

Tot el Palau de la Generalitat n'és ple. Hi ha escultures, pintures, brodats, tapissos, gravats; la creu de Sant Jordi és omnipresent; el Saló, la capella... Durant segles, els reis catalans van remoure cels i terres per aconseguir-ne alguna relíquia. A la capella del Palau de la Generalitat se'n conserven dos ossos del crani i la falange. El cap del cavaller, però, fugí a Venècia. També, arreu de la ciutat, estàtues, escuts, imatges i retaules omplien tots els racons de l'heroi. Pintat pels millors artistes catalans de tots els temps, el famós retaule que presidia la capella del palau, de Bernat Martorell, es conserva avui fragmentat i distribuït entre The Art Institute de Chicago i el Musée du Louvre de París.

La bandera amb la creu roja feia funcions de bandera nacional. Amb ella, el 1714, es van batre els diputats de la Generalitat al pla de Palau, mentre el conseller en cap de la ciutat, Rafael Casanova, contraatacava pel flanc esquerra dels catalans amb la de Santa Eulàlia. Les banderes foren cremades públicament després de la desfeta, sembla que al mateix Saló del Palau. Cap de les dues no han tornat a assolir mai el protagonisme que havien tingut.

Símbol de força, de determinació, de lluita. Sant Jordi no és només un heroi, són uns ulls que miren una terra, és la mirada de la història, de la vida i de la llibertat. I on millor es percep aquesta mirada és en l'estàtua de Josep Llimona a Montjuïc. Un cavaller nu, inerme, indefens, sense elm ni cuirassa, cavalcant, tombat d'un costat. Però amb la mirada plena de força, a punt d'esclatar d'energia.

Una mirada que ha resseguit la història de la nació catalana, que l'ha vist néixer i fer-se forta, i l'ha vist traïda i revoltada. Sant Jordi s'ha fet espasa, i poema, i espiga i puny clos.

La Renaixença va saber veure-hi l'heroi de la nació. Joan Maragall va dir-ne: «Quan un poble pren per patró un heroi, és que vol reviure constantment la seva heroïcitat. [...] No n'hi ha prou d'alegrar-se en la festa i la diada, ens cal renovar en cada moment la lluita i la victòria». Josep Puig i Cadafalch va deixar escrit, a la casa de les Punxes, en un mosaic formidable: «Sant Patró de Catalunya, torneu-nos la llibertat».

Sant Jordi, mata el drac d'una vegada!

A veure si després trobo un moment per tornar a la imprescindible lectura de Cingolani sobre el sant.

I tanmateix, tant se val, llibres, llibres i més llibres que mai. N'he encarregat uns quants, enguany: *Canto jo i la muntanya balla*, d'Irene Solà; *Guillem*, de Núria Cadenas; *Tots els camins*, de Joan F. Mira; *L'espai profund*, de Lluís Calvo; *Els nus la flor*, d'Enric Cassasses; *999. Les primeres dones d'Auschwitz*, de Heather Dune Macadam; *El preludi*, de William Wordsworth.

A la reunió de JxCat, parlem del Ple de demà i del caos actual de les xifres i del despropòsit de no tenir cap certesa. Al Comitè de Coordinació, demano dades a la consellera per a la compareixença de demà.

Surto al Pati dels Tarongers, per estirar les cames. Passejo pels sants Jordis de Palau: les escultures de Marès i Monjo, el quadre de Gudiol, el tapís brodat de la capella... Prenc el sol un instant. Tenir un moment per oblidar-ho tot, ser en un altre lloc, viure una altra vida.

Em passen pel mòbil la Sra. Paquita Solé, de 92 anys, a qui lliuro una rosa virtual, en el marc del programa «Roses contra l'oblit». Una iniciativa dels Amics de la Gent Gran. Un autèntic plaer conversar amb una persona tan activa i tan amant de la literatura.

A les 13 h, amb Martí Anglada, Eduard Peris i en Pere, preparem l'entrevista amb el *Daily Telegraph*.

Dino.

Oriol Mitjà m'envia un missatge queixant-se de «l'hostilitat» [sic] de la gent del Departament de Salut. Envio missatges al vicepresident i a la consellera Vergés, advertint-los que si Oriol Mitjà no dona el seu vistiplau al Pla de desconfinament, jo tampoc no el donaré. Li encarrego a Meritxell Budó que ho vetlli.

Seguidament, preparem la prèvia al Parlament de demà. Tothom està molt dispers i no avancem gens. Em tocarà fer-ho sol.

Me'n vaig a casa. Em connecto amb Genís Roca, Josep Rius i la consellera Budó per plantejar el tema del Pla Catalunya 2022. Només demano que treballin amb tota independència i sense cap condicionant polític. Cal que sigui un pla executiu, lluny de filosofades i papers buits de contingut. Ara ja «només» faltarà convèncer ERC de la importància d'aquest pla.

Durant la resta de vespre i fins a mitjanit, treballo en com orientaré les rèpliques del grup:

A Ciutadans: Jo continuaré essent independentista i vostès no, però podem treballar tots per una resposta inclusiva. Que s'aturin els clatellots i els insults i ens posem a construir el futur dels nostres fills. Volem escoltar tothom, aprendre de tothom aprofitar tot el talent del país i decidir el nostre futur amb tothom.

Al PSC: La meva lleialtat és amb els ciutadans de Catalunya, per la seva vida i la seva salut, seguint sempre els informes dels experts. Lamento que hagin acceptat l'anul·lació de les competències d'autogovern. Les coses es podrien haver fet de manera diferent. Ara hi ha una gran oportunitat de corregir el rumb, amb el Pla de desconfinament. Donin suport al Govern de Catalunya. Insisteixo: aquesta crisi no la poden pagar ni les persones ni les empreses, sinó l'Estat. Vam rescatar els bancs, rescatem ara les persones, que són molt més importants.

Als Comuns. Sense retrets. Ajudi'ns, perquè vostès governen a Madrid. Ho dic amb gran tristesa, corregeixin abans que el temps els obligui a corregir: com amb el confinament total, com amb la renda garantida. Facin que s'escolti Catalunya. No permetin que es vulnerin drets fonamentals. Ajudin els treballadors i les empreses: suspenguin els impostos a autònoms, als treballadors i a les empreses.

A la CUP: El que farem els propers mesos serà clau per al país. El moment és excepcional, podem construir un futur diferent, no volem reconstruir un passat que s'ha demostrat que ens porta al desastre. Us demano tota la col·laboració.

Al PP: la centralització no funciona, ho han advertit des de la fundació Konrad Adenauer a *Le Monde*. Soc independentista, he estat independentista i seré independentista. Precisament ho som per viure en un país amb més oportunitats, per poder fer les coses millor, no pas pitjor. Parlin amb els presidents de les CCAA del PP i que els expliquin els problemes que han tingut amb els subministraments, la falta de diàleg o la pròrroga del confinament total. El Govern espanyol ni escolta ni respon; i tanmateix, acaba fent, tard i malament, allò que nosaltres hem proposat.

A ERC: Era necessari un nou pressupost que ens permetés incloure 3.000 M€ més, però alhora hem de reconèixer que aquest no és el pressupost que ara necessita el país. Paradoxalment és així: ens ajuda, ens dona un marc, més recursos, ens permet agilitzar tràmits, però tot ha canviat. Ara cal prioritzar de nou. I sobretot necessitem més recursos. L'Estat no pot continuar discriminant Catalunya ni un dia més: la viabilitat de Catalunya com a país és insostenible amb l'actual dèficit fiscal; calen transferències de l'Estat i no préstecs; s'ha de suprimir la regla de despesa i permetre als ajuntaments l'ús dels seus superàvits, i no es poden acceptar per més temps els deutes crònics històrics que arrosseguem: disposició addicional tercera, Mossos, prestació de dependència, etc.

A JxCat: Escoltem les paraules del secretari general de les Nacions Unides: construir una economia més igualitària, inclusiva i sostenible. Plantegem un desconfinament amb tres fases: primera fase, de rescat i reparació: per fer front a l'emergència sanitària, i ajudar els autònoms, els treballadors i les empreses amb transferències directes; segona fase, de reactivació i represa: plans sectorials (turisme, comerç i cultura) i col·laboració pública i privada; tercera fase, dibuixar l'horitzó del país: ens juguem el futur, no podem reconstruir sinó construir amb unes bases noves; hem de cuidar el talent (ho concretaré en els pròxims 15 dies). Cap govern no ho pot fer sol. Necessitem un gran pacte nacional.

Acabades. Com sempre, aquestes sessions de control són una loteria. A veure quin ambient trobo demà i si les utilitzo o no.

Divendres, 24 d'abril

Els casos de coronavirus a Catalunya són: 47.288 positius i 9.492 persones mortes. A Espanya els positius arriben a 207.634, amb 22.524 morts.

Surto de casa directament cap al Parlament, amb mascareta i guants. Passat el control de seguretat, em prenen la temperatura. Em canvio els guants. Pujo sol les escales. Fotos. Entro a l'hemicicle. Vint-i-una persones. Hem fet un minut de silenci. En les preguntes als consellers, l'oposició ha carregat per la gestió de les residències. Quan m'ha tocat parlar a mi, el primer que he fet ha estat donar un toc d'atenció al president Torrent per aquesta sessió híbrida innecessària. Podríem haver fet el ple de manera telemàtica i ja ho veus..., som aquí.

En general, el to ha estat constructiu. He insistit molt en les tres fases del pla de desconfinament. M'he sentit segur, avalat per la feina feta fins ara.

No sempre ha estat així. De les sessions de control en deia al meu equip d'Oficina «les sessions de tortura» Des del primer dia, que vaig estar en complet desacord amb les regles de joc: els grups poden preguntar al president el que vulguin, i el president ha de respondre sense haver-se pogut preparar cap resposta. Amb els consellers no passa igual. Ells coneixen l'abast de la pregunta. El joc, doncs, és francament desequilibrat. Alguns cops he guanyat jo la partida —recordo els celebrats «el seu cinisme que regalima per les escales» dedicat a Iceta o «Sent aquest silenci, Sra. Arrimadas?»—; altres vegades m'he trobat completament en blanc i no és fàcil donar voltes i voltes a les paraules durant dos minuts i mig sense dir res. Els periodistes amb experiència ho capten de seguida.

Acabada la sessió, marxo cap a Palau.

Estic cansadíssim. Pujo a l'habitació a estirar-me i m'adormo. Em desperten perquè em busca la consellera Budó: hi ha un problema urgent amb una esmena al pressupost que el grup de JxCat vol votar i ERC no. El vicepresident m'explica que el grup de JxCat ha pactat una esmena amb el PSC. Truco a Albert Batet i li demano que la retirin. Ara no és el moment d'engegar el pressupost a rodar, amb tot el que ha costat arribar fins aquí. Em torno a posar en contacte amb Pere Aragonès i li confirmo que es retira l'esmena.

Dino. Continuo atuït, i torno a pujar a l'habitació i m'adormo. Què em passa?

Al vespre, esclata el tema del Pla de desconfinament. Em poso com una fúria. El Dr. Mitjà diu que Salut boicoteja el seu pla. Em passo la resta del dia i la nit creuant-me missatges amb la consellera Vergés, el vicepresident i el Dr. Mitjà.

Sincerament, fins aquí hem arribat. He donat la cara en aquesta emergència per tothom. Però s'ha acabat. Han estat dos anys en què he vist coses increïbles. Però que ara, avui, en un moment tan greu, continuem d'aquesta manera, ja no... Em sento deslligat de qualsevol altre compromís que no sigui amb la meva consciència. Va de ciència, no de política! I si no hi ha acord demà sobre el Pla de desconfinament, amb mi que no comptin per a res. No puc entendre que no es vulgui cooperar. O hi ha acord o jo estaré al costat dels experts que han dissenyat les línies estratègiques, i ho diré als quatre vents.

A tres quarts de dotze m'asseguren que s'ha arribat a un principi de compromís.

Quin cansament, Déu meu!

Dissabte, 25 d'abril

Els casos de coronavirus a Catalunya són: 47.838 positius i 9.646 persones mortes. A Espanya els positius arriben a 209.465, amb 22.902 morts.

Felicito els valencians en la Diada del País Valencià, la jornada de commemoració de la llibertat perduda amb motiu de la batalla d'Almansa el 1707. Que sapiguem retrobar-nos en la nostra unitat.

A primera hora, alarma: Oriol Mitjà diu que el document és incomplet. Em desespero. Em nego a connectar-me a les 10 h i dic rotundament que ja n'hi ha prou, que s'ha acabat, que a les 15 h sortiré al telenotícies i explicaré el que està passant.

Els missatges que ens creuem el vicepresident, la consellera Vergés i jo muten d'agres a desafiants.

Quedem a les 12 h per videoconferència amb el Dr. Mitjà. Trobem la manera de posar-nos d'acord i convoquem el Consell Executiu per a les 13 h. Jo hauré de sortir per TV3 a continuació, i estic tan cansat que no sé si no m'adormiré en ple directe. Suposo que l'APM m'ho agrairà.

En el Consell Executiu les dades que explica la consellera continuen posant els pèls de punta: tenim 902 llits ocupats per COVID (i abans de la pandèmia teníem 600 llits en total!).

La reunió s'allarga i he de sortir corrents i tallant la meitat del text que em passen a l'últim moment. Em poso davant la càmera. Parlo del Pla de desconfinament —que el volem liderat per la Generalitat, gradual, basat en regions sanitàries i comptant amb el món local— i faig una crida a les famílies: «Seguiu unes franges horàries per sortir amb nens. Sé que és un sacrifici, però la salut de tots depèn de com gestionem les decisions. Doneu confiança i regles de conducta als fills i recordeu que estem en situació de risc i d'alerta. Relaxament zero» (Annex 17).

Dino a les 16 h. Marxo a casa. Em poso *Carrington*. Em decep. Lytton Strachey me l'imaginava més mordaç.

Una altra petita victòria: la Moncloa aparta els militars de les rodes de premsa. Ha estat una autèntica vergonya, horrible. Algunes de les frases que han dit s'han fet virals. General Villarroya: «En esta guerra irregular y rara que nos ha tocado vivir, en la que nos ha tocado luchar, todos somos soldados». «Hoy es viernes en el calendario, pero en estos tiempos de guerra o crisis, todos los días son lunes». Ho hem estat repetint des del primer dia: això no és una guerra, fem el que fem perquè som ciutadans responsables d'una democràcia viva. Que lluny el president alemany dels ciutadans lliures i que a prop el president Sánchez del «todos somos soldados»!

Al vespre, reunió de videoconferència amb amics i després xerrem amb l'Elena M., que és a Lima i es planteja tornar a Barcelona.

Al vespre, passat el dol de *The English Game*, ens enganxem a una altra sèrie, plena de llum, humor i una família fascinant: els Durrell. Tot i la presència de Lawrence i Gerald, qui focalitza l'atenció en la sèrie és la seva mare, un personatge del qual és impossible no enamorar-te. De Corfú passes al llit i a dormir de bon humor. Important.

Fullejo alguns diaris. No acostumo a fer-ho, i menys aquests dies. Des que vam demanar el confinament total, va anar-me caient a sobre una pluja d'insults i improperis. Al final, ja m'hi he acostumat.

D'acord, tot candidat a polític ha de tenir present que, com a futur membre de la vida pública, tot el que digui o no digui, faci o no faci, piuli o no, serà escrutat, analitzat, criticat o distorsionat pels mitjans de comunicació, periodistes, tertulians i el món de les xarxes socials. La graduació de les crítiques té una paleta de colors insospitada: des de la subtilitat d'aquells «opinadors» que comparteixen les tesis del polític i que passen de puntetes sobre assumptes que poden acabar esdevenint un mal de cap, fins al bombardeig permanent d'opinions, conjectures i sentències hostils de tots aquells que s'hi oposen.

Això és una qüestió d'ordre natural, naturalíssim, que passa en tots els països democràtics del món. Si un polític no està disposat a aguantar els xàfecs, és aconsellable que, per la seva salut, es retiri a prendre les aigües.

A Catalunya, tanmateix, succeeix un fet anòmal, que ho canvia tot: el procés d'independència que és —o hauria de ser sempre— ruptura. *Ergo* qualsevol polític independentista —que no només se'n digui, sinó que ho practiqui— rebrà una proporció de crítiques, insults i penjaments infinitament superior a un polític no independentista. Senzillament perquè la majoria dels mitjans públics que operen al país són en mans de l'*establishment* espanyol unionista. Per exemple, només en televisió, els catalans consumeixen el 85% de televisió vinculada a l'unionisme —i del 15% restant, de cap manera es pot dir que afavoreixi l'independentisme, esglaiat que se l'acusi de fer-ho.

A Catalunya, qualsevol ciutadà que encén la ràdio, obre la televisió o s'informa per Internet, rep un devessall d'informació. La major part d'aquesta informació obeeix a les consignes de l'*status quo*, és a dir, evitar per tots els mitjans —mai millor dit— la independència de Catalunya. Tot s'hi val. La majoria s'enfronten a la independència amb tota l'artilleria disponible —i no dubten a exhibir-se darrere calúmnies, vilipendis i intoxicacions—, d'altres, tanmateix, i sota una pretesa professionalitat, sofistiquen la denigració, utilitzant guants de vellut —sovint amagats sota l'ombra de la burla i del xaronisme pitarresc més tronat i vulgar— per aconseguir els mateixos objectius.

En una conversa que vaig tenir per WhatsApp amb la persona que està al capdavant d'un diari de Barcelona, l'animava a explicar als seus lectors que el seu periòdic apostava clarament per una opció política, ja que sempre acostumava a enfocar les notícies i les editorials en aquest sentit. M'ho negava taxativament, afirmant que el seu diari era independent i no es decantava per cap partit. Però jo li repetia un cop i un altre que no passava res per reconèixer-ho, que em semblaria molt més elegant per als lectors que, en lloc d'arborar la bandera d'una falsa neutralitat, es digués clarament per qui s'optava. Cartes al descobert i de cara. Al capdavall, vaig encara afegir-li, durant la República espanyola, tots els diaris catalans eren conscients que obeïen a una acció complementària dels partits. Defensaven ardidament —com ara, però explicitant-ho i sense amagar-se'n— uns partits determinats. Als Estats Units ho fan, i em sembla un exercici democràtic envejable. Continuo pensant que sempre és millor tractar els teus lectors com a persones intel·ligents i no pas com a espàrrings als qui ha de donar gat per llebre. No seria tot molt més clar?

En qualsevol cas, la gamma d'interessos i pressions que es viu en els mitjans catalans és fascinant. En un país de les dimensions de Catalunya, on tothom es coneix, politòlegs, periodistes i tertulians juguen una partida parapolítica que algú hauria de narrar. Des dels periodistes del règim —s'entengui, del règim que pagui en cada moment, i, per tant, no tenen cap molèstia a anar-se gronxant i opinant onduladament a favor de qui mani o pagui—, fins a directament tertulians a sou dels partits polítics, passant pels autodenominats «professionals independents» que, curiosament, sempre tendeixen a inclinar-se pels mateixos. El polític català que sobreviu uns anys s'acostuma al joc. És més, acaba abraonant-s'hi, col·laborant a fer encara més difícil l'àrdua tasca de trobar realment periodistes independents —que n'hi ha, i haurien de ser declarats, pel Govern de Catalunya, Béns Culturals d'Interès Nacional.

No sorprendrà ningú saber que a l'hora d'acordar el programa de govern, la peça més cobejada pels partits és la direcció de mitjans de comunicació, des d'on habitualment es concedeixen les subvencions públiques, ara com ara, autèntics salvavides dels mitjans.

Res no escapa als partits en aquest àmbit, conscients de la importància del que està en joc, i tota lluita és petita i mesquina en comparació amb el gran combat que lliuren els partits per col·locar el seus homes i dones de confiança als llocs directius dels mitjans públics. Presidents, directors, responsables dels informatius, fins i tot presentadors! «Si jo ocupo aquesta posició, l'altre no».

Tampoc les xarxes socials estan preservades d'aquesta obsessió pel control de l'opinió pública, amb actuacions que no és que ratllin el joc brut, és que són directament un combat de boxa sobre un terreny fangós on cada dia hi cau un xàfec. Però, afortunadament, és encara un dels pocs llocs on hi ha alguna escletxa de llibertat, i hi ha usuaris de Twitter que no obeeixen cap consigna política. I per molts anys.

Com ha pogut l'independentisme assolir una majoria social, central al país, amb la gran majoria dels mitjans en contra? Doncs perquè es pot mirar de manipular un temps a algú, fins i tot a molta gent, però no es pot enganyar tota la vida a tot un poble.

Diumenge, 26 d'abril

Els casos de coronavirus a Catalunya són: 48.782 positius i 9.764 persones mortes. A Espanya els positius arriben a 210.773, amb 23.190 morts.

Em llevo a un quart de nou. Esmorzo una torrada amb sobrassada i un cafè. A les 9 tocades soc a Palau i em preparo la conferència de presidents, a partir del discurs d'ahir. Aquest cop no he de sortir després, quin alleujament.

El president Sánchez, «inasequible al desaliento», afirma que té dades molt positives. Per demostrar-nos-ho, ens explica que Rússia i Turquia van molt pitjor. Torna a pronunciar-se sobre el desconfinament en termes de gradualitat, asimetria i territorialitat.

Durant la reunió, en una pausa que faig, m'informen que hi ha molta gent al carrer. Faig una piulada dient que no pot ser, que estem en màxima alerta i cal extremar les precaucions. Mascaretes, distàncies de seguretat i evitar els grups. La salut de tots està en joc.

La majoria de presidents volen o gestionar el desconfinament (Euskadi, Galícia, Cantàbria, Múrcia...) o s'inclinen per una desescalada adaptada a la seva realitat sanitària, que per molts no és la provincial (Castella-la Manxa, Aragó, etc.). El lehendakari avui demana més criteri i menys tuteles. Ho podria haver demanat el primer dia, quan em va deixar sol.

Començo la meva intervenció denunciant un cop més la farsa d'aquestes reunions. De nou, se'ns repeteix l'anunci que es va fer ahir. Som «el eco de los sábados». Se'ns convida a participar, però totes les decisions ja estan preses. Se'ns parla de «coordinació i consens», però tot funciona sota un «mando único». Tot és imposició, per, després, carregar la gestió i la responsabilitat als altres. La centralització d'aquesta crisi no ha funcionat, i és que les millors decisions són aquelles que es prenen com més a prop possible dels ciutadans i amb el màxim coneixement i adaptació a la realitat més propera.

No es pot decidir a 600 quilòmetres de distància sense escoltar ni tenir en compte l'opinió de Catalunya, els seus professionals, els seus experts, el seu cos sanitari. Nosaltres sempre hem presentat les peticions avalades per experts, i sempre hem tingut la mateixa resposta: cap.

Els errors comesos per la centralització (subministraments, lentitud en la presa de decisions clau, manca d'iniciativa en temes fonamentals —com la renda de ciutadania i la suspensió d'impostos—) no es poden tornar a produir.

Volem recuperar les nostres competències ara. Com? 1. Aixecant l'estat d'alarma; 2. Mantenint l'estat d'alarma en alguns territoris, però deixant fora als que vulguin afrontar la pròpia gestió del desconfinament; o 3. Modificant l'estat d'alarma per tal que l'autoritat competent sigui el Govern de Catalunya. Necessitem recuperar les nostres competències perquè volem posar la vida i la salut dels ciutadans per davant de qualsevol altre criteri en la presa de decisions.

Un cop acabada la reunió, truco a la consellera Budó per explicar-li els punts més importants de la reunió i me'n vaig a casa.

Quan he acabat de dinar, m'estiro al llit.

A mitja tarda, torno a insistir a la ciutadania sobre la sortida massiva d'avui. No pot repetir-se el que ha passat a Barcelona, amb una multitud de gent pel carrer. Només ens en sortirem si som conscients del risc i el perill extrem de la COVID. La salut de tots depèn de tots. Si no ho entenem així, no ens en sortirem: Mai havia tingut tant significat la paraula *solidaritat* com ara.

Miro *Indiscreta*. Que Cary Grant és el més gran ja ho sabíem; però la Bergman és una comedianta perfecta. L'escena de l'ascensor, on els dos senzillament es miren fit a fit, és memorable. El ball «escocès» de Cary Grant, hilarant. Alta comèdia amb el toc únic d'Stanley Donen.

Sopem d'hora i mirem un altre capítol dels Durrell. Al vespre, llegeixo *L'aperitiu*, de Josep Maria de Sagarra. Si em fessin triar entre Pla o Sagarra, se'm faria francament difícil decidir-me. Els dos van esgotar la llista d'adjectius catalans.

Dilluns, 27 d'abril

Els casos de coronavirus a Catalunya són: 49.185 positius i 9.923 persones mortes. A Espanya els positius arriben a 212.917, amb 23.521 morts.

Penjo una fotografia de la Moreneta a Instagram, excusa perfecta per adjuntar un poema de Marià Manent que sempre he trobat deliciós.

Elfs a Montserrat

Cada fulla dels boixos és un petit mirall
brunyit per la rosada, i en gerd amagatall
el rossinyol sospira. Una flor malva
tremola, inclina el tany, repica a missa d'alba.

Hi ha un polsim de lluna als olivers.
Els elfs passen, amb ales subtils. Duen lleugers
capelis de lligabosc i una faldilla
de flor de bruc. La boira irisada, com brilla
quan volen entre alzines i roses de pastor!

Tímids, s'atansen, miren. Escolten la dolçor
del cant que surt de l'ombra, confós amb les campanes.

Les serres semblen núvols entre clarors llunyanes.
Els elfs s'han abocat al finestral. Els venç
la por i fugen, i duen al bosc olor d'encens.

Em reuneixo amb el sector del llibre, que ha desplaçat Sant Jordi al 23 de juliol. Tant de bo sigui possible fer-ho. Estan molt preocupats. Demanen que les llibreries siguin considerades un bé essencial. Sembla mentida que estiguem així, qüestionant-nos si la cultura és o no un bé essencial.

Encetem un nou desencontre entre socis, perquè el conseller El Homrani anuncia que es posen a disposició 200 M€ d'ajuts als autònoms sense que ni jo ni cap conseller de JxCat conegués la proposta. Apareixen 200 M€ així, del barret. Tal qual. És increïble.

També topem amb el Govern central. Ara el ministre Illa sosté que «la unidad territorial de preferència para acordar la desescalada es la provincia». Però què té a veure Barcelona amb el Berguedà, o l'Alt Urgell amb el Segrià? Per què s'obvien els criteris dels experts catalans que aposten per «regions sanitàries i àrees bàsiques de salut»? En quin informe es basa el Sr. Illa? Podríem fer les coses amb una mica de sentit comú?

A la tarda, em torna a visitar el Dr. Vieta. Tornem al punt on havíem deixat la conversa el darrer cop: l'estrès de la responsabilitat.

A casa parlem que el dia 15 farà dos anys que soc president. I recordem aquells dies: com li ho vaig dir a la Carola 48 hores abans que es fes públic, l'impacte de l'anunci, la devastadora campanya amb l'excusa de les piulades i articles que havia publicat. Riem quan recordem que cada dia, aleshores, jo arribava a casa exhaust, i m'estirava al llit. Després, la Carola feia el mateix, i finalment venien l'Helena i la Carola filla. Tots quatre estirats al llit mirant al sostre i dient-nos. «Que fort!, que fort!».

Pregunto a les filles si la seva vida ha canviat molt. L'Helena ho ha portat força bé a la Universitat. La Carola, que va haver d'anul·lar el seu compte de Twitter, va recuperar-lo uns mesos després. Diu que ja no té por dels comentaris que puguin fer-li. Amb la Carola —mare— no podem deixar de pensar que només tres mesos després la tornaven a operar de càncer al Clínic. Va ser aleshores quan vam conèixer el Dr. Lacy. Ell i la Dra. Cristina Nadal han acabat essent dos grans amics nostres. I encara quan va haver de tornar a passar per la sala d'operacions, tot just fa poc més de tres mesos. Mai s'ha queixat de res, mai m'ha demanat res, sempre m'ha donat un suport total i absolut. Jo no sé com hauria pogut fer el que he fet sense la Carola al costat. Ha estat una presència silent, constant, acollidora. La bondat i la tendresa de la Carola s'han guanyat el cor de molta gent. M'he descomptat dels voluntariats que fa. Mai pensa en ella, sempre en nosaltres. En broma, sempre li dic que no m'acompanyi enlloc, perquè m'eclipsa.

També recordo l'únic moment de la Presidència en què em vaig trencar. Ella era allà per abraçar-me. Va ser amb motiu de la pancarta, quan rebia pressions de tot arreu perquè la retirés. I quan dic de tot arreu, s'ha d'entendre literalment: de tot arreu. Aleshores, una tarda vaig perdre els nervis i vaig esclatar en plors: «Volen que menteixi. Volen que falli a la gent. Per molts i molts ciutadans, aquesta pancarta representa molt. Ho han donat tot pels presos polítics i exiliats. No puc retirar-la, Carola, no puc. És el meu deure, no puc fallar aquí». No va dir res. Només em va abraçar. I en vaig tenir prou per saber que mantenir la pancarta era la decisió correcta.

A la nit, mentre acabem la primera temporada dels Durrell, les miro a les tres. Són al sofà, juntes. Han crescut. Vull dir que aquest confinament ha fet créixer en elles unes emocions i un sentiment de mútua convivència com mai havien tingut. Quan d'aquí uns anys pensi en elles, les recordaré sempre així. Juntes. Les estimo molt.

Dimarts, 28 d'abril

Els casos de coronavirus a Catalunya són: 49.681 positius i 10.073 persones mortes. A Espanya els positius arriben a 213.435, amb 23.822 morts.

En la reunió prèvia amb JxCat els comento, cruament, que ens continuem matant entre els socis i que així no anem enlloc. Per Déu, que siguem capaços algun dia d'acabar amb totes aquestes desconfiances!

El Consell Executiu, reconvertit en un espai de pau i treva, aprova el decret en favor dels autònoms i del pla de tests Orfeu2. La consellera d'Agricultura explica la campanya agrària de la fruita dolça. Demano que es prenguin totes les precaucions per a la campanya de temporers de Lleida. Tots els consellers fan una anàlisi de la gestió de la pandèmia en els seus departaments.

Acaba la reunió i, a la sortida, m'assec en un dels bancs del pati. Prenc el sol. Sento les oques de la Catedral. És possible? Continua havent-hi un silenci dens al voltant del Palau, com si a tota la ciutat gòtica no visqués ni una ànima. Acostumats al xivarri incessant del carrer del Bisbe i a esquivar turistes per cada cantonada, aquest silenci és la venjança de tants anys d'especulació i de voler guanyar uns diners ràpids a costa d'una vida veïnal serena i col·lectiva. Fa molta calor i sento la cara colrada del sol. Com si fos una pel·lícula, passen pel meu davant aquells instants en què he sentit el sol encès, furient, a la cara: de noi, a la platja de Blanes; a les milícies, a Toledo, passant d'aquell capità filofeixista i esgarrapant minuts d'evasió senzillament tancant els ulls; a Suïssa, després d'una baixada en trineu, caure i gairebé aixafar la Carola filla, quan vam quedar-nos una estona estesos a terra, panxa enlaire, rient, sota el cel dels Grisons; a la Gallina Pelada, fet el cim, extenuat entre l'herba verda i el cel blau del Cadí.

Estic assegut en un banc del pati, just davant de la finestra del meu despatx. No vaig voler ocupar el del president Puigdemont. És així. Amb un president a l'exili, res no és normal, és a dir, no hem de permetre que res sigui normal. Tampoc no hauria pogut ocupar-lo, perquè quan vaig arribar l'estaven reformant.

Vaig preferir triar un despatx que em permetés ser més a prop del meu equip de col·laboradors. I vaig escollir un dels que donen al pati. En dies tranquils, quan al migdia el sol s'escola per la finestra, se sent el brollador de la font i algun esgarip d'una gavina que passa damunt les gàrgoles, esquivant el campanar, volant presumida enmig del perfum de les flors del taronger. Deixant la poesia de banda, el risc que et caigui al damunt un petit objecte llefiscós fruit de la digestió intestinal d'aquestes aus no és menor i s'ha de tenir sempre present. La llegenda explica que un dia, un d'aquests objectes, en el seu itinerari cap a terra, trobà les espatlles d'un dels meus predecessors. Molta precaució, doncs.

Quarts de dues. Dino. Continuo tan cansat! Pujo a estirar-me.

El Dr. Campistol m'envia les anàlisis. De l'hipotiroïdisme vaig bé. Que estrany!, no hi ha res que apunti en cap direcció. Podria ser, encara, una seqüela de la COVID?

Truco a Laura Borràs per parlar de Pep Costa (avui l'han gravat en un àudio parlant amb Cs sobre en Torrent, i tot ERC se li ha tirat a sobre; a en Pep, que ha patit com ningú la deriva del nostre Parlament, intentant que el naufragi no fos total). També ens posem d'acord sobre els passos a seguir —amb la Laura és fàcil: un cop es pren una decisió, la porta fins al final, per damunt de les pressions que li facin— i és que a les 18 h ja ha comparegut Pedro Sánchez i ha parlat de les «províncies» com a unitat de confinament, a la qual cosa ens oposem del tot. No escolten res. La famosa «coordinació» és centralització i menyspreu a tot el que hem argumentat nosaltres. Catalunya torna a 1833, a «Barcelona, Tarragona, Lérida y Gerona». Tota l'experiència de gestió de la sanitat a Catalunya per regions i àrees sanitàries, a la paperera. Un altre greu error.

Avui superem els 10.000 morts. És catastròfic. 10.000 famílies trencades per la mort. No podem oblidar cap nom de les persones que ens han deixat en aquesta tragèdia. Acompanyem les seves famílies i amics. Només recordant-les superarem el dol, l'adeu que no hem pogut dir, les abraçades que ens han estat robades.

Dimecres, 29 d'abril

Els casos de coronavirus a Catalunya són: 49.943 positius i 10.211 persones mortes. A Espanya els positius arriben a 215.435, amb 24.275 morts.

A la reunió de JxCat parlem del Pla de desconfinament. Hi ha veus que plantegen de no anar més a la reunió de presidents. En Pere em proposa enviar una carta al president Sánchez.

En la reunió de coordinació, ens posem d'acord: no és el nostre model, i el rebutgem.

«El Gobierno de España coordinará el proceso de transición a la nueva normalidad. En concreto, el ministro de Sanidad asumirá, en su condición de autoridad delegada en la materia, todas las decisiones...» Deu ser la millor definició de «coordinació» que es recorda. Prou. Redactem la carta amb en Pere i l'enviem:

> *Benvolgut president Pedro Sánchez,*
>
> *Li adreço aquesta carta per fer-li petició formal d'una reunió telemàtica urgent aquesta mateixa setmana. Li ho demano amb preocupació per les informacions que vostè mateix ha anunciat sobre el procés de desescalada del confinament per la pandèmia de la COVID-19. És urgent que tractem de les necessitats específiques de Catalunya i de les propostes concretes que hem anat preparant per a un desconfinament asimètric i progressiu. No deixem passar més temps sense encarar aquesta qüestió al màxim nivell i no enmig d'unes reunions de diumenge que no permeten entrar a parlar i a concretar res.*

La situació que vivim a Catalunya, a tot l'Estat espanyol, a Europa i al món és d'una gravetat absoluta. No ens podem permetre que el Govern d'Espanya i el de Catalunya no encarin aquesta situació amb sentit democràtic i de màxim rigor en la relació entre les nostres institucions. La centralització de competències que han fet amb la declaració de l'estat d'alarma no ha donat els resultats esperats en termes d'eficiència i benefici per als ciutadans. Li demano que ens reunim de manera urgent per tractar aquests afers de vital importància per a la ciutadania de Catalunya.

El meu gabinet es posarà en contacte amb el seu per tal d'acordar el millor dia i hora per a la reunió que li demano.

Atentament.

A les 13 h truco al ministre-president de Flandes, Jan Jambon. Molt amable i diplomàtic. Parlem sobre la pandèmia als nostres països, dels eixos de les propostes de desconfinament i de les iniciatives orientades a protegir llocs de treball i empreses. I no deixo d'agrair-li un cop més l'acolliment que fan dels nostres exiliats.

Llegeixo un titular que surt a les xarxes socials: «Barcelona s'insta a col·laborar amb Madrid per a la sortida de la crisi». I em pregunto: no podria Barcelona instar-se a col·laborar amb les ciutats del país de la qual és la capital?

Es constata aquesta abdicació a exercir com a capital de país, aquesta falta d'ambició, aquest esperit provincià que tan sols espera a rebre les ordres i les molles que arriben de Madrid. És com aquella broma pesada de ser la cocapitalitat d'Espanya. És lamentable que Barcelona renunciï a exercir amb plenitud la seva condició de capital de Catalunya.

Dino.

Truco a Víctor Grífols. És molt crític amb la manera com hem gestionat l'epidèmia —tant la manera espanyola com la catalana.

Però em comenta que hi ha la possibilitat d'adquirir uns tests que el Govern espanyol ha rebutjat. Li demano al vicepresident que hi contacti i miri si és possible l'operació.

A les 16 h em reuneixo amb el món local. Els donem tot tipus d'explicacions sobre el Pla de desconfinament. Acordem crear un grup de treball. És curiós, ha anat sorprenentment bé. Aprofitem-ho.

Marxo a casa. Ens estirem al llit, amb la Carola. Aprofito per contestar missatges que se m'han acumulat. Sopem i ens traslladem a Corfú, amb els Durrell.

Avui, en una de les reunions, ha sortit el tema del seny i la rauxa. Mare de Déu!

Es dona per descomptat que qualsevol polític ha llegit *Notícia de Catalunya*, de Jaume Vicens Vives, *Les formes de la vida catalana*, de Josep Ferrater i Móra, *Quina mena de gent som?*, de Gaziel, i *Com han estat i com som els catalans*, de Rodolf Llorens, a banda d'uns quants volums de l'obra completa de Josep Pla. Probablement, les cinc obres canòniques sobre el caràcter i la personalitat dels catalans.

Tots ells tracten del seny i la rauxa. D'altres autors han estudiat també aquest mateix ésser binari dels catalans com la lluita entre les realitats i les utopies, el pragmatisme i l'acció directa, el quietisme o el moviment, el cofoisme i l'audàcia o el jocfloralisme i el xaronisme. Menys conegut —però citat en el llibre de Jaume Vicens Vives—, Jordi Pérez i Ballestar també incloïa el seny entre les possibles actituds típicament catalanes davant la realitat, però a més a més hi afegia l'embadaliment, la rebentada i el tot o res.

Però, què és el *seny*?

Antoni Rovira i Virgili ja va interessar-se per aquest concepte. Per ell «és una qualitat positiva, no és el regateig davant l'ambició, ni la poruguessa davant el perill, ni l'esverament davant el coratge, ni la curtedat contra l'audàcia; és una força que manté l'equilibri del moviment, no pas com un destorb que l'atura o que fa sistemàticament lenta la marxa».

En una línia semblant, Ferrater —com havia fet d'Ors— també situa el seny clarament com una actitud propositiva, lluny, ben lluny tant del «sentit comú», com de la renúncia, el pactisme o la prudència i el capteniment. Diu Ferrater:

> *El seny no exclou, sinó que moltes vegades postula, l'atreviment i la gosadia, tot el que, des de cert punt de vista, pot semblar insensat, però que, mirat des de l'horitzó de la continuïtat, esdevé una actitud entenimentada. L'autèntic seny no es limita a perseguir el que és més accessible, les realitats quotidianes i immediates; l'autèntic seny, diríem l'ideal del seny, és perseguir el que és just, convenient i correcte, encara que aquesta persecució sigui en alguns instants l'acció més insensata que algú pugui imaginar.*

Des d'aquesta perspectiva, entès d'aquesta manera, proclamar la independència després del referèndum corresponent, per exemple, és una acció perfectament assenyada.

El seny inclou la rauxa, no l'exclou. De fet, tots els malentesos sobre el seny venen de Jaume Vicens Vives, que el contraposa a la rauxa, i fa divisa de l'expressió «no t'hi emboliquis». És el seny de l'ambigüitat, del peix al cove i de la «responsabilitat». Resumint, el seny de la Catalunya autonomista.

Després de tot el que ha passat aquests darrers deu anys; després d'una legislatura en què els presos polítics continuen tancats, els exiliats a Brussel·les i Suïssa, i milers de catalans són represaliats per haver expressat una opinió o haver-se manifestat; després de palesar com de vulnerables i limitats ens trobem per fer front al món de demà; després de ser una de les disset pantalletes de televisió; després de tot això, tornarem a caure en el seny autonomista?

A casa, comencem la segona temporada dels Durrell. Ja gairebé som uns més de la família. Acabo *L'aperitiu*, de Sagarra. Realment, és quan rellegeixes que hi veus clar.

Dijous, 30 d'abril

Els casos de coronavirus a Catalunya són: 50.334 positius i 10.311 persones mortes. A Espanya els positius arriben a 216.582, amb 24.543 morts.

Em salto la reunió de JxCat i dormo fins a les 8.30 h.

En la reunió de coordinació d'avui prenem decisions importants: el vicepresident alerta que si no prenem mesures expansives, el drama serà extraordinari. Benvingut. La consellera Vergés proposa, i acceptem, que la unitat per desconfinar siguin les regions sanitàries. Evidentment.

Enllacem amb el Consell del Diàleg Social, que constituïm. El conseller El Homrani i Javier Pacheco s'estenen en unes intervencions sense gaire contingut, però d'autoafirmació de la importància del Consell. També Foment i PIMEC qualifiquen la constitució del Consell de «fet històric».

Acabo el dia amb la reunió periòdica amb el sector del voluntariat. Enric Morist, de la Creu Roja, una de les persones amb una capacitat organitzativa que més i millor m'ha sorprès, resumeix molt bé la situació: «Les UCI socials estan plenes; els ERTO, no cobrats; l'economia submergida, desballestada; les classes mitjanes, sense ingressos. Hem de donar "ànims" a la gent. Estan rebent més de mil trucades al dia».

Albert Riu, de la Fundació Pere Tarrés, rebla el clau: «Ara hem d'aplanar la corba social, la que ens preocupa». I Francesc Roig, de Càritas, resumeix molt bé el que cal fer: «No tindrem cap futur si les persones no tenen dret a una vida digna». Demana un pla de xoc immediat, un pacte d'Estat social.

Tenen tota la raó: és urgent treballar en un Pacte d'Emergència Social i un canvi disruptiu.

Surt l'enquesta del CEO: els catalans confien més en la Generalitat que en el Govern espanyol per afrontar el coronavirus. Només un 19% assegura que el Govern espanyol sap com resoldre els problemes de la pandèmia. Penso que la gent ha confiat en nosaltres per la velocitat a prendre decisions i prioritzar. Quan ens hem avançat, hem guanyat. Hem de ser ràpids i executius i posar el país per davant de tot.

Me'n vaig a casa. M'hi quedaré tot el dia. Demà és 1 de maig.

El que queda del vespre i de la nit, el dedico a escriure els punts més importants per a la reunió de diumenge. Vull parlar de la gent gran, començant amb una cita d'Elias Canetti: «La vellesa és escoltar i entendre els altres». Ells ens guarden la memòria i ens ajuden a prendre el camí del nostre futur. Que mai més res ni ningú ens robi les abraçades que els devem. Hem d'enfrontar-nos cara a cara amb aquesta tragèdia.

S'està acabant de negociar l'acord per la Comissió per a l'Elaboració del Pla per a la Reactivació Econòmica i Protecció Social (CORECO) del Govern, que ha de tornar a fixar la prioritat de les despeses. És com fer un punt de creu entre consellers i competències.

La Carola no es troba bé. Té unes punxades a l'estómac que la fan regirar-se de dolor. Ens estirem al llit. Em preocupa. Des de febrer, i amb el tractament de «químio», de tant en tant li passa.

L'Helena i la Carola filla fan exercicis de gimnàstica al menjador.

Fullejo el llibre de Lluís Calvo que va guanyar el premi Carles Riba. És un autor que segueixo apassionadament des d'*El meridià de París* (que vaig citar en el discurs d'investidura).

Sopem plegats. La Carola es troba una mica millor. La Sra. Durrell ens omple de felicitat. Al llit, m'endinso en *El preludi*, de Wordsworth, que Pons Alorda em va recomanar. Aquests últims anys han sortit unes traduccions de poesia fantàstiques: d'Óssip Mandelstam, Anna Akhmàtova, Rilke, Dylan Thomas, Larkin, Auden, etc. El mateix Pons Alorda i les *Fulles d'herba* de Whitman.

Aquest paràgraf de Wordsworth:

Encara no sé si se'm concedirà més vida
i, amb més vida, el poder per aconseguir quelcom de valor
que no sigui considerat una súplica insuficient
per haver ofert la meva pròpia història,
tanmateix ara tot és incert.

EPÍLEG

Escric aquestes ratlles poc abans de tancar l'edició del llibre, la nit del 14 de febrer, nit de resultats electorals. Crec que s'obren unes expectatives òptimes per al conjunt de l'independentisme, que ha ampliat força la seva majoria parlamentària. Com sempre, la ciutadania hi és i continua empenyent cap a la República que vam tenir a tocar la tardor del 2017.

Sincerament, no deixa de sorprendre'm ni de meravellar-me aquesta obstinació, constància i insistència de la gent, sobretot quan és possible que els partits no hagin estat a l'alçada del moment aquests últims anys. El lector d'aquest dietari ja sap que el meu paper no era a la trinxera dels partits i que he intentat en tot moment —infructuosament, no cal dir-ho— que assumissin un consens i una estratègia compartida que, mitjançant la defensa dels drets civils, permetés convertir la repressió de l'Estat espanyol en un estímul que ens fes avançar definitivament. No ha estat possible aquests anys, però això no impedeix que no sigui possible d'ara endavant.

Un missatge de la ciutadania ha quedat clar en el resultat d'aquestes eleccions: us tornem a confiar una majoria, encara més àmplia, per acabar la feina inacabada del 2017. En les primeres anàlisis, ja he sentit a dir a alguns comentaristes que la victòria d'ERC per un diputat sobre JxCat significa que la via del diàleg ha guanyat a la de la confrontació. Suposo que es deu considerar la CUP com una organització independentista i, per tant, també cal comptar i interpretar el sentit del vot dels seus electors en aquesta falsa balança entre confrontació i diàleg. O no? Si hem de fer cas a la majoria parlamentària sencera —crec que no fer-ho és una trampa inútil—, l'independentisme ha apostat de manera clara per la confrontació democràtica, encara que hagi situat Pere Aragonès en la primera posició de sortida com a presidenciable. Ara caldrà veure com es conjuga tot això.

És possible que aquestes pròximes setmanes, mentre s'imprimeixen les pàgines d'aquest dietari, ja tinguem respostes als meus dubtes. Si és així i són en el bon sentit, caldrà felicitar els partits. Però és possible que tot just estiguem en les negociacions per formar Govern o per decidir quina direcció cal seguir.

Com sempre, cal aprendre dels errors del passat. I no es pot repetir la idea de fer Govern al preu que sigui sense que s'hagi acordat una estratègia de país —i no de partits— que li doni sentit i el faci creïble. No pot tornar a passar que mentre uns feien unes propostes els del costat corrien a desacreditar-les pels passadissos, a les orelles dels periodistes i, sovint també, des de les tribunes. Certament, un dels valors més preuats de l'independentisme és la seva pluralitat, transversalitat o com en vulgueu dir. Que des d'un anticapitalista a un conservador, passant per un liberal o un socialdemòcrata, es puguin sentir implicats en un projecte comú és la clau de l'èxit. Aquesta va ser la força del Primer d'Octubre. I aquesta ha de tornar a ser la força que no podrà aturar cap repressió per forta que sigui.

La veu clara de la ciutadania en favor d'una majoria independentista rotunda al Parlament ha de servir, al meu entendre, perquè els tres partits independentistes estableixin, ara sí, una aliança prou sòlida per fer front als desafiaments democràtics que caldrà guanyar. Aquest mandat de la gent a les urnes ha de ser llegit com la manera de trencar la dinàmica negativa dels partits. Malmetre aquest mandat, aquesta confiança crítica de la gent, seria un desastre.

Ara cal començar un nou cercle virtuós, resultat de la generositat dels votants independentistes a les urnes, que impliqui les institucions, la societat civil, la mobilització popular i l'exili i la presó. Cadascú des del seu terreny, però tots avançant coordinadament.

Aquesta nit electoral pot esdevenir històrica si els partits són capaços de valorar i entomar el mandat clar de la ciutadania. En canvi, esdevindrà una decepció si les cúpules dels partits no canvien el xip de la discòrdia i l'interès partidista amb què hem hagut de batallar aquests últims anys.

No vull tancar aquestes notes apressades d'avui sense deixar escrit el meu immens agraïment a una ciutadania que, un cop més, ens ensenya el camí.

Generositat, consens, estratègia unitària des de la diversitat, confiança i valentia davant la repressió. Només així ens en sortirem.

AGRAÏMENTS

Al personal sanitari i essencial de Catalunya, als qui mai podrem agrair prou el seu esforç.

A la meva família, a la que mai podré agrair prou tenir-la sempre al meu costat.

Als catalans, als qui mai podré agrair prou el seu compromís i solidaritat.

Per Catalunya i per la vida.

ANNEXOS

Annex 1

11 de març. Fase d'alerta del PROCICAT. Mesures preventives.

a. Els esdeveniments esportius, professionals i no professionals que se celebrin a Catalunya s'han de fer a porta tancada, excepte aquells en què participin menors d'edat, que poden anar acompanyats.
b. Se suspenen o s'ajornen les activitats col·lectives en espais tancats o oberts que impliquin una concentració superior a 1.000 persones. En els casos en què aquestes activitats es desenvolupin en espais amb aforament inferiors a les 1.000 persones, es poden celebrar únicament si només s'ocupa un terç de l'aforament màxim autoritzat, amb l'objectiu de garantir un espai de separació adequat entre els participants.
c. Aquestes mesures de restricció s'apliquen a espectacles públics, recreatius i d'oci, activitats culturals, religioses o similars, amb independència que siguin ofertes per un titular, explotador o organitzador públic o privat.
d. Les mesures entren en vigor demà i per un període de 15 dies, que pot ser prorrogat en funció de l'evolució de la situació.
e. En les pròximes hores, des de Funció Pública es fixaran les mesures que afectin l'àmbit de l'Administració pública. Per tant, sortirà una instrucció des de la Direcció General de Funció Pública a totes les institucions afectades.
f. A més, he donat instruccions a l'equip econòmic del Govern per elaborar un pla de mesures per pal·liar els efectes econòmics del coronavirus. Hi treballen els departaments de Vicepresidència, Empresa, Territori, Treball i Agricultura.

g. El Govern anirà prenent les mesures necessàries per disposar dels recursos i finançar les polítiques públiques extraordinàries que es requereixin per fer front al coronavirus.

Annex 2

12 de març. Compareixença després del Consell Executiu.

Bon dia,

Se'ns posa a prova com a Govern, com a societat, com a persones. I ara ha de sortir el millor de cadascú de nosaltres. Avui no hi ha colors polítics, no hi ha disputes personals, ni tampoc legítims interessos electorals.

Avui ens cal solidaritat, responsabilitat, generositat, comprensió i el lideratge social que ja ha demostrat, en moltes ocasions, aquest país nostre.

És per això que ja els anuncio, avançant-me a les seves preguntes, que aquest dissabte participaré a la conferència de presidents, i deixaré aparcada temporalment la decisió de no assistir en aquestes reunions multilaterals. Hi participaré amb una actitud solidària i exigent a la vegada.

Ahir aquest Govern va anunciar unes mesures extraordinàries per a Igualada, Òdena, Jorba, Santa Margarida de Montbui i Vilanova del Camí. Caldrà seguir amb atenció l'evolució d'aquest focus per si s'han de prendre decisions de més abast.

Som davant d'una situació extraordinària que ens exigirà anar prenent decisions que tindran afectació a la vida dels ciutadans. Prendrem totes les decisions que calgui i no ens tremolarà el pols si es tracta de protegir la salut de totes les ciutadanes i els ciutadans.

Insisteixo a demanar comprensió i que tothom segueixi les indicacions de les autoritats, així com dels serveis mèdics, de seguretat i d'emergències.

Avui compareixem conjuntament amb el vicepresident Aragonès, la consellera Chacón i el conseller El Homrani per explicar un primer paquet de mesures d'àmbit econòmic per mitigar els efectes negatius que té i tindrà la pandèmia del coronavirus al nostre país.

El Govern pren decisions d'àmbit sanitari, de seguretat, però també per ajudar les empreses i els treballadors en el perjudici que tenen i tindran per la frenada de l'activitat econòmica. Demanem contenció a tothom, però volem que quedi clar que mirarem d'ajudar, en tot allò que puguem, els nostres treballadors, empresaris i emprenedors en les seves dificultats.

En el primer paquet de mesures econòmiques que detallaran el vicepresident i els consellers, ja els puc anunciar que obrirem una línia de crèdits ICF per a millorar la liquiditat de les empreses (el vicepresident els donarà tots els detalls), i a partir d'ara el 061 serà gratuït. Creiem que aquestes dues són mesures importants, tant per a la bona activitat de les empreses com per a les persones que cerquen informació a través del servei d'atenció telefònica, que ens ajuda a descongestionar els serveis d'atenció sanitària. Necessitem que els hospitals i els CAP puguin funcionar correctament en els casos en què cal una atenció presencial. A més, tot seguit els anunciarem el reforçament de l'Oficina de Barreres a la Internacionalització de què disposa el Departament d'Empresa i Coneixement. És un «012 per a les empreses» i serà reforçat per atendre totes les consultes que puguin haver-hi arran dels efectes de la pandèmia. Així mateix, els avanço que impulsarem un paquet de mesures per afavorir el teletreball, així com la flexibilitat interna que permeti la modificació dels horaris de la jornada laboral en els casos que sigui possible.

Vull agrair-vos, també, als periodistes i mitjans, la vostra feina i la comprensió per aquestes convocatòries sense prou previsió. Com deia, som davant d'una situació extraordinària i vull agrair-vos l'esforç i el compromís amb una informació veraç i contrastada, que és el millor antídot per a una societat crítica, implicada i responsable.

Annex 3

15 de març. Primer dia de confinament. Compareixença després de la reunió de Pedro Sánchez i els presidents autonòmics.

Catalunya, com tot l'Estat espanyol i la resta de països del nostre entorn, necessita un confinament domiciliari per combatre el coronavirus. Necessita el tancament d'aeroports, ports i trens d'alta velocitat. Necessitem aïllar Catalunya, aïllar Madrid, i tots els focus de més risc. Cal tancar fronteres. Es necessiten mitjans de protecció i suport als equips mèdics i d'emergències. I cal que es puguin fer proves generalitzades i universals.

Les mesures anunciades ahir pel president del Govern espanyol són completament insuficients. No serviran per aturar el contagi del virus.

Cal restringir d'una manera dràstica la mobilitat. S'han de suspendre els moviments que no siguin per a la compra d'aliments, de productes farmacèutics i de primera necessitat, així com la prestació de serveis essencials.

Acabem de celebrar la reunió amb el president Sánchez, el lehendakari Urkullu, els presidents Ximo Puig i Francina Armengol, el president de la Xunta i els presidents autonòmics de tot l'Estat espanyol. Els he explicat que a Catalunya hem estat treballant, des del primer moment, amb responsabilitat i decisions reals —sovint dràstiques— per garantir la salut i el benestar dels ciutadans. I amb lleialtat i col·laboració amb tothom.

I per això he lamentat que, davant d'un repte tan colossal, en lloc de buscar-hi la col·laboració i l'acord, s'hagi optat per la imposició i la confiscació de competències de Catalunya. Que consti, doncs, el nostre rebuig en aquest Decret tal com s'ha redactat. Com pot ser que no s'hagi comptat amb nosaltres per dissenyar aquest nou dispositiu? Com es poden trencar així les confiances?

Això ens preocupa molt. L'estat d'alarma s'hauria pogut posar al servei del combat de la Generalitat i la resta de governs contra el coronavirus i, en canvi, es posa al servei d'una idea antiga d'Espanya i d'un pla de mesures insuficient, ineficaç i perillós. La Constitució no és un fàrmac contra els virus. Cada minut que passa sense confinar les persones a casa seva és un minut que passa a favor del contagi i l'expansió de la malaltia.

Les mesures que ha aprovat el Govern espanyol ja fa dies que s'apliquen a Catalunya. I cal anar més lluny. Cal ser més valents i dràstics si volem frenar una expansió exponencial. Ja no estem en fase de contenció, sinó de mitigació. Ja no som capaços de seguir les cadenes de transmissió (la traçabilitat). I ara cal que no hi hagi més contactes. Tothom s'ha de quedar a casa.

Les demandes que vam fer divendres al Govern espanyol per aturar l'entrada de ciutadans per mitjà del tren d'alta velocitat, ports i aeroports no han tingut resposta. Insisteixo: cal tancar les fronteres i prohibir els moviments entre territoris.

Davant d'aquesta situació i de la resposta insuficient del Govern espanyol, que avui he reiterat al president Sánchez, demano als ciutadans catalans que prenguin la iniciativa. Fem de la lluita contra el coronavirus una lluita compartida, cívica i solidària. Us demano que us autoconfineu tan aviat com sigui possible i que només surtin a treballar els sectors de l'alimentació, l'atenció i assistència sanitària o dels serveis essencials. Qualsevol prevenció és poca en un moment d'emergència greu com l'actual.

Per això, he donat instruccions al conseller Puigneró d'emetre una comunicació perquè els funcionaris de la Generalitat es quedin a casa, excepte els sectors imprescindibles que ja he esmentat.

En el mateix sentit, he demanat al conseller El Homrani i a la consellera Chacón que parlin amb patronals i sindicats per poder implementar el confinament domiciliari. Per això, he exigit al president Sánchez un paquet de mesures compensatòries, però cal cessar ara mateix tota activitat que no sigui imprescindible i essencial. Hem d'aturar tota activitat que sigui prescindible per poder atendre allò que és imprescindible.

Deia que cal un pla de xoc econòmic urgent des del Govern espanyol. Així ho he exigit en la reunió de presidents d'avui. Si es van dedicar 60.000 M€ a salvar la banca, ara es tracta de salvar les empreses, els treballadors i els autònoms. No hi pot haver límits en l'esforç, ni en l'import ni en els terminis que cal esmerçar. He demanat actuacions contundents en els àmbits següents:

Suspendre els terminis de pagaments de tributs, cotitzacions de la Seguretat Social, quota d'autònoms i ampliació dels venciments.

Establir una indemnització als treballadors autònoms.

Mantenir la remuneració dels treballadors que s'han de quedar a casa.

Establir noves línies de crèdit sense límit de liquiditat.

Assegurar que els ERTO no impliquin una pèrdua retributiva per als treballadors i que no consumeixin l'atur.

Suspendre els terminis de pagament d'hipoteques i subministraments.

I, sobretot, assegurar que aquestes mesures arribin prioritàriament a pimes, autònoms i a tots els sectors més afectats.

Benvolgudes i benvolguts, us demano a tots els ciutadans, treballadors i empresaris, un acte de responsabilitat i de generositat, un compromís cívic i solidari. Hem de fer una aturada de país solidària. Cal aturar el país amb la força de la nostra solidaritat.

Per fer possible aquest confinament, he demanat al conseller Buch que els Mossos garanteixin el bon funcionament i compliment d'aquesta aturada solidària de país.

Voldríem que aquest confinament total s'apliqués a l'Estat espanyol i a tots els països afectats amb coronavirus. El Govern espanyol ha d'impulsar i imposar mesures eficaces i no ha de permetre l'èxode dels ciutadans de les zones més afectades. Tot plegat és una greu irresponsabilitat, tenint en compte la situació en què ens trobem i les previsions preocupants d'allò que ens podem trobar els pròxims dies.

Ens en sortirem. Guanyarem la lluita compartida i solidària contra el coronavirus. La Generalitat és i serà al costat de tots vosaltres. Al costat dels ciutadans. Volem fer allò que és millor i més segur per a vosaltres. Només aquells que s'atreveixen a tot poden aconseguir-ho tot. Fem-ho.

No estarem darrere del Govern espanyol, com pretenia ahir el president Sánchez; estarem al seu costat, al costat dels governs balear, valencià, basc i la resta de governs. I, sobretot, al costat de la gent. Perquè això va de salut i de vides i no de proclames patriòtiques caduques. Va d'una actuació eficaç, i no d'una imposició centralista i autoritària. La gent vol solucions i una actuació contundent i s'ha volgut aprofitar per recentralitzar i liquidar la bona feina feta des del Govern de Catalunya.

Nosaltres hem fet la feina que calia i estem decidits a continuar-la fent amb la col·laboració de les catalanes i els catalans. El Govern de la Generalitat continuarà prenent decisions, les que considerem oportunes i necessàries, guiats per les persones més expertes i pensant, sempre, en la salut i la vida dels ciutadans.

No podem esperar les decisions que no arriben. Prenem la iniciativa, fem els passos que calgui. Si tinguéssim les competències plenes, no hauríem dubtat ni un moment a actuar amb la màxima contundència.

Us demano que no deixem passar cap oportunitat per derrotar aquest virus que avança sense aturador.

I acabo agraint, novament, la feina de tothom, i la comprensió, la solidaritat i la lluita compartida contra la pandèmia del coronavirus.

Annex 4

17 de març. Carta al president del Govern espanyol, Pedro Sánchez.

Señor,

Como bien sabe, para abordar la emergencia generada por el coronavirus SARS-CoV-2, la Generalitat de Catalunya ha puesto en marcha el Plan de acción del Plan territorial de protección civil de Catalunya (PROCICAT) para emergencias asociadas a enfermedades transmisibles emergentes de alto riesgo potencial, de acuerdo con los posibles escenarios que se han de afrontar.

Como consecuencia de la evolución adversa de los datos epidemiológicos de la infección del SARS-CoV-2, el citado Plan está activado, a fecha de hoy, en fase de Emergencia 1. En el marco de esta fase, se decidió limitar la libre circulación de personas en el territorio administrativo de Catalunya, ordenando el confinamiento de la población en sus hogares, y prohibiendo la circulación en el exterior, a pie, con vehículo privado o transporte público o privado, colectivo o individual, excepto en los casos previstos en el apartado 1.b) de la Resolución INT / 2020, de 16 de marzo, por la que se adoptan medidas de prevención y control de la infección del SARS- CoV-2 en Catalunya.

Esta Resolución debe tener efecto cuanto antes, dada la situación de emergencia en la que se encuentra nuestra sociedad, y por ello, en aplicación de lo dispuesto en el Real Decreto 463/2020 de 14 de marzo, por el que se declara el estado de alarma para la gestión de la situación de crisis sanitaria ocasionada por el SARS-CoV-2, fue remitida ayer a su Gobierno, con el objetivo de que se permita publicar la citada resolución y, en consecuencia, pueda tener plenos efectos.

Dado que todavía no hemos recibido respuesta de ningún tipo a la citada petición, me veo obligado a reiterarle, con especial insistencia, nuestra solicitud, a la vista de la evolución en Catalunya de la crisis sanitaria que padecemos.

Necesitamos una respuesta, y entendemos que no puede ser otra que una respuesta positiva, a fin de comenzar a implementar el confinamiento en los términos descritos en la resolución, así como para dejar sin efectos la Resolución INT/718/2020, de 12 de marzo, por la que se acuerda restringir la salida de personas de los municipios de Igualada, Vilanova del Camí y Òdena, dado que al haberse equiparado la situación sanitaria de este territorio con la existente en el resto de las comarcas de Catalunya, deja de ser efectiva y, por tanto, solo contribuye a dificultar la situación cuotidiana de los ciudadanos afectados.

Por otra parte y dado que —en aplicación de lo dispuesto en el Real Decreto 463/2020 de 14 de marzo, por el que se declara el estado de alarma—, para la gestión de la situación de crisis sanitaria ocasionada por el SARS-CoV-2, desde el Gobierno que preside se está procediendo a la requisa de los bienes necesarios para el cumplimiento de los fines previstos en el citado real decreto, en particular para la prestación de los servicios de seguridad o de los operadores críticos o esenciales, le solicito que dé las órdenes oportunas para que se destinen una parte de estos bienes requisados, especialmente los que garantizan la seguridad de los profesionales que trabajan para erradicar esta pandemia en Catalunya, dado que, al estar aplicando su Gobierno estas actuaciones en las fábricas productoras y en las empresas de importación, está resultando imposible dotar al personal de la policía de la Generalitat, las policías locales y, muy especialmente, a los sanitarios de nuestro sistema de salud, de las mascarillas y demás material que les han de proteger en su día a día de lucha contra el SARS-CoV-2.

Estamos, pues, a la espera de su respuesta, con la seguridad de que compartirá la necesidad de que sea una respuesta efectiva a una propuesta que contribuye a garantizar la seguridad de nuestros conciudadanos.

Atentamente,

Annex 5

22 de març. Compareixença després de la reunió de Pedro Sánchez amb els presidents autonòmics.

He participat en la videoconferència amb el president Pedro Sánchez, el president Ximo Puig, la presidenta Francina Armengol, el lehendakari Iñigo Urkullu, la lehendakari María Chivite, el president de la Xunta Núñez Feijóo i els altres presidents de les comunitats autònomes. Ha estat una reunió llarga en la qual cadascú ha exposat la seva opinió sobre la situació de la crisi del coronavirus.

El president Sánchez ha fet una intervenció semblant a la que va fer ahir en la seva compareixença de premsa i ha anunciat que proposarà al Congrés de Diputats allargar 15 dies més l'estat d'alarma. Em sembla bé. Tot el que signifiqui avançar en la lluita contra el coronavirus ens semblarà bé; però, tanmateix, el president Sánchez no ha resolt ni ha respost les peticions que des de Catalunya ja fa dies que li hem fet arribar. Sí que ens ha dit que estudiarà i veurà quins sectors podrien tenir una sèrie de restriccions, especialment en temes de mobilitat. Però insisteixo: les nostres mesures, les que proposem des de Catalunya, el confinament total, tret dels serveis assistencials —i que en aquests moments, ja s'està demanant en molts altres territoris, com a Itàlia ahir o a Londres avui—, no han sigut ateses.

Els he de dir que sí que hem sentit avui, per primera vegada en una reunió de presidents autonòmics, que almenys quatre presidents d'aquestes comunitats proposen, com Catalunya, el confinament total de la població, excepte els serveis essencials; uns altres advoquen per una reducció de la seva activitat econòmica, i un president fins i tot ha demanat —com nosaltres ho vam fer ja fa dies— el tancament dels ports i aeroports. Vull agrair-los-ho, sobretot perquè ens dona força després de tantes acusacions rebudes, senzillament per voler avançar-nos amb mesures dràstiques que creiem que cal dur a terme per evitar la propagació de la COVID-19.

Per part nostra, cap retret, cap ni un. Som al seu costat allargant la mà, fent que efectivament aquest confinament total s'autoimposi, ja que creiem, perquè així ho diuen els nostres experts i científics, que és absolutament necessari en aquests moments.

Jo he participat en la videoconferència amb una proposta molt clara, amb tres objectius molt ben definits:

- En primer lloc, el confinament total, excepte els serveis essencials,
- En segon lloc, la protecció absoluta de treballadors autònoms i de les persones més vulnerables i la reducció de l'impacte econòmic,
- En tercer lloc, el reforç equitatiu transparent i urgent del sistema de salut, sobretot pel que fa referència a les entregues dels subministraments i dels materials.

Entro a detallar cadascun d'aquests tres grans blocs que avui he exposat:

En primer lloc, aquest confinament total, excepte els serveis essencials. Ja des de la setmana passada, i fa 10 dies, demanem el confinament total domiciliari i el tancament de les activitats que no siguin essencials, i encara no hem rebut —malauradament avui tampoc— la resposta del Govern espanyol a la nostra demanda, que durant aquesta setmana hem reiterat en dues ocasions.

Sabem, perquè ho diuen els millors científics, que és imprescindible el confinament total i que s'aturin totes les activitats laborals que no tinguin a veure amb els serveis essencials i amb la cadena de producció i distribució alimentària i farmacèutica. Sense això, la gent encara ha d'anar a treballar i s'exposa al contagi. Hi ha un risc per a la seva salut i la de les persones del seu entorn. El ritme de contagis i morts continua creixent de manera alarmant.

Avui, en la videoconferència, algunes comunitats han exposat situacions realment crítiques. Les decisions que es prenguin avui no tindran efectes fins d'aquí a 15 dies. Per tant, no podem esperar a viure una situació pitjor per prendre mesures més contundents. Cal actuar sense esperar un desastre anunciat. Madrid ja viu una situació desesperada i vull expressar-los des d'aquí —en nom meu, del Govern i de tots els ciutadans de Catalunya— la nostra més enorme solidaritat amb tota la societat madrilenya, però Catalunya va al darrere, i la resta de l'Estat espanyol, a continuació. Què més ens cal per decretar aquest confinament absolut de tothom a casa? No parlem, aquí, d'anar a comprar el pa, parlem dels milers de treballadors que han d'anar cada dia a la cadena de producció o a la taula de treball perquè no els donem cap seguretat jurídica per quedar-se a casa amb la seva família. He insistit al president Sánchez que decreti ara mateix aquest confinament total i l'aturada de qualsevol activitat que no sigui un servei essencial alimentari o farmacèutic; per tant, la supressió de la lletra C de l'article 7 del Reial decret del 14 de març, i que només es permeti el desplaçament per anar a treballar en aquestes persones dels serveis essencials.

Per això avui hem plantejat al president Sánchez —perquè entenem que ha d'anar tot alhora— la necessitat de mesures de protecció per als treballadors, per a la ciutadania en general, acompanyades de tot un paquet econòmic que faci que ningú, en aquest moment, hagi d'estar angoixat pensant en el seu futur laboral. Per això, hem avançat tota una sèrie de mesures que nosaltres creiem que són imprescindibles que ara es tinguin en compte. El Govern espanyol ja en va aprovar fa una setmana unes quantes, i li vam donar suport, però no són suficients. Es va quedar a mig camí del que nosaltres entenem que han de ser unes garanties perquè els treballadors, els autònoms, el tercer sector, tothom, se senti confortablement tranquil com per poder quedar-se a casa en aquest confinament total que els demanem. És urgent reforçar aquestes mesures econòmiques per aturar els contagis de la pandèmia i atendre totes les persones afectades. És fonamental protegir i donar confiança a tots els treballadors d'aquest país perquè se sentin segurs i tranquils pel que fa al seu futur, i que garantim, a més, que l'activitat econòmica sobrevisqui en aquesta pandèmia; i quan proposem *mesures dràstiques* entenem que com abans es prenguin i més dràstiques siguin, millor, i millor en sortirem tots —treballadors, empresaris i autònoms— d'aquesta crisi. Per tant, em permeto també fer una breu explicació de totes les mesures que el Govern de Catalunya ha plantejat al govern d'Espanya.

La Llei d'estabilitat pressupostària —després que la presidenta de la Comissió Europea activés la clàusula general de salvaguarda i suspengués les regles del pacte d'estabilitat i creixement, per permetre als estats tot allò que sigui necessari per fer front a la pandèmia— és ara una llei que cal modificar immediatament. Els objectius d'ajustament estructural per a aquest any 2020 han quedat suspesos per als estats membres, i per tant per al Govern espanyol. Per això demanem que aquesta mesura es traslladi amb caràcter imminent a la legislació espanyola, i en conseqüència als objectius de dèficit i al sostre de despesa de les comunitats autònomes i dels ens locals, perquè també és molt important que aquesta mesura s'apliqui als ajuntaments del nostre país. Necessitem aquest marge de maniobra per gestionar l'impacte de la pandèmia i poder prendre totes les mesures necessàries per ajudar la ciutadania. Actualment, els límits que imposa aquesta llei d'estabilitat pressupostària és una cotilla insuportable que no s'adequa a l'escenari que vivim.

Per tant:

1. Cal suspendre la regla de despesa i els objectius de dèficit de les comunitats autònomes per al 2020 i 2021.
2. S'ha de dotar de mecanismes de finançament aquelles comunitats autònomes que ho requereixen.
3. Cal suprimir la regla de despesa per als ens locals i eliminar les limitacions a la utilització del superàvit de 2019.

Unes segones mesures sobre sanitat. Necessitem més recursos, i els 2.800 M€ de recursos que l'Estat es va comprometre a transferir a les comunitats autònomes per la gestió de la sanitat han de ser a fons perdut i no a compte d'un finançament d'unes comunitats autònomes que, exhaustes i ofegades, no poden assumir.

Respecte de la contractació pública, demanem una flexibilització de la contractació d'urgència per als ens locals. Hem d'eliminar les limitacions existents per a la contractació de persones i serveis en els àmbits que permetin que els ens locals puguin donar una resposta més adequada a la crisi del coronavirus.

Mesures socials: cal triplicar el recursos per a ajuts socials atorgats a les comunitats autònomes. L'Estat hi destina 300 M€. Demanem que es tripliqui aquesta xifra.

Una altra mesura: regular la suspensió de lloguers durant la durada dels confinaments, en la línia de donar protecció perquè la nostra ciutadania se senti segura quedant-se a casa. En aquest sentit, cal regular la suspensió de lloguers de totes les persones vulnerables i dels nous vulnerables que arribaran amb els efectes de la pandèmia i de les pimes i dels autònoms més afectats per la pandèmia.

Nosaltres ens hem adreçat sempre al Govern espanyol explicant-los quina era la situació del teixit social, econòmic i productiu de Catalunya, que es basa en les petites empreses i, fonamentalment, en els autònoms. Per tant, totes les mesures que hem demanat al Govern espanyol han tingut un focus especial en aquests dos col·lectius.

I la tercera mesura sobre mesures socials seria allargar la normativa que fa impossible tallar els subministraments a les persones vulnerables i ampliar el supòsit de la vulnerabilitat.

Sobre l'ocupació, proposem millorar la prestació per als treballadors autònoms, ja que el criteri actual és massa restrictiu. També demanem bonificar fiscalment el manteniment de l'ocupació a través de l'impost de societats. El manteniment de llocs de treball ha de ser l'objectiu central de totes les polítiques que es prenguin en aquests moments. La tercera proposta en l'àmbit d'ocupació és millorar les condicions dels ERTO. Cal ampliar els supòsits de força major per acollir-s'hi d'acord amb un confinament total de la població, i percentatges superiors dels sous dels treballadors coberts per l'Estat en cas que el confinament s'allargui. En aquesta àrea de mesures per a l'ocupació, he insistit a agilitzar el cobrament perquè els treballadors afectats no hagin d'esperar fins al 10 de maig per cobrar les primeres prestacions. Hi insisteixo: hem de donar tranquil·litat i garanties a la ciutadania que es podrà quedar a casa i que ho podrà fer sense patir l'angoixa pel seu sou, per les seves hipoteques i els seus subministraments.

Una altra mesura que hem proposat: ajuts a les famílies en serveis essencials amb dependents. Itàlia ja ho ha fet, ha inclòs una prestació de 600 euros a les famílies que hagin de treballar en serveis essencials i que necessitin contractar ajuda per atendre persones dependents. Cal seguir aquest camí.

Finalment, en aquest paquet de mesures sobre ocupació, s'ha d'atorgar una paga compensatòria als pares o les mares que s'hagin de reduir la jornada mentre duri el tancament de les escoles, tal com havia assegurat el ministre responsable de la Seguretat Social. Torno a posar un exemple d'altres països del nostre entorn: Dinamarca permetrà temporalment la reducció d'hores laborals per treballador, i la diferència en ingressos serà compensada amb la prestació de l'atur, i Alemanya facilita la possibilitat de reduir la jornada de treball.

Pel que fa a les pimes i els autònoms, un paquet de mesures concretes: en primer lloc, la suspensió dels terminis de pagament de les retencions d'IRPF, IVA i impost de societats, i de les cotitzacions socials; i en segon lloc, dels deutes tributaris liquidats per l'Administració. Ja ho han fet països com Itàlia, Alemanya, el Regne Unit i Dinamarca. Fem-ho nosaltres, també.

Una altra mesura per a pimes i autònoms: millorar els mòduls per IRPF i IVA per a empreses més petites.

Una tercera mesura: la moratòria dels deutes bancaris de les pimes i autònoms afectats per la COVID-19. És molt important aquesta moratòria per als nostres petits empresaris.

Quant als temes de finançament, proposem tres mesures al Govern espanyol. En primer lloc, classificar les condicions d'accés a les mesures de liquiditat. Han de ser àgils, no diem que no s'hagin pres bones determinacions, però han de ser àgils. Necessitem tota la força i tota la acció en aquests moments i els avals han de tenir una cobertura del 100%.

També creiem que cal rebaixar, de manera substancial, al mínim de 100.000 euros per accedir al finançament i evitar que sigui una barrera per a les petites empreses.

I, finalment, s'ha d'ampliar la línia de finançament dels 200 M€ per donar suport financer als sectors de transport, turisme, hostaleria, educació, cultura i oci, la qual ha de tenir caràcter de crèdit ampliable.

Dos últims temes referents en aquest paquet de propostes —que insisteixo que ha d'anar conjuntament— fa referència a la recerca i a les telecomunicacions. Sobre la recerca, creiem que els recursos dels 30 M€ que s'hi destinen tampoc són suficients. Necessitem que aquesta quantitat es multipliqui, jo no sé ja per quin número, però s'ha de multiplicar perquè necessitem que els nostres investigadors, que són excel·lents, i el talent que hi ha a Catalunya i a la resta de l'Estat es pugui posar en marxa sabent que compta amb aquestes garanties de finançament de l'Estat.

I, finalment, sobre el tema de telecomunicacions, un tema que també ha sortit i que penso que perjudica la ciutadania és que nosaltres demanem que se suspengui l'article 20 del Reial decret 8/2020 que anul·la la portabilitat de numeració entre companyies de telecomunicacions. És una decisió que beneficia només tres companyies i perjudica els consumidors en un moment en què les telecomunicacions són essencials per mantenir les xarxes entre persones i entitats.

Amb totes aquestes mesures que els he dit, complementades amb el Reial decret que vam valorar positivament, sí que oferiríem un paquet complet per garantir aquesta protecció i seguretat als treballadors de tot el país.

Necessiten un gran acord de solidaritat i compromís entre tots els ciutadans. Necessitem que l'apliquin no sols l'Administració central, no sols les comunitats autònomes i els ens locals; necessitem, també, aquest compromís de país, dels nostres empresaris, emprenedors, treballadors, tercer sector i autònoms. Tots hem de signar aquest acord de solidaritat i compromís amb la ciutadania.

Finalment, pel que fa al tercer bloc que els comentava de propostes constructives que avui el Govern de Catalunya ha fet al Govern d'Espanya, em referiré al punt tercer, que és el d'implementar un sistema equitatiu i transparent per als subministraments i els materials.

Aquest ha sigut un tema que han plantejat tots els presidents i les presidentes de les comunitats autònomes. Tothom ha exposat la situació angoixant que es viu als hospitals de tot Espanya, la falta de materials. No tinc cap mena de dubte que el Govern central està fent tot el possible per solucionar-ho, però la realitat és aquesta i, per tant, totes les comunitats autònomes han posat de manifest el punt de criticitat al qual ja hem arribat aquest cap de setmana. Per això, nosaltres hem proposat al Govern espanyol que dialogui amb les comunitats, amb Catalunya, i que estipuli un criteri transparent i equitatiu de repartiment dels materials de protecció sanitària, mascaretes, guants, bates, així com els equips de tractaments dels respiradors, i tests de diagnòstic, tan importants i que totes les comunitats demanen perquè no els han arribat.

En una situació de normalitat, Catalunya es proveiria de tot el material que necessita a través del seu sistema de salut; però som en un estat d'alarma que atribueix a l'autoritat competent unes facultats que no tenim les administracions titulars dels serveis de salut i emergències que més necessiten, ara mateix, aquest material. Per tant, cal que les capacitats que ara té el Govern espanyol per adquirir tot aquests recursos es posin a disposició dels serveis sanitaris i assistencials que ho necessitin amb tota transparència i equitat. No convé produir situacions que puguin esdevenir greuges o que puguin propiciar una rumorologia equivocada sobre una qüestió tan sensible i que en aquests moments s'està vivint a tots els hospitals i centres sanitaris de tot Espanya i de Catalunya. Per això proposem que, amb celeritat, es doni a conèixer un criteri just, igual per a tothom, del repartiment del material sanitari que necessitem amb urgència. Sense aquest material no podrem aturar el contagi i l'expansió del coronavirus. Necessitem protegir els qui ens estan protegint a nosaltres, i per això, hi insisteixo, aquest ha estat un punt central, avui, de la conferència de presidents. Jo he explicat al president Sánchez que vaig estar parlant amb dotze directors i directores dels principals hospitals del nostre país i, com em comentaven, és possible que demà, demà passat, dimecres, entrem en una situació d'estrès màxim, fins i tot de col·lapse del sistema sanitari.

Després de sentir el panorama desolador que la presidenta de la Comunitat de Madrid ens ha explicat i he insistit a traslladar la meva solidaritat i tot el suport a tota la societat madrilenya. I he plantejat la pregunta següent a tots els presidents que m'escoltaven: Quin sentit té que aquest cap de setmana la gent s'hagi quedat a casa i que demà dilluns milers de treballadors s'hagin de desplaçar per anar a fer treballs no essencials? Hem d'aplicar el sentit comú a qualsevol decisió que prenguem i les hem de prendre totes alhora, ho hem de decidir tot alhora i serà dur, molt difícil, i no sabem com ens en sortirem exactament, dels efectes que pot tenir sobre l'economia. Però ara creiem que totes aquestes mesures, totes, s'han de prendre alhora.

Acabo demanant que aquestes mesures es prenguin avui mateix, que es decreti aquest confinament total que només exceptuï els serveis essencials, com Catalunya i altres comunitats autònomes han demanat al Govern espanyol, les que creuen que, en aquest moment, som un focus de risc importantíssim. Insisteixo, no es tracta de banderes ni de fronteres, es tracta que allà on veiem que hi ha una situació de risc que els nostres experts ens estan demanant que actuem, ho fem. Setanta investigadors i científics espanyols han demanat al Govern espanyol que es tanquin Catalunya i altres comunitats autònomes, com també ho han fet les tretze cambres de comerç catalanes, els quatre col·legis de metges de Catalunya i el Col·legi d'Infermeres i Infermers de Catalunya. És aquest consens de la comunitat científica el que porta el Govern de Catalunya a demanar aquesta mesura. I, per tant, demanem que aquestes mesures per protegir la salut i la vida dels ciutadans s'apliquin immediatament.

No es tracta de fer sortir militars, si cal ja els demanarem ajuda. Jo vaig ser el primer a agrair els militars que ens vinguessin ajudar en l'extinció de l'incendi de la Ribera d'Ebre. I és clar que sí, si cal els ho demanarem, però no per fer actuacions que, finalment, acaben no servint per a res. Ara la prioritat absoluta d'aquest país són els serveis sanitaris, els serveis d'emergències i els materials de protecció, i escoltar la veu dels experts que demanen un confinament total.

He fet aquesta proposta triple, avui, al Govern espanyol, perquè no es tracta de lamentar-se, no es tracta de protestar i de plorar, sinó que es tracta de concretar, de prendre decisions, decisions molt difícils, decisions valentes, però de posar-nos al capdavant d'una societat que viu una de les pitjors crisis sanitàries de les últimes dècades.

Mentre esperem la decisió del Govern central d'aquest confinament total, i per protegir els treballadors de Catalunya, el Govern de Catalunya aprovarà, en les properes hores, una resolució que establirà que, en totes les empreses, la distància mínima exigible entre treballadors i treballadores i persones usuàries ha de ser d'un metre i mig de distància. Només queden exempts d'aquestes mesures els professionals sanitaris, serveis socials i els membres dels cossos i seguretat. He donat instruccions al conseller de Treball perquè la Inspecció de Treball estigui atenta i vetlli pel compliment d'aquesta resolució.

Acabo, finalment, ho he de fer així, expressant el meu condol a totes les famílies de Catalunya que durant aquests dies han tingut el traspàs d'algun ésser estimat. Tot el país és al vostre costat en aquesta malaltia tan cruel i que tant despersonalitza. Per això, també és important que recordem els nostres morts. Us envio a tots el meu condol més sincer. Moltes gràcies, molt bon dia des de Canonges, i estic a la vostra disposició per a les preguntes.

Annex 6

25 de març. Compareixença al Parlament de Catalunya.

Abans de començar, volia agrair-vos la disposició a fer aquesta sessió informativa i a intercanviar aquests punts de vista i propostes davant de la gravíssima situació causada per la pandèmia del coronavirus. Em sembla que és just assenyalar que som davant d'una situació que cap de nosaltres havia pogut pronosticar ni pensar que passaria fa, tan sols, uns mesos.

Anem al gra, que tenim molta informació per donar i l'evolució de l'expansió de la malaltia ens obliga a dedicar totes les hores del dia a atendre les necessitats del sistema de salut, dels serveis d'emergències i d'atenció social.

Per què vaig sol·licitar la compareixença? No és el format de compareixença que vaig demanar —un ple, amb la validesa d'un acte parlamentari—, però, en qualsevol cas, és bo que els representants de la ciutadania puguin escoltar les explicacions del Govern en un tema tan greu i fer les seves propostes.

Ja vam fer dues reunions amb els grups parlamentaris per la crisi del coronavirus. La primera encara la vam poder fer presencial al Palau de la Generalitat, la segona ja va ser telemàtica, i, aquesta tercera, vam demanar que fos emparada pel Parlament.

És més urgent i necessari que mai que es modifiquin els reglaments que facin falta per poder entrar al segle XXI i fer plens i sessions telemàtiques. Al Govern ja hem fet els tres últims consells executius de manera telemàtica, després d'haver aprovat un decret que ens ho ha permès. Ara ho poden fer tots els ajuntaments del país. Per això, convido el president i la Mesa del Parlament a fer el mateix, pel bé dels drets de representació de la ciutadania en un moment tan transcendent com el que vivim.

Encaro aquesta exposició conscient que som davant d'una crisi sanitària, econòmica i social de primera magnitud i, per això, em sembla que és raonable demanar a tothom una actitud constructiva i propositiva. Jo ho faré, i us demano a tots deixar de banda la batussa política i treballar conjuntament per salvar vides i protegir la salut dels nostres ciutadans.

A continuació, us explicaré la situació actual de la pandèmia de la COVID-19 a casa nostra, d'acord amb les dades que tenim i les previsions que fan els experts. Us explicaré les decisions que hem anat prenent des del Govern de la Generalitat, així com les propostes que hem fet al Govern espanyol. N'han escoltat algunes, i d'altres, les més importants, de moment no. I, finalment, compartiré amb vosaltres allò que pensem que cal fer d'ara endavant.

Crec que la millor gestió d'una emergència d'aquesta mena passa per la transparència i la claredat en les dades. En aquest moment, tenim 9.937 positius per COVID-19 a Catalunya (2.073 més que dilluns). D'aquests, n'hi ha 781 en estat greu. Fins avui, hi ha hagut 516 morts per coronavirus. Dels infectats, 1.524 són professionals sanitaris. S'han produït 1.274 altes hospitalàries.

En les últimes 24 hores han mort a Catalunya 177 persones per coronavirus. Fins ara, 516 morts. Darrere aquestes xifres de cada dia, hi ha noms i cognoms, vides, amors, lluites i esperances. No permetem que aquesta malaltia cruel ens esborri la memòria. El meu condol als seus familiars i amics.

Les dades, com sabeu, les hem anat explicant diàriament, en un esforç comunicatiu que vull agrair especialment a la consellera de Presidència i portaveu, Meritxell Budó, a la consellera de Salut, Alba Vergés, i al conseller d'Interior, Miquel Buch. Ara, estem en disposició de poder donar informació més detallada a la ciutadania, i així ho faran cada dia els membres del Govern.

Les dades, les xifres, són preocupants. Matiso: són molt preocupants. El ritme de contagi és molt alt i les afectacions són greus.

El problema el tenim en dues direccions a l'hora de prendre les decisions que cal adoptar: una, minvar aquest ritme de contagi i, dues, evitar la saturació del sistema de salut que seria molt perjudicial. Les decisions que hem anat prenent han contribuït a alliberar una mica la càrrega habitual de les urgències i de l'atenció primària. Però, com sabeu, on comencem a tenir un estrès molt alt és a les unitats de cures intensives (UCI).

Unes dificultats que s'agreugen per l'absència de material de protecció (equipaments de protecció individual), així com el proveïment de respiradors imprescindibles per a les afectacions greus de la malaltia.

Ja sabeu que els experts fan projeccions de l'evolució de la malaltia a partir de les dades i el comportament del virus a casa nostra, així com de l'evolució que ha tingut als països on va arribar abans que a Catalunya. I us he de dir que algunes d'aquestes projeccions no són bones. És clar que els fets canvien ràpidament i, per tant, també les previsions. Hem d'estar atents als canvis d'escenaris. Però, en qualsevol cas, necessitem intensificar les mesures de confinament per frenar els contagis. És una necessitat que no m'he cansat de repetir en tot moment, però que no és el resultat d'un caprici, sinó de les recomanacions dels investigadors científics, que ens aconsellen sobre cada pas que fem i cada decisió que hem de prendre. Per això calen solucions: fer milers de tests i assegurar els subministraments de protecció del personal.

En aquests dos conceptes hi ha, en part, la solució.

Ens trobem amb uns escenaris de futur que exigiran molta responsabilitat, compromís, civisme i autocontenció a la ciutadania en la seva actitud solidària. És molt important que tinguem la mínima activitat imprescindible per poder frenar la pandèmia. És possible que, si no actuem amb contundència ara, el pic dels contagis s'allargui algunes setmanes. Algunes de les projeccions i estudis que havíem fet, en funció de les mesures que es prenguin o no es prenguin, el situen a final d'abril. Haurem entrat en una situació semblant a la que ha viscut Itàlia. Com sabeu, i hem vist en altres països, l'expansió del virus és exponencial. I com expliquen els epidemiòlegs, els resultats de les decisions que prenem avui no es produeixen fins a dues setmanes més tard. Tant de bo que aquest escenari no es produeixi. I treballem amb tota la determinació perquè no passi, però, per responsabilitat, cal preveure tots els escenaris.

Si ens situem aquí, en l'escenari que el pic de contagis és a finals d'abril, això ens indicaria que el retorn de la corba de la pandèmia a Catalunya a posicions d'estabilització a la baixa no arribaria fins unes setmanes després, ja al mes de juny. Per això és tan important concentrar els esforços ara per escurçar i aplanar la corba de contagis. Repeteixo: aquest és un dels escenaris en què treballem, no té per què ser aquest si actuem urgentment. Però és el meu deure traslladar a la ciutadania tot el que pot passar. I, per això, reitero que cal actuar urgentment.

Nosaltres no tenim ara les competències per prendre determinades decisions, però us convido a tots a fer un exercici de responsabilitat i de compromís màxim. Ens cal un confinament total que tan sols faci excepció amb els serveis essencials. No hi ha cap més remei si volem aturar i atenuar el ritme de contagis que ens ve al damunt.

La ciutadania, però també les institucions i els responsables polítics, s'ha de preparar per viure una situació que ara mateix potser es fa difícil de concebre. És una situació que no vol ningú, que no volem, però que no podem negar i que ens obliga a prendre decisions contundents. És, en aquest sentit, que avui em dirigeixo a tots vosaltres i a tota la ciutadania, amb la sinceritat i la determinació que exigeix el moment crític que viu el país. Amb tota la veritat i tota la serenitat que l'avui, que l'ara, que aquest moment, obliga. Perquè ni les pitjors perspectives no poden paralitzar-nos. Ens en sortirem. Ens costarà molt d'esforç i viurem dies amb llàgrimes als ulls, però ens en sortirem.

En aquest sentit, ara us explicaré totes les decisions que ha anat prenent el Govern de la Generalitat des del primer contagi detectat a Catalunya, així com les mesures que hem proposat adoptar al Govern espanyol des que va decretar l'estat d'alarma.

Des que es va conèixer la situació a la Xina, el Govern va estar amatent a la seva evolució, en constant contacte amb els especialistes en la matèria, sota una premissa: la ciència, la transparència i la protecció de la ciutadania al capdavant.

L'escenari es mou constantment, la situació evoluciona ràpidament, les autoritats sanitàries adapten les recomanacions a les noves circumstàncies, les necessitats canvien, els ciutadans i els agents socials i econòmics requereixen decisions que redueixin tant com sigui possible la incertesa. Calen reaccions ràpides, que no vol dir precipitades, però sí efectives, coordinades, informades i, sobretot, contrastades amb els experts.

Us passo a detallar algunes de les mesures adoptades les darreres setmanes, i ho faig per ordre cronològic, agafant com a punt de partida el dia que vam confirmar el primer positiu a Catalunya, avui fa tot just un mes. Des d'aleshores, el Govern ha pres diàriament mesures, seguint les directrius que establia l'OMS a escala mundial i les recomanacions dels científics.

El 3 de març, en la primera sessió del Govern posterior al coneixement del primer cas, vam activar la revisió del Pla d'actuació del PROCICAT per emergències associades a malalties transmissibles emergents amb potencial d'alt risc, amb l'objectiu d'anticipació i resposta global, coordinant tots els departaments del Govern per una gestió integral de la situació, no només des del punt de vista sanitari, sinó també pel que fa a l'impacte en el funcionament de les activitats ordinàries de la població.

Aquest pla liderat per la consellera de Salut i el conseller d'Interior, i assistits pel consell assessor i per un comitè tècnic que es reuneix cada 48 hores, ha permès preparar els diversos escenaris que es podien anar produint i prendre les decisions d'emergència.

L'11 de març, quan l'OMS va declarar la fase de pandèmia de COVID-19, es va activar la fase d'alerta del Pla PROCICAT, que ja aleshores va prendre les mesures següents:

— Supressió d'activitats de més de 1.000 persones, tant en espais oberts com tancats.
— Limitacions a 1/3 d'aforament de la capacitat en interiors.
— Tancament al públic dels esdeveniments esportius.

D'això, en fa només dues setmanes. Un dia després, el dijous 12 de març: vam decretar el confinament en els municipis d'Igualada, Santa Margarida de Montbui, Òdena i Vilanova del Camí. Una mesura difícil, però emparada per les dades científiques que teníem i que vam aconseguir tirar endavant i anunciem:

— El tancament i suspensió de centres educatius i activitat lectivopresencial de les universitats; biblioteques i museus; centres de dia que no puguin garantir la separació d'espais, casals cívics, casals de gent gran, cases del mar i ludoteques; activitats de lleure, caus, esplais, activitats col·lectives, recreatives i d'oci, culturals, religioses o similars; competicions, instal·lacions i esdeveniments esportius.
— Les limitacions de la prestació dels serveis públics a aquells estrictament necessaris per garantir el correcte funcionament dels serveis bàsics o estratègics.
— Els nous ingressos i visites a les residències de gent gran i de salut mental.
— En l'àmbit del transport públic, màxim d'ocupació fins a un terç de la seva capacitat, increment de neteja i garantia de desplaçament obligat de persones vulnerables.
— En l'àmbit dels establiments i de les activitats esportives, d'oci i comercials, tancament d'estacions d'esquí, instal·lacions esportives, gimnasos i clubs esportius, qualsevol

establiment cultural, recreatiu, d'oci o lleure com teatres, cinemes, sales de festa, discoteques i establiments de joc, parcs temàtics i d'atraccions, i tancament, també, de bars, cafeteries, restaurants, centres comercials, grans superfícies i galeries, a excepció dels establiments de venda d'alimentació i neteja.

- Suspensió de la vetlla de persones mortes per COVID-19.
- En l'àmbit del personal de l'Administració de la Generalitat, vam elaborar un pla de contingència de cada departament, que donava prioritat al teletreball i en garantia els serveis bàsics o estratègics. Gratuïtat del telèfon 061 i reforç de l'atenció telefònica, ja sigui a través del 112 com del 012. El divendres 13, per exemple, hi va haver 13.727 trucades al 112, el 61% de les quals relacionades amb la COVID-19. Són quatre vegades més que les trucades d'un dia laborable de març de fa un any.

Totes aquestes mesures, que vam entendre absolutament necessàries, van ser criticades per alguns en algun punt, però ara ningú ja no les posa en dubte. I crec que aquesta era la nostra responsabilitat. Les havíem de prendre.

Per això, el 13 de març, vam anunciar el confinament de tot Catalunya que es va quedar sense poder concretar ni aplicar per la declaració de l'estat d'alarma el 14 de març, ja que els òrgans competents per autoritzar i prendre les mesures a partir d'aquell moment són el Govern de l'Estat i, per delegació sectorial, els ministeris de Defensa, Interior, Transport i Sanitat.

Però, tot i perdre part de les nostres capacitats, hem continuat actuant des del Govern amb tota la seva força, i ho continuarem fent.

16 de març

- S'engega el primer assaig clínic amb l'objectiu de reduir el contagi i aturar la propagació del coronavirus. S'està provant en prop de 3.000 persones i n'esperem tenir els resultats d'aquí a uns dies.

- Es garanteixen els ajuts de menjador, a través de l'habilitació de targetes moneder en un acord assolit amb CaixaBank: 140.000 targetes per a infants usuaris del servei de menjador i 20.000 per als menors usuaris dels serveis d'intervenció socioeducativa amb servei d'àpat. Amb un cost inicial de 6 M€, ampliables si s'allarga el tancament dels centres.

17 de març

- Es posen a disposició del Departament de Salut, centres i establiments sanitaris privats, perquè s'actuï des d'una única direcció, tant en salut pública com privada.
- S'ajornen les proves de selectivitat (en totes les CA).
- S'obre una línia de préstecs de fins a 1.000 M€ per donar liquiditat a les pimes i perquè puguin mantenir els llocs de treball, amb l'aval de l'Institut Català de Finances (ICF) d'Avalis de Catalunya, i s'assumeix el 75% del risc creditici de cada operació, i les entitats financeres, el 25% restant. Estimem que se'n podran beneficiar unes 4.000 empreses.
- Es fa una moratòria en el pagament de l'impost sobre les estades en establiments turístics i en els terminis de pagament de tots els tributs propis i cedits de la Generalitat.
- S'incorpora la situació de crisi sanitària com a supòsit de disposició del fons de contingència, que fins ara no es preveia a la normativa.
- Es dona continuïtat de la contractació pública per mantenir l'ocupació de les empreses proveïdores de serveis.
- Es destinen més de 7,5 M€ per ajudar els treballadors autònoms dedicats a activitats de les quals se n'hagi decretat el tancament, i que acreditin una reducció dràstica i involuntària de la seva facturació.

— S'estableix la garantia de la màxima compatibilitat dels professionals sanitaris en l'àmbit de l'epidemiologia i concreció del tractament dels residus sanitaris de risc que es generen per l'assistència als pacients afectats per COVID-19.

18 de març

— Posada en marxa de l'aplicació STOP COVID19 CAT, que està tenint uns resultats molts satisfactoris, i ens permet anticipar-nos a la propagació de la malaltia i preveure els punts calents per poder actuar sobre els focus de contagis que més necessitem.
— Ajornament de la preinscripció i matrícula de tots els ensenyaments i suspensió de les proves d'accés a l'FP.
— Moratòria en el pagament del lloguer del parc d'habitatges de la Generalitat, de la qual es podran beneficiar 20.000 famílies.
— Tancament de les deixalleries.

19 de març

— Posada en marxa, a través de la Finestreta Única Empresarial, d'un canal digital específic per informar empreses i autònoms.
— Reducció a la meitat del cànon de l'aigua per a usuaris domèstics i activitats econòmiques. Mesura superada ja pel decret llei aprovat ahir al Consell Executiu, pel qual els beneficiaris de la tarifa social no han de pagar.
— Mobilització de personal mèdic jubilat i estudiants d'últim curs i acabats de llicenciar per reforçar l'atenció sanitària quan calgui.
— Creació d'un circuit logístic únic per a residències i una borsa d'aturats amb perfil adequat per assistir-les. Vull remarcar aquest punt: la preocupació màxima del Govern de la Generalitat per les residències de la nostra gent gran,

de persones amb discapacitats, que són un focus de risc importantíssim. Cal vetllar per ells i pels professionals que els atenen.

- Suport del SOC al Servei Públic d'Ocupació Estatal per la tramitació de les prestacions d'atur a tots els treballadors afectats per expedients de regulació.
- Acord amb les operadores per ampliar, sense cost, els plans de dades per no deixar sense Internet els abonats.
- Promoció de continguts educatius a través del Super3 i de Catalunya Ràdio.
- Posada en marxa d'una fira virtual per informar dels graus universitaris.

20 de març

- Es reajusten els canals de tramitació de la Renda Garantida de Ciutadania per garantir l'accés i tramitació en aquesta renda, sobretot, en els casos d'urgència.
- S'avancen els ajuts al lloguer a gent gran i dones víctimes de violència de gènere. Són 10.000 beneficiaris, amb un impacte econòmic de 14 M€.
- Es garanteix l'atenció a les dones que durant el confinament pateixin violència masclista. S'endega la campanya «Establiment segur contra la violència masclista» perquè les dones comptin al llarg del confinament amb el suport dels comerços per trucar al 900 900 120. L'objectiu és que cap dona quedi desatesa.
- Es proposa un paquet de 20 mesures per al sector cultural, molt ben acollides, entre les quals, una línia de préstec de 10 M€ a interès baix per a empreses culturals, la no revocació de les subvencions ja concedides i la reprogramació de les activitats previstes per donar confiança a un sector tan sensible com el sector cultural.

- S'estableixen mesures per restringir la mobilitat com els controls policials a les carreteres i autopistes de tot el territori català, la posada en marxa d'un certificat autorresponsable de desplaçament. Volíem evitar, en tot el que fos possible, els desplaçaments de ciutadans de l'àrea metropolitana cap a segones residències. I ja vam posar en marxa un certificat autorresponsable de desplaçaments, que després també han utilitzat altres CCAA.
- S'impulsa la campanya 'Gent activa des de casa!' per fomentar un confinament actiu i saludable, perquè ens preocupa el benestar de la gent que ja fa dies que està confinada a casa i preveure com fer-los arribar tots els programes perquè aquest confinament sigui el més confortable possible.

21 de març
- S'activa el Pla d'Acció: Centres Educatius en Línia per garantir l'aprenentatge en línia de l'alumnat i acompanyar els docents i els centres en l'ús de les eines digitals.
- Govern, patronals i sindicats acorden la flexibilització de la mobilitat i una proposta unificada de mesures.

22 de març
- Es fixa i es publica al DOGC el decret que estableix que només es pot anar a treballar si es donen les condicions de seguretat mínimes, que, en aquests moments, són d'un metre i mig de distància entre treballadors i amb les persones usuàries, excepte professionals sanitaris, de la xarxa de serveis socials i dels cossos i forces de seguretat.
- Es comencen a derivar pacients lleus amb COVID-19 a hotels de Barcelona, a fi de descongestionar els àmbits assistencials i hospitalaris, i es preveuen els escenaris

d'aquesta setmana que ens indica l'estrès al final de setmana als nostres hospitals.

— S'amplia el servei de suport psicològic gratuït als professionals de serveis socials.

I acabem la setmana amb una bona notícia: la posada en producció de respiradors de campanya fets amb impressió 3D que servirà a les emergències del nostre país i de tot el món.

23 de març

— Es continua treballant per millorar la situació d'Igualada i la Conca d'Òdena: Hem demanat a l'Estat que les persones confinades a la Conca d'Òdena que no poden anar a treballar puguin disposar de la baixa mèdica. Hem reordenat els CAP de la zona per garantir una atenció més bona i hem destinat 180 llits de l'Hospital General de Catalunya per a pacients d'Igualada i la Conca. En conjunt, hem reforçat amb 152 professionals sanitaris l'atenció als pacients d'Igualada i la Conca d'Òdena des de l'11 de març.

— Se suspèn l'activitat assistencial de caràcter no urgent dels centres, serveis i establiments sanitaris de titularitat privada de règim ambulatori i que presten serveis exclusivament de provisió privada.

— ACCIÓ crea un *marketplace* per recollir i posar en contacte empreses que ofereixin tecnologia, material sanitari o capacitat de producció davant la COVID-19. Vull agrair a totes aquestes empreses que ens han fet arribar informació, i que ens ajudarà molt en tot el que també ha posat en marxa el Govern de la Generalitat: una comissió per activar la producció a Catalunya de tots els subministraments que necessitem.

— Recollida de material veterinari per destinar-lo a residències d'avis, hospitals i recaptació.

24 de març

I, ahir mateix, vam aprovar un decret llei amb l'adopció d'altres mesures. Adoptarem les mesures que calguin, insisteixo. Les preses ahir van ser:

- La flexibilització de subvencions de les actuacions que s'han vist afectades per la COVID-19 o per les mesures per combatre'l.
- Facilitar que els òrgans de govern i administració del sector públic de la Generalitat es puguin reunir de manera telemàtica.
- Reduir el tipus de gravamen del cànon de l'aigua, com he explicat anteriorment.
- Reforçar els departaments de Salut i d'Interior amb personal que actualment treballava en altres departaments de la Generalitat.

I, en els propers dies, no ens aturarem. Els reptes continuen sent enormes.

Insisteixo. Hem de continuar proveint el nostre sistema sanitari dels recursos adequats i hem de continuar protegint la població i els professionals que intervenen de manera directa en la gestió de la crisi: no tan sols el personal sanitari, el personal d'emergències, de protecció civil, de seguretat, penitenciaris, cuidadors, el personal que recullen els nostres residus, tots han de poder fer aquestes feines, que són essencials, amb totes les proteccions.

Aprofito per agrair la seva feina, en nom de tota la ciutadania de Catalunya, així com a tots els col·lectius de la cadena alimentària (pagesia, pesca, producció agroalimentària, distribució, fins a les botigues d'alimentació), i a la resta de sectors de serveis bàsics i essencials que fan que el país continuï rutllant dia a dia.

Estem treballant en el reforç i la reorganització del sistema assistencial, en l'ampliació de l'atenció telefònica, presencial o telemàtica per atendre persones amb consultes sanitàries, psicològiques, laborals, o per ajudar les empreses a resoldre dubtes. Això és el dia a dia de milers de persones, de milers de servidors públics, ara mateix, i només com a prioritat essencial, batre el virus COVID-19.

Aquestes són només algunes de les mesures que hem estat impulsant en les darreres setmanes. Mesures que ens hem encarregat d'explicar a tots els sectors afectats, de posar en coneixement de la ciutadania, amb compareixences dels consellers, i meva quan ha calgut, perquè, com us deia, una des les nostres premisses en aquesta crisi ha estat sempre la transparència. Explicar als ciutadans el que veurem, el que ens trobarem, les previsions amb les quals s'estan treballant, amb tota la veritat.

Rodes de premsa diàries explicant l'evolució de la pandèmia, posant en relleu les mesures endegades i recordant en tot moment les indicacions de les nostres autoritats sanitàries.

I, tot plegat, no ho fem sols. Ho fem gràcies a moltes persones i col·lectius. Durant aquests dies, s'han mantingut multitud de reunions de treball i de coordinació entre tots els serveis, departaments i administracions (especialment, les administracions locals) i sectors que han d'actuar amb el coronavirus, així com sectors, àmbits socials i econòmics afectats.

Una de les lliçons d'aquesta epidèmia és que el nostre món d'ahir ha canviat, i, segurament, en el món de demà res tornarà a ser igual. No treballarem de la mateixa manera, no ens reunirem de la mateixa manera (espero que el nostre Parlament no treballi de la mateixa manera, perquè ho podrem fer diferent, podem agilitzar els recursos i el temps). Aquesta és una bona lliçó de com poden anar les coses, sempre en la línia d'empoderar els nostres ciutadans. Un ciutadà crític, que participi. A través de les xarxes ho estan fent més que mai, ens envien requeriments, ciutadans mobilitzats solidàriament, etc. Gràcies.

En aquest sentit, explico les trobades que he mantingut amb diferents sectors:

- El món local (13 i 19 de març).
- Patronals i sindicats: Foment, PIMEC, UGT, CCOO i Unió de Pagesos (17 de març).
- El sector cultural (20 de març).
- Les cambres de comerç (23 de març).
- Agents socials. Aquest dijous mateix ens reunirem amb la Mesa Unitària en Defensa del Sector Social.
- Amb els grups parlamentaris (tres reunions, si comptem aquesta).
- I evidentment, les dues amb el president de l'Estat espanyol i els presidents d'altres territoris de l'Estat.

Des que el Govern espanyol va decretar l'estat d'alarma, hem demanat diverses vegades per Catalunya i els altres focus importants de l'Estat espanyol (vull que quedi clar que considerem que Catalunya és un focus de risc importantíssim) aquest confinament, perquè creiem que és la millor manera de combatre'l. Els informes dels experts així ho demanen, i així ens ajuda a entendre millor la dificultat greu del moment. El vam sol·licitar per primera vegada el divendres 13 de març, quan el president Sánchez ja havia anunciat l'estat d'alarma. Que el tingués en compte. Hi vaig insistir a la primera videoconferència de presidents, el diumenge 15.

Aleshores, aquest president que us parla va ser l'únic dels presidents a demanar aquesta mesura.

L'endemà, dilluns 16, vam presentar la sol·licitud de validació del decret per confinar domiciliàriament tot el país. La sol·licitud anava acompanyada, com no podia ser d'altra manera, perquè ho requeria el Ministeri, de la memòria justificativa avalada pels experts del Departament de Salut (la tenen a la seva disposició i els la podem enviar, si ho volen). Davant del silenci de l'autoritat competent (com els anomena l'estat d'alarma), vam tornar a enviar la sol·licitud el dijous 19 de març, amb una memòria justificativa renovada i actualitzada amb les dades d'aleshores i les noves prediccions.

Finalment, més enllà d'insistir en totes les converses que hem anat tenint amb els ministres del Govern, i jo personalment amb el president Sánchez, diumenge 22 hi vaig tornar a insistir en la videoconferència de presidents. Aquesta vegada em vaig trobar acompanyat, ja que tres presidents de comunitats autònomes, juntament amb Catalunya, van demanar el mateix que vam demanar nosaltres fa uns dies. Presidents que demanaven, com havia fet Catalunya, el tancament de ports i aeroports; que demanaven reduir al màxim les activitats econòmiques, i que demanaven, perquè entenien com Catalunya que és el millor que podien fer per protegir la salut dels seus ciutadans, aplicar aquestes mesures severes. No per cap motiu concret, senzillament perquè estan preocupats per la salut i la vida dels seus ciutadans.

En la videoconferència de presidents de diumenge passat, a més, vaig fer al Govern de l'Estat una triple proposta molt clara, amb la voluntat que fos compartida i donés una via de lluita contra el coronavirus per a tothom. No volem que aquestes mesures s'apliquin només a Catalunya, entenem que seria bo que s'apliquessin a tot l'Estat espanyol, a la UE. Nosaltres no volem cap privilegi, ni pensem que el confinament hagi de ser per a nosaltres cap mesura especialíssima. Creiem que és la millor decisió, la que ens diuen els experts.

La triple mesura que vam proposar al Govern espanyol va ser:

- Confinament total amb l'aturada de qualsevol activitat que no sigui un servei essencial, alimentari o farmacèutic. Ho vam fer partint d'un informe elaborat per una setantena d'experts catalans i espanyols que recomanen aquest confinament total de les zones més afectades.

— Reforç equitatiu transparent i urgent del sistema de salut, sobretot pel que fa als lliuraments dels subministraments i dels materials. Com més transparència hi hagi en aquest tema, millor. Si l'Estat espanyol ens envia totes les mascaretes i tot el material que estem demanant, seré el primer a agrair-l'hi i felicitar-lo. El primer. Però, si no és així, seré el primer en reclamar-l'hi, perquè ho necessitem. Fins ara, en gran part, estem fent front a aquesta epidèmia amb els nostres recursos propis i amb els subministradors que ja tenia la Generalitat. Per això és tan important, que, sense buscar cap mena de polèmica política, sí que hi hagi un sistema equitatiu i transparent, saber com s'estan distribuint tots aquests materials.
— Protecció absoluta dels treballadors, autònoms, persones vulnerables i reducció de l'impacte econòmic i social, amb 22 mesures concretes en diversos àmbits. Les 22 mesures de protecció de treballadors i persones vulnerables són:

En l'eix de finançament públic:

1) Suspendre la regla de despesa i dels objectius de dèficit de les comunitats autònomes per al 2020 i 2021. Això és essencial. Caldrà endeutar-nos, i molt, i els ajuntaments també, molt.
2) S'han de dotar de mecanismes de finançament aquelles comunitats autònomes que ho requereixin.
3) Cal suprimir la regla de despesa per als ens locals, tant que poden ajudar en aquesta crisi, i que jo els vull agrair; sempre he dit que els alcaldes i les alcaldesses del nostre país són una referència. En aquests moments, els hem de donar les eines perquè puguin lluitar contra el coronavirus. Sembla mentida que encara haguem de demanar aquesta mesura.

4) S'ha de flexibilitzar la contractació d'urgència pels ens locals, i eliminar-ne les limitacions existents.

En l'eix empresarial i laboral:

5) Suspensió dels terminis de pagament de les retencions d'IRPF, IVA i impost de societats i de les cotitzacions socials i els terminis de pagament de deutes tributaris liquidats per l'Administració. Estem astorats del fet que encara no s'hagi pres aquesta decisió.
6) Disminució dels mòduls d'IRPF i IVA per a les empreses més petites.
7) Moratòria dels deutes bancaris de les pimes i autònoms afectats per la COVID-19.
8) Aclarir les condicions d'accés a les mesures de liquiditat, que haurien de ser àgils i els avals amb una cobertura del 100%.
9) Rebaixar de manera substancial el mínim de 100.000 euros per accedir al finançament i evitar que sigui una barrera per les petites empreses. Vam insistir molt en la reunió de presidents de diumenge en explicar-los la particularitat del teixit empresarial català, basat en les petites i mitjanes empreses; i aquest mínim de 100.000 euros, per a moltes, és un mur insuperable; per tant, ens cal rebaixar-lo.
10) Ampliar la línia de finançament de 200 M€ per donar suport financer als sectors de transport, turisme, hostaleria, educació, cultura i oci. Estem davant una emergència amb què cal actuar ara mateix i que cal fixar un futur de tranquil·litat, de confiança als nostres petits empresaris, treballadors, autònoms; de confiança en el futur perquè ara puguin confinar-se a casa.
11) Millorar la prestació per als treballadors autònoms.

12) Bonificar fiscalment el manteniment de l'ocupació per mitjà de l'impost de societats.
13) Millorar les condicions dels ERTO. Els dono les dades de dilluns: a Catalunya s'han presentat 30.781 expedients que afecten 271.432 treballadors. És possible que arribem a la xifra de 300.0000 treballadors aviat, potser aquesta mateixa setmana. És la realitat.
14) Agilitzar el cobrament perquè els treballadors afectats no hagin d'esperar fins al 10 de maig per cobrar les primeres prestacions. Per a nosaltres, ara és importantíssim la confiança i la seguretat. La necessiten ara si volem que aquest confinament total sigui possible.

En l'eix social:

1) Més recursos per a les CCAA i a fons perdut en l'àmbit sanitari.
2) Triplicar els recursos per ajuts socials atorgats a les CCAA.
3) Regular la suspensió de lloguers durant la durada dels confinaments.
4) Allargar la impossibilitat de tallar subministraments per a persones vulnerables i ampliar els supòsits de vulnerabilitat.
5) Donar ajudes a les famílies en serveis essencials amb dependents.
6) Atorgar una paga compensatòria als pares o mares que s'hagin de reduir la jornada mentre duri el tancament de les escoles.
7) Suprimir l'article 20 del RDL 8/2020 per tal que se suspengui la portabilitat de numeració entre empreses de telecomunicacions.
8) Ampliar els crèdits destinats a la investigació i recerca sobre la COVID-19. Els actuals no són suficients. Vull

> agrair totes les donacions que s'estan fent als centres de recerca de Catalunya i arreu de l'Estat perquè no es pot aturar la recerca.

Aquestes són les nostres propostes. Evidentment, des dels respectius àmbits sectorials, els diversos consellers i departaments han mantingut contactes amb els respectius homòlegs de l'Estat als efectes de resoldre les diverses casuístiques que es produeixen, fer arribar les inquietuds dels diferents sectors que ens arriben a nosaltres i fer propostes de mesures per pal·liar els efectes del coronavirus.

Per exemple, les converses freqüents de la consellera de Salut amb el Ministeri, o del conseller El Homrani amb la Vicepresidència Social del Govern de l'Estat.

I ara què hem de fer? En primer lloc, avalats pels informes dels experts, el confinament: com més dràstic, millor, perquè més curt serà el període de crisi.

Necessitem frenar l'activitat i els contactes per poder atenuar tant com es pugui la corba de contagis. La prioritat ara ha de ser la salut, perquè després ens puguem recuperar econòmicament. Prendrem com a Govern totes les decisions que tinguem a l'abast per frenar activitat i moviments, les prendrem. Continuarem insistint al Govern espanyol amb la necessitat de decretar el confinament total.

Cada minut que passa sense prendre aquesta decisió és un minut perdut. I és un risc afegit per als ciutadans de tot el país. Els parlo des del cor: no és un problema polític, ni ideològic, ni de fronteres, ni de banderes, ni res d'això. Ja n'hi ha prou de fer demagògia amb aquesta qüestió. És una qüestió sanitària. Si algú em presenta un informe d'experts que em demani una altra via, l'estudiarem. Els nostres experts i científics ens diuen que aquesta és la millor solució. I és una exigència per frenar aquesta malaltia, que no ens estem inventant nosaltres, que ja han pres molts països del món. Prenguem-la, i fem-ho junts, i sortim junts a decidir aquesta decisió. També hem de preparar el sistema sanitari i l'atenció social i assistencial.

Estem treballant per doblar la capacitat de les unitats de cures intensives al final d'aquesta setmana. Serà quan Catalunya hagi doblat la seva capacitat d'UCI per poder atendre tots els pacients greus amb coronavirus. Hem d'evitar de totes passades la saturació i el col·lapse de l'atenció sanitària contra la malaltia. Hem de posar ara i aquí tots els esforços, i els estem fent, però ens calen recursos humans i tècnics. Estic en contacte permanent amb els directors d'hospitals, amb el personal de CatSalut i amb la consellera de Salut. S'està treballant incansablement per tenir respiradors i llits amb els equipaments necessaris.

Tenim una urgència clau en l'abastament de materials de protecció per al nostre personal sanitari, que actua en la primera línia contra la pandèmia. Si no protegim el nostre personal sanitari, el nostre personal d'emergències, el nostre personal de serveis essencials, no ens podran protegir a la resta. És importantíssim que tinguem tot el material necessari. I estem passant per molts problemes, aquí. La centralització del proveïment de mascaretes, bates i guants no està funcionant com hauria de funcionar. Em sap greu i soc el primer que, si això funcionés, ho diria. És un clam que tots els presidents vam demanar diumenge a la reunió. És urgent solucionar-ho.

Ens resulta imprescindible reduir encara més la demanda d'atenció sanitària per a tots aquells casos que no siguin d'urgència. I apel·lo a la responsabilitat de tota la ciutadania. Ens cal alliberar el nostre sistema sanitari de tots aquells temes que no siguin urgents. Si us plau.

Tothom hi té responsabilitats. És important que tot el personal sanitari possible estigui al capdavant treballant contra el coronavirus.

També vull fer referència a l'esforç en l'àmbit de les residències de gent gran, que són un dels principals punts de més risc que tenim, i les residències per a persones amb discapacitat. Estem molt preocupats. S'han pres moltes mesures i tenim plans d'actuació per a cada escenari. Hi estem dedicant molta atenció per evitar que siguin un focus tan greu com ha estat en altres països. Hem d'actuar amb tota la responsabilitat. No ens podem permetre casos com els que han sortit als diaris. No ens ho podem permetre com a humanitat. Perquè aquesta malaltia és la més cruel i deshumanitzadora que se'ns ha plantat al davant. I estem acomiadant els nostres avis sense poder-los dir ni adeu. I hem de vetllar per ells.

D'altra banda, necessitem també un pacte de recuperació social, econòmica i sanitària. Com ja he explicat, hem fet un paquet de propostes econòmiques al Govern espanyol per pal·liar els efectes molt negatius que tindrà aquesta crisi sanitària sobre l'economia i les famílies del país. Crec que avui ningú és capaç d'estimar l'efecte devastador que tindrà aquesta epidèmia. Però sí que hi ha algunes decisions que ja podem prendre per evitar un fort impacte. N'hem pres ja algunes i vam donar suport a les decisions que el Govern espanyol va prendre. Que el Govern espanyol sàpiga que, en tot el que sigui per avançar, tindrà el suport del Govern de la Generalitat sense cap dubte. Sempre i en tot moment. Però quan no es prenen les mesures també és el nostre deure explicar-ho. Perquè cal que dipositem tota l'ambició del món en aquestes mesures, si volem tenir la capacitat de remuntar.

Finalment, necessitarem un gran pacte de país amb la implicació de tothom per reactivar la societat, l'economia i tots els sectors que hauran quedat malmesos per aquesta pandèmia. En aquell moment, caldrà que tothom tingui sentit de país com el que a Catalunya hem sabut tenir en els moments claus, històrics, i que aleshores deixem per a més endavant els interessos legítims de partit o de part. La generositat i la solidaritat hauran de continuar una temporada ben llarga si volem sortir reforçats d'aquesta situació.

Apel·lo al millor esperit d'aquest país. A la col·laboració i l'exigència, al talent, al respecte i a l'entesa. Ens necessitem tots, més que mai. Avui i també en els mesos que vindran.

Ara cal, sobretot, parar el cop i donar confiança i seguretat als treballadors, autònoms, pimes, empreses i a la ciutadania en general. Parar el cop i donar confiança i seguretat alhora. És molt difícil i incert. Sé que tothom ho fa amb la millor voluntat i que creu que ho està fent el millor possible per a la ciutadania. Ho entenc. Però nosaltres creiem que aquests són els cinc punts que tot el país, Catalunya, l'Estat espanyol (els punts que tots els països més avançats ja estan prenent) haurien d'aplicar avui, ara mateix:

1. Confinament total, excepte els serveis essencials.
2. Protecció a la ciutadania amb una renda de ciutadania bàsica, universal.
3. Suport a pimes, autònoms i empreses, amb crèdits i liquiditat.
4. Suspensió de pagaments d'impostos, lloguers i subministraments.
5. Reforç màxim, concentració màxima, en el sistema sanitari i assistencial.

Repeteixo: tot això s'ha de fer junt i alhora. Sé quina n'és la complexitat i sé que el futur és incert, però no ens en sortirem si prenem una mesura, però no prenem les altres. Perquè els nostres treballadors i autònoms puguin sentir-se confiats i quedar-se casa com els demanem, necessitem aquesta renda bàsica, necessitem reforçar el sistema sanitari, necessitem que les empreses sàpiguen que tenen un futur assegurat amb els crèdits i la liquiditat que els hem de donar. Necessitem que se suspenguin els impostos, els lloguers i els subministraments. Ho necessitem tot junt i alhora. Aquesta és la fórmula que hem d'impulsar, la que creiem millor per als nostres conciutadans.

Amb alguns de vosaltres, diputats i diputades, hem estat adversaris polítics implacables i, en alguns moments, hem tingut discussions d'una duresa inaudita. Avui us dic que per a mi no hi ha colors polítics, ni blocs. Que jo i el Govern de Catalunya estem a la vostra disposició i de tota la ciutadania per al que calgui. I us demano tota l'ajuda, la generositat i el suport per fer-ho possible. És, al nostre entendre, l'única manera d'avançar: concentrant esforços, parant el cop i donant confiança a la gent.

Per part meva i del meu Govern, és amb aquest esperit que us oferim de treballar conjuntament. Ens hi va la salut i la vida dels nostres ciutadans. Que tinguem molta sort.

Cuideu-vos i cuideu les vostres famílies i demaneu a tothom que es quedi a casa.

Moltes gràcies.

Annex 7

3 d'abril. Carta a Michelle Bachelet, alta comissionada de les Nacions Unides pels Drets Humans denunciant la situació dels presos polítics en plena pandèmia.

Doña Michelle Bachelet Jeria
Alta Comisionada de Naciones Unidas para los Derechos Humanos
Oficina del Alto Comisionado para los Derechos Humanos (ACNUDH)
Palacio Wilson
52 rue des Pâquis
CH-1201 Ginebra, Suiza

Apreciada Sra. Bachelet,

En momentos tan difíciles como los que estamos pasando a consecuencia de esta pandemia que asola a todas nuestras naciones, me dirijo a usted en mi condición de presidente de la Generalitat de Catalunya y en referencia a sus declaraciones del pasado 25 de marzo de 2020, en que usted manifestó que «es esencial que los gobiernos tomen medidas para detener la difusión del coronavirus COVID-19 y también que emprendan otras iniciativas para reducir la posible repercusión negativa que esas medidas podrían tener sobre la vida de las personas». A este respecto puedo informarle de que, dentro de nuestras posibilidades y competencias, estamos realizando los máximos esfuerzos para conseguir cumplir con nuestra obligación de cuidado y atención hacia todos los seres humanos que viven en Catalunya.

También manifestó usted que «En mi condición de doctora en Medicina, comprendo la necesidad de aplicar una gama de medidas para combatir el COVID-19 y, por haber sido jefe de Estado, entiendo que a menudo es difícil equilibrar las arduas decisiones que es preciso adoptar» y, además, que «nuestros esfuerzos para combatir el virus no darán resultados a menos que apliquemos un enfoque holístico, lo que significa que debemos proteger cuidadosamente a los sectores más vulnerables y desfavorecidos de la sociedad, tanto en términos médicos como económicos». Estas pautas son, justamente, las que estamos tratando de seguir desde el momento mismo en que esta pandemia comenzó a llegar a Catalunya.

Desde un comienzo hemos insistido de manera sistemática en la necesidad de aplicar medidas de cuarentena que, finalmente, también han sido reconocidas como adecuadas por el Gobierno español y que, estamos seguros, más temprano que tarde darán el resultado esperado. Otro tanto hemos planteado y estamos haciendo para proteger a los sectores más desfavorecidos, así como a las mujeres que se ven especialmente afectadas por esta situación, y todas nuestras actuaciones se sustentan en su apreciación de que «la dignidad y los derechos humanos» han de ser «los pilares fundamentales de ese esfuerzo y no una consideración accesoria». Hasta aquí creo que estamos cumpliendo con sus indicaciones y que no se nos podrá reprochar que nos hayamos apartado de tales vectores, que siempre han sido los que han guiado nuestra forma de actuar como gobierno en Catalunya.

Sin embargo, y he aquí el motivo de esta carta, debo manifestarle que a pesar de que usted manifestó, el pasado 25 de marzo, que «ahora, más que nunca, los gobiernos deberían liberar a todas y cada una de las personas que están encarceladas sin suficiente base legal, incluyendo prisioneros políticos y otros detenidos», no hemos podido cumplir, hasta ahora, con esta parte de sus directrices.

Es efectivo que la Generalitat de Catalunya tiene transferidas, en su integridad, las competencias en materia penitenciaria respecto a todas las prisiones y presos situados en territorio catalán; sin embargo, el pasado martes 31 de marzo, el Tribunal Supremo, a través de un comunicado de prensa difundido a los distintos periodistas acreditados ante dicho órgano jurisdiccional, advirtió y amenazó a las autoridades penitenciarias catalanas de posibles consecuencias legales, de carácter penal, si acordaban permitir que, durante el tiempo que dure esta situación de alarma y pandemia, se permitiese que los presos clasificados en régimen del artículo 100.2 del Reglamento Penitenciario permaneciesen en sus domicilios en régimen de confinamiento, como es el que vive toda la población catalana. (El artículo 100.2 del Reglamento Penitenciario es una suerte de sistema mixto de cumplimiento que permite a los presos así clasificados poder salir a cumplir con sus correspondientes trabajos, es decir, se trata, en términos generales, de presos no conflictivos.)

Las amenazas del Tribunal Supremo se produjeron porque esta medida afectaría, entre otros, a los presos políticos catalanes que actualmente cumplen condena en dos prisiones catalanas. Me permito el término *presos políticos* por dos razones: a) porque estoy convencido de que lo son y, b) porque el Grupo de Trabajo de Detenciones Arbitrarias de Naciones Unidas así lo ha determinado en dos relevantes informes del año pasado, concretamente los de fechas 6/2019 y 12/2019.

Como usted comprenderá, nada me complacería más que cumplir íntegramente con sus indicaciones, pero como consecuencia de las amenazas del Tribunal Supremo, las correspondientes juntas de tratamiento de los centros penitenciarios afectados han decidido que no procederán a permitir que los presos políticos, ni ningún otro clasificado en el régimen antes descrito, pase la pandemia en sus correspondientes domicilios.

Como abogado que soy, estoy convencido de que mantenerles en prisión a riesgo de su salud y poniéndoles en riesgo vital implica una clara vulneración de, al menos, los artículos 2, 3 y 5 del Convenio Europeo de Derechos Humanos y de los artículos 1, 2, 3, 4, 6, 20, 21, 35 y 49 de la Carta de Derechos Fundamentales de la Unión Europea, que encuentran su origen en la propia Declaración Universal de Derechos Humanos.

Sinceramente, lamento distraerla en estos momentos de sus acuciantes y relevantes funciones, pero he considerado oportuno poner en su conocimiento la situación que afecta a las personas presas y presos políticos en cárceles de Catalunya y que, de esta forma, pueda apreciar no solo nuestra voluntad de cumplimiento de las normas internacionales sino, también, los impedimentos que para ello nos pone el Tribunal Supremo de España que, como ya he comentado, ha amenazado a nuestros funcionarios en el caso de que actúen en contra de los deseos de dicho Tribunal, aunque lo hicieran en cumplimiento de las normas internacionales y de las directrices y consejos que usted, como Alta Comisionada de Naciones Unidas para los Derechos Humanos, ha impartido a todos aquellos que tenemos responsabilidades de gobierno.

Sin otro particular, agradeciéndole su atención y comprensión, y quedando a su entera disposición, se despide atentamente de usted,

Quim Torra i Pla

Annex 8

5 d'abril. Compareixença pública després de la reunió de Pedro Sánchez amb els presidents autonòmics.

Bon dia des de la Casa dels Canonges,

Permeteu-me, en primer lloc, desitjar una ràpida recuperació a tots aquells que esteu patint aquesta malaltia i, sobretot, enviar el meu condol a les famílies de totes aquelles persones que han traspassat i que tant us estimàveu.

Avui he plantejat al Govern espanyol una presentació basada en quatre punts. En primer lloc, explicar-los quina era la situació a Catalunya, que per a nosaltres és una situació crítica. En segon lloc, que estem d'acord amb la pròrroga de l'estat d'alarma però també i necessàriament en la pròrroga del confinament total, excepte els serveis essencials. En tercer lloc, vull avançar-los com creiem des de Catalunya que ha de ser el pla de diagnosi i desconfinament i, en quart lloc, també em permetran, com he fet amb els presidents, resumir-los les mesures que proposem des del Govern de Catalunya.

Pel que fa a la situació crítica Catalunya, tenim les UCI al límit, els hospitals suporten una sobrecàrrega màxima, estem duent a terme un pla de xoc a les residències, els professionals sanitaris i sociosanitaris tenen sobreestrès. Vull agrair-los l'esforç que estan fent aquests dies. No ha funcionat el sistema de subministrament centralitzat, no disposem dels EPI que ens calen i ens falten molts materials per a les residències. Aquesta és la realitat, crec que és la realitat que el poble de Catalunya percep i coneix i ens cal explicar-la. Per tant, això ens ha obligat a multiplicar tots els esforços que cada dia la Generalitat dedica a protegir a qui ens protegeix. Aquestes dues dades també les he compartit en aquesta reunió. En primer lloc, la Generalitat ha aportat fins ara un 90% dels recursos que necessiten els hospitals, mentre que el govern d'Espanya només n'ha aportat un 10%. Segona xifra: dels 2.800 M€ en què han estat quantificats per part del Govern català els costos previstos només en matèria sanitària, el Govern espanyol s'ha compromès a aportar-ne 50 M€.

Fins ara, doncs, ha estat la Generalitat qui, malgrat les mesures de centralització, ha carregat amb tot el pes de la gestió d'aquesta emergència, la més important en dècades, i qui ha hagut de buscar els recursos on ha pogut i com ha pogut. Avui tindrem bones notícies, aquest cap de setmana estan arribant carregaments molt importants que ha comprat la Generalitat com ha pogut i on ha pogut. Per tant, davant d'aquesta situació, vist el fracàs del sistema de subministraments centralitzat, no podrem sinó demanar, i així ho he tornat a expressar, el retorn de les nostres competències.

El segon punt que he plantejat avui al president Sánchez és que, tot i que estiguem d'acord amb la pròrroga de l'estat d'alarma, demanem la pròrroga del confinament total, excepte els serveis essencials. A partir de l'anàlisi i del coneixement de la situació que ens han transmès els nostres científics, els nostres metges, els nostres experts, ahir mateix fèiem una avaluació de quina era la resposta que jo avui havia de donar en nom del Govern sobre aquesta qüestió, perquè ens importa per damunt de tot la vida i la salut de les persones que és la màxima prioritat del Govern català. Per això, defensem aquesta pròrroga del confinament total, excepte els serveis essencials. En el seu moment vam agrair al Govern d'Espanya que atengués la demanda de Catalunya en el confinament total després d'haver-hi insistit i haver-ho demanat, ho coneixen perfectament, durant dues setmanes. Ara demanem que se'ns torni a escoltar. No volem que el Govern d'Espanya s'equivoqui novament, no ens ho podem permetre, no és el moment ara ni de relaxar-nos ni de baixar la guàrdia, i vull agrair a la presidenta de les Illes Balears i el president de Castella i Lleó que han defensat la mateixa posició que el Govern de Catalunya i que, com poden veure, tots tres formem part de tres partits polítics ben diferents.

El tercer punt: un pla i una estratègia de diagnosi i de desconfinament. Ja hem dit, ho ha repetit tothom i tots els presidents ho tenen clar, que tota l'estratègia ha de passar per prioritzar la salut de les persones i no exposar-nos a riscos. Hi estem d'acord. Per tant, en aquest moment i sense un pla de test massius —recordem que a Catalunya l'Estat no n'ha fet arribar ni un—, sense poder garantir que disminueixi el nombre de pacients a les UCI, sense proves ni fàrmacs suficients i en l'actual sobrecàrrega dels hospitals i l'esforç que ja porten al damunt els nostres professionals, si volem seguir un criteri de rigor i de prudència, no podem fer altra cosa que continuar confinats totalment. Al contrari, seria una temeritat.

Fins arribar al confinament total, el comportament de l'Estat espanyol va ser erràtic, dubitatiu i amb retard, doncs bé, el procés de desconfinament, quan arribi, quan el puguem fer, ha de ser tot el contrari, ha de ser un procés controlat ben planificat i eficaç i, sobretot, gestionat per Catalunya, o ens equivocarem molt greument. Ens cal un pla de confinament, sí, i, des del Govern, ens oferim novament a col·laborar per dissenyar-lo, a ajudar tothom, a fer-lo conjuntament amb el Govern espanyol i la resta de comunitats autònomes. Però s'haurà d'aplicar quan es donin les condicions i ara no és el cas. Tampoc res ens indica que ens hi trobarem el 13 d'abril, perquè malauradament res fa preveure que tindrem proves i els tests necessaris. I ho hem de dir clar i parlar amb sinceritat a la ciutadania. En el moment en què ens trobem, i ens trobarem d'aquí a unes setmanes, no tindrem els tests suficients. I un pla de desconfinament ha de passar, en una primera fase, per conèixer el nivell d'infecció de la ciutadania amb tots els testos que siguin necessaris. Així ens ho han fet palès, dia rere dia, els experts: és fonamental tenir les PCR, els tests ràpids, els anticossos. És fonamental disposar també de l'aplicació que Catalunya ha desenvolupat amb tota aquesta informació. I a partir d'aquest coneixement, del nivell d'infecció de la ciutadania, que, insisteixo, no tenim avui malauradament, passarem a la segona fase que preveu obrir la mobilitat de les persones i de l'activitat.

Serà necessari, doncs, fer-ho de manera gradual, prioritzant col·lectius, tenint en compte particularitats locals i zones de risc, tal com es plantegen, per exemple, països del nostre entorn com França i Bèlgica. També ens urgeix un pla de fàrmacs, un pla que prevegi el pla de vacunació —està lluny, però ja hi hem de pensar—, de preventius i protectors com la hidroxicloroquina, d'antivirals i de tots aquells que ajudin a la reducció d'afectacions pulmonars.

Catalunya ja fa dies que s'està preparant en la línia d'impulsar aquest pla de diagnosi i de desconfinament i ha nomenat tres responsables per als tres plans més importants. Volem prioritzar els esforços els propers dies: el pla de subministraments, el pla de test massius i el pla de xoc per a les residències catalanes, tots coordinats per un equip en el qual volem comptar amb l'assessorament del doctor Oriol Mitjà, atès que el Govern de Catalunya es fa seva la proposta que ell i l'epidemiòleg Joan López van adreçar-nos públicament aquesta setmana. Creiem que és un bon marc per treballar i els vull agrair que desinteressadament ens oferissin tot aquest pla.

Insisteixo: En aquests moments, sense test i en l'actual situació dels hospitals, els experts —perquè sempre seguirem els criteris dels experts—, ens aconsellen prorrogar aquest confinament total. Sé que és demanar a la ciutadania un nou sacrifici, però és un sacrifici que ens ajudarà a tots, que és en benefici de tots, de la solidaritat de tots. Si no es fa així i s'aixeca el confinament total, milers i milers de treballadors s'exposaran a la infecció quan vagin a treballar sense les proves i la seguretat que cal donar-los.

Per acabar, com a resum de les mesures que proposa el Govern de Catalunya, que sempre hem dit que calia prendre tan radicalment com fos possible, totes alhora i amb el termini més breu possible, vull repetir de nou el que és, d'alguna manera, el resum del plantejament que fem des del Govern de Catalunya: que han de ser les administracions les que carreguin amb les conseqüències d'aquesta crisi i no pas les persones ni les empreses.

Per tant, i a manera de resum, insisteixo en aquests punts:

1. Pròrroga de confinament total, excepte els serveis essencials.
2. Protecció i confiança als treballadors, amb una renda bàsica universal. Aquesta no és una proposta que ens l'hàgim inventat des de Catalunya, sinó que s'està aplicant a països tan diferents com els Estats Units, el Canadà, Hong Kong o Corea del Sud. Per tant, continuem insistint en aquesta línia de la necessitat d'aquesta renda bàsica universal que, si m'ho permeten dir d'una manera més col·loquial, vol dir que tots els ciutadans puguin tenir diners de la butxaca per poder comprar els aliments més bàsics.
3. Suport als autònoms i a les empreses perquè, si ara no donem tot el suport possible als autònoms i a les empreses, aleshores sí que ens podem trobar davant d'una crisi social i econòmica devastadora i aquest suport dels autònoms i de les empreses passa avui per la suspensió del pagament de les quotes i el reintegrament de la quota de març per als autònoms i, per descomptat, per la suspensió de tots els impostos per les empreses.
4. Recuperació de les competències de la Generalitat.
5. La flexibilització del dèficit és un altre tema en què tots els presidents estaven d'acord. Necessitem que l'Estat flexibilitzi el dèficit de cadascun dels nostres territoris justament per poder-nos endeutar i fer front a totes aquestes despeses i, també, que els ajuntaments puguin disposar dels superàvits que han anat acumulant aquest any, perquè els ajuntaments són una peça clau per sortir-nos-en tots, d'aquest túnel.

6. Pla i estratègia de desconfinament —quan sigui possible— gradual, prioritzant i atenent els focus locals i comarcals. Com ha demostrat Alemanya avui mateix, la descentralització és clau, aquest procés de desconfinament, aquesta escalada, l'haurem de fer de manera molt descentralitzada i fixant-nos exactament en quines zones cal aplicar més rigor de confinament i en quines no.
7. App: els encoratjo a utilitzar-la

Penso que és el moment més que mai, si m'ho permeten, d'actuar amb responsabilitat, amb planificació. El Govern espanyol no es pot tornar a equivocar de nou. He utilitzat abans la paraula temeritat; és la mateixa que han fet servir 800.000 professionals de l'àmbit de la salut davant d'una instrucció del Ministeri de Sanitat que pretenia fer-los tornar a la feina després de set dies sense haver-los fet tots els tests i proves corresponents.

Som molt conscients, els asseguro que soc molt conscient, de l'extrema dificultat del moment, que requereix enormes sacrificis per part de la ciutadania, que requereix prendre decisions dràstiques, però que sobretot requereix planificació, rigor i, si m'ho permeten, tot el sentit comú del món, que en aquests moments necessitem. Tenim una ciutadania adulta i compromesa a la qual li hem d'explicar la veritat: on som i com podem sortir d'aquest túnel. Escoltem la veu dels experts, posem-los al davant, que ens expliquin quins són els plans de desconfinament, quin és el millor moment per poder-los aplicar. A nosaltres ens han dit que ara no és el moment i, per tant, el Govern de Catalunya defensarà el criteri dels nostres experts.

Prioritzem la vida i la salut de les persones.

Preparem-nos amb rigor per fer-ho bé a la primera, no podem fallar.

Moltes gràcies a tots des de Canonges.

Annex 9

6 d'abril. Obituari escrit amb motiu de la mort de Muriel Casals, que avui hauria fet 75 anys.

L'humanisme de Muriel Casals

Vàrem emprendre un llarg, difícil,
perillós camí. I estimàvem les coses
—fossin neu o fang,
rosada o constel·lació.

I les fèiem nostres per causa
de l'amor que ens havia ensenyat com anostrar-les.

Joan Vinyoli

Potser va ser així com Muriel Casals va viure, emprenent un llarg camí, fent-se seves totes les coses per causa de l'amor, senzillament, naturalment, estimant-les.

Filla d'un catalanista sabadellenc exiliat («Hem estat derrotats i som derrotats, però no ens hem de donar per vençut») i mare francesa, Muriel diria: «Vaig ser educada com a separatista, tot i considerar-ho un impossible». Des del primer moment, abraça un compromís cívic i polític: militància al PSUC i professora del Departament d'Economia i d'Història Econòmica de la UAB, on va ser molt feliç. «Si em pregunten què he sigut a la vida, la resposta és molt clara: professora. La vida d'ensenyant a la universitat és un privilegi».

Amant de la música clàssica, ateneista, apassionada del teatre i la lectura, «llegir i escriure ens fa més grans i més lliures», ningú millor que Muriel Casals representa aquell punt de civilitat i cosmopolitisme que ha esdevingut la revolució dels somriures. «Hem arribat a la conclusió que el millor que podem fer per la llengua i la cultura catalanes és treballar per la independència del nostre país». La seva entrada en escena com a presidenta d'Òmnium, setmanes abans de la manifestació del 10 de juny del 2010, la va projectar com una líder del moviment independentista català en l'àmbit nacional. De sobte, aquella professora, humanista, tan interessada en l'ètica de la política com en la política de l'ètica, de formes vellutades però amb paraules carregades de força i sentiment, amb una naturalitat i desacomplexament insòlits basats en un llenguatge planer i directe, emergia amb una energia inesgotable. Potser poques persones han fet tant com ella per construir l'autopista central de l'independentisme. I la gent li va saber tornar tot allò que ella li havia donat: l'estimació.

Un lideratge serè, pausat, vibrant quan ha convingut, irrenunciable als principis d'unitat, urnes i independència i capaç d'atorgar al concepte *llibertat* la més republicana de les exigències. La grandesa de Muriel Casals és la fidelitat a un ideal i a un anhel, un «esperit», una ànima de llibertat pel seu poble, la seva llengua i el seu país. La seva proverbial generositat amb tothom, una energia inesgotable i el defecte de no saber dir que no a ningú la van portar a recórrer quilòmetres i quilòmetres pel nostre país, llançant sempre un missatge d'esperança: «Ens cal estar convençuts que el futur que desitgem i que volem compartir amb persones de passats diversos és a les nostres mans. Si tenim esperança, ara és l'hora de l'obra». El seu somriure s'encomanava a tots. La seva capacitat de treball ens superava a tots.

No en queda el record tan sols, queda una obra immensa i l'orgull d'haver compartit amb ella el camí cap a la llibertat de Catalunya. Hem desenvolupat milers d'arguments, hem raonat desenes de vegades els perquès —com acostumava a dir, «per tenir un Estat del benestar cal tenir un Estat»— però des d'ara tenim, encara, el millor argument per treballar més que mai per a conseguir la independència: li ho devem.

«Quan ve, tumultuós, el gran vent del destí...», escriu Màrius Torres, poeta que coneixia prou bé gràcies a la seva germana Montserrat, és inaturable. Però el seu esperit és més present que mai, el seu coratge és el nostre coratge, la seva esperança és avui la bandera de tots.

Laia, Max, Isabel, família Casals, us estimem i ens fonem amb vosaltres en una abraçada que ens crema per dins, perquè ens costa empassar-nos les llàgrimes. Però és així com ens fem també nostra, avui, per sempre, la Muriel.

Annex 10

9 d'abril. Enfilall de piulades sobre les darreres hores de Manuel Carrasco i Formiguera abans de ser afusellat, amb motiu del 82è aniversari de la seva mort.

8 d'abril de 1938.

Al matí, Pilar Azemar escriu la carta setmanal al seu marit, Manuel Carrasco, des de París, on viu refugiada, després d'haver passat, també ella i els seus fills, uns mesos a la presó i haver estat bescanviats per uns altres presoners del bàndol republicà. La carta no li arribarà mai a Carrasco. Potser a la mateixa hora, i en tot cas al matí, també Franco, des de Saragossa, signa l'*enterado* de l'ordre d'execució de Carrasco —pendent des d'agost de 1937. «Curiosament», l'*enterado* arriba a Burgos al vespre, i n'impedeix qualsevol reacció. A les vuit del vespre, per un oficinista de la presó, el pare Romanyà s'assabenta de l'execució immediata. Amic íntim de Carrasco, intenta desesperadament unes últimes gestions. Inútilment.

9 d'abril de 1938.

1:45 h. Es comunica formalment a Carrasco l'execució imminent. Ell demana l'assistència del P. Romanyà i fer testament sacramental. Aquesta petició amaga un altre objectiu: atorgar un testament sacramental que li permet cridar dos amics catalans que compartien presidi a Burgos, Sagarra i Solsona, amb els quals pot passar dues hores. Aleshores, aquella matinada, Carrasco escriu dues cartes: a la seva dona i al president Lluís Companys. El jutge militar li dona paraula d'honor d'entregar-les. No ho farà mai, traint la seva promesa.

5:00 h. De matinada, el presoner entra en capella. Carrasco rebutja el capellà de la presó. Arriba el P. Romanyà, jesuïta, amb qui passa els darrers moments celebrant plegats la missa *pro agonizantibus*, en llatí. Combrega i resa les oracions pels agonitzants.

6:45 h. Surten de la capella. Carrasco entrega les fotos de la seva dona i fills al P. Romanyà. Porta un crucifix en una mà i una sabateta de la seva filla petita en l'altra.

6:55 h. Arriben al fossar, a les afores de la presó. S'abraça al P. Romanyà i li dona la sabateta. L'escamot d'afusellament és a punt.

7:00 h. Carrasco, que no s'ha deixat embenar els ulls, mira l'escamot i crida: «El que ha estat el lema de la meva vida i que porto al cor vull que sigui el meu crit en aquest moment: Visca Catalunya Lliure!». L'oficial de l'escamot crida: «Fuego». Carrasco va resant: «Jesús, Jesús...» Cau. L'oficial li dispara el tret de gràcia. El P. Romanyà l'extremuncia. El secretari, Valdemoro, fa constar que eren les set en punt de la matinada del 9 d'abril de 1938, Divendres de Passió.

Annex 11

12 d'abril. Article publicat al diari El Punt Avui.

«Les nostres vides han canviat. La pandèmia de la COVID-19 ja ha transformat les nostres vides.»

La primera transformació, la més important i dolorosa, és la que han viscut moltes famílies que han perdut persones estimades. El coronavirus s'endú cada dia desenes i desenes de persones amb noms i cognoms, amb una vida en marxa, amb uns fills, un company o una companya, uns pares a qui estimar, i uns projectes i uns somnis particulars encara per enfilar. Abans de fer grans reflexions sobre com la maleïda malaltia pot canviar la nostra vida, cal recordar aquest impacte immediat d'uns morts que no podem acompanyar com voldríem en les últimes hores de vida i que no podem acomiadar col·lectivament com ens agradaria.

I sí, certament, aquesta pandèmia ens pot portar uns quants canvis —més o menys profunds— en la manera com vivim, com ens relacionem i com ens organitzem com a societat. Comparteixo aquí, a manera d'assaig, cinc reflexions breus que, per raons d'espai, no estic en condicions de desenvolupar i que exigirien tots els matisos del món:

Celeritat, proximitat i flexibilitat

Aprenem de la reacció de l'Administració pública als països del nostre entorn que la capacitat d'actuar de manera dinàmica, decidida i adaptada a les característiques i necessitats de cada territori és determinant en l'èxit contra la pandèmia. Dit d'una manera directa: es pot observar amb claredat l'avantatge dels estats petits per la seva celeritat, proximitat i flexibilitat davant d'uns estats grans, lents, allunyats i rígids.

Fragilitat, incertesa o seguretats

Lògicament, tots volem viure amb seguretat. I, sobretot, amb una previsibilitat que cada cop és menys real. Constatem la idea d'una societat líquida i menys estable que la que crèiem tenir. Però, sobretot, la pandèmia ens fa ser conscients de la fragilitat de la vida. Això ens obliga a adaptar també les estructures socials i, concretament, les administracions i les institucions col·lectives per fer-les més adequades.

Allò que és important

La consciència d'aquesta fragilitat ens pot portar, si en traiem bones lliçons, a destriar millor allò que és important d'allò que és superflu. Aquests dies hem hagut de prescindir de moltes coses que no tinguessin a veure amb la supervivència estricta. En podem treure unes quantes idees per reconsiderar a què dediquem hores, recursos i esforç els individus, les institucions, els mitjans de comunicació, etc.

Un entorn real

Aquests dies de confinament ens han fet descobrir un entorn que era tan sols físic i que ha passat a ser un entorn emocional, però també pràctic i útil. Les limitacions físiques del confinament poden ser, en molts casos, una porta oberta (disculpeu la metàfora) a un sistema de relacions socials que havia quedat enrere. El veïnat havia quedat relegat per les xarxes socials i per una mobilitat sociolaboral immensa. Cal veure com ens haurà canviat la conversa i la salutació amb el veí de davant o del costat; haver passat de les xarxes als balcons.

Una solidaritat paradoxal

I, finalment, cal veure quin impacte tindrà haver après aquesta nova forma de solidaritat tan allunyada de la mena de solidaritat a què estàvem acostumats. En aquest combat contra el coronavirus, hem vist en l'aïllament una forma de solidaritat. Protegir-se per protegir els altres. Evitar el contacte. Mantenir la distància. Tot això són conceptes antagònics a la idea de solidaritat que podíem tenir fins ara. I, tanmateix, la distància ens pot haver fet sentir més propers, i fins i tot hem recuperat amics. Ens pot semblar paradoxal tot plegat, però ens ha de servir per estar més preparats per a futures epidèmies que puguin venir.

Com deia al principi, són tan sols unes pinzellades i unes reflexions que els experts en cada camp ja han començat a analitzar i que ens exigiran una reflexió col·lectiva com a país amb la determinació històrica de persistir. Cuideu-vos.

Annex 12

12 d'abril. Compareixença pública després de la reunió de Pedro Sánchez amb els presidents autonòmics.

Bon dia i bona Pasqua a tothom,

És una Pasqua ben diferent de les pasqües dels anys passats. M'heu de permetre, doncs, que en primer lloc envïi el meu condol a totes les famílies que han patit la pèrdua d'un esser estimat i als qui han patit o pateixen aquesta malaltia. Però aquesta Pasqua també ens pot reforçar la confiança en la recuperació, en la sortida d'aquesta greu situació sanitària, social i econòmica.

Avui també és un dia especial per a un poble veí. Aprofito per enviar una forta abraçada al poble basc, que avui celebra el seu Aberri Eguna. La solidaritat entre pobles és, també, una llavor fèrtil per a un futur més lliure i més just. Katalunia beti Euskal Herriarekin.

Catalunya ha seguit, des del principi i en tot moment, el criteri dels científics. Ho vam fer fa un mes i ho hem estat fent aquestes setmanes. De fet, ho fem també avui en la reunió dels presidents. I per això hem sol·licitat formalment —i ho he tornat a fer avui en la videoconferència de presidents— el manteniment del confinament total. Els experts d'aquí de Catalunya i també els de fora, i les autoritats sanitàries mundials ens diuen que ara no podem relaxar les mesures de confinament. El risc d'un rebrot i d'un segon confinament són enormes. Enviar les persones a treballar i el retorn a l'activitat amb només algunes limitacions, com ha anunciat el Govern espanyol, és una irresponsabilitat i una temeritat. Qui prengui aquesta decisió ha de ser conscient de la responsabilitat que assumeix. Nosaltres considerem i estem convençuts que no es donen les condicions pel retorn a l'activitat.

Per què és una irresponsabilitat? Perquè es vol desactivar el confinament total sense garanties, sense tests massius, sense l'equipament de protecció sanitària suficient per a un rebrot, sense mesures laborals clares i que donin confiança als nostres treballadors, com era la renda bàsica universal; sense ajuts a autònoms, sense avals científics, sense dades epidemiològiques que acompanyin la decisió.

En la reunió d'aquest matí, s'ha expressat aquesta preocupació, i no només per part meva, sinó també per part de molts participants, d'altres presidents i presidentes que també s'han queixat de la improvisació, de la falta de planificació i calendaris, dels problemes dels subministraments de materials de protecció i d'equipaments sanitaris. És una preocupació i una queixa compartida per la majoria dels participants en la reunió dels presidents.

Sempre hem dit que la centralització i la pressa són enemigues de la bona feina. Les decisions s'han de prendre a prop de la gent, escoltant la seva veu. És una evidència que els estats petits i els estats grans més descentralitzats han estat més eficients en la lluita contra la pandèmia.

Vam sol·licitar el confinament total fa un mes, i el tornem a exigir aquesta setmana d'acord amb els criteris científics. Nosaltres hem enviat una memòria justificativa dels nostres arguments avalada i elaborada pels experts, i encara no hem vist, i això que jo avui li he reclamat al Govern espanyol, ni un informe científic que avali la decisió que ha pres el Govern de Madrid.

La situació a Catalunya és clara. Tenim el 89% de les UCI plenes. Tenim una sobrecàrrega dels professionals als quals, una vegada més, envio la meva admiració per la seva força i el seu coratge, però hi ha una sobrecàrrega per l'esforç que estan fent. Tenim una situació crítica a les residències de gent gran. I, sobretot, no disposem de tests massius per a la població.

Doncs bé, en aquesta situació, que és compartida per la resta de les CA, demà es vol enviar milers i milers de treballadors als seus llocs de treball. Calculem que a Catalunya són prop d'un milió de ciutadans que es veuran obligats a desplaçar-se. I això és una temeritat i una imprudència enormes.

Ahir vaig tornar a demanar al president Sánchez i al Govern espanyol conèixer aquest informe científic a partir del qual havien pres la decisió de retirar el confinament total. I no l'hem pogut veure encara, no se'ns ha enviat. Vaig acompanyar la meva petició de confinament amb una llista de directors d'hospitals, de centres de recerca, de col·legis de professionals de la infermeria i la medicina que demanen el manteniment del confinament. Per què no s'escolten aquestes veus? Per què no s'escolten les veus dels professionals que estan en primera línia en la lluita contra aquesta epidèmia?

Jo només faig que insistir-hi i avui ho he tornat a fer: cal escoltar la veu dels experts. El president Sánchez i el Govern espanyol són a temps de corregir l'error. De fet, hi ha veus del seu Govern que així ho demanen. Cal seguir l'exemple dels països del nostre entorn i ser molt conscients de quines són les dades de la pandèmia a l'Estat, molt pitjors que a la majoria de països europeus.

Amb la decisió que pren el Govern espanyol, es posa en crisi la recuperació sanitària, es deixen desprotegits milers de treballadors i deixa indefensos empresaris i autònoms.

Si el Govern espanyol no rectifica, i pot fer-ho, el Govern de Catalunya farà tot el que estigui a les seves mans per protegir els ciutadans. Prendrem totes les mesures que tinguem a l'abast per cuidar les persones que no puguin quedar-se a casa a partir d'ara perquè es veuran obligades a tornar a l'activitat que feien abans del confinament. Protegirem els nostres ciutadans.

Aquest migdia el comitè tècnic del PROCICAT, que, com saben, és l'òrgan que regula i estructura aquesta situació d'emergència a Catalunya, ha aprovat un paquet de mesures que hem estat treballant aquests últims dies amb la previsió d'aquesta equivocació del Govern espanyol. I, tot seguit, a continuació, després d'aquesta compareixença, convocaré una reunió extraordinària del Consell Executiu del Govern de Catalunya per aprovar aquest pla de mesures.

Estem decidits a fer tot el possible per garantir la seguretat i la protecció de la salut i la vida dels nostres ciutadans. I demanem als ciutadans que es quedin a casa i que es protegeixin tant com puguin. La força i el compromís cívic de la gent és el valor més gran que tenim, la nostra fortalesa.

El Pla de mesures que el Govern aprovarà aquesta tarda se situa en aquest escenari de retorn a l'activitat a què ens aboca el Govern espanyol. I estableix una estratègia amb una perspectiva social que passa per la protecció dels col·lectius més vulnerables, la corresponsabilitat amb l'empoderament de la ciutadania, una escolta activa de les necessitats que es vagin produint per part de diferents col·lectius, el monitoratge de l'adaptació als canvis en l'activació de sectors que es vagin introduint, la flexibilitat per modificar l'estratègia i la prevenció per evitar anar a remolc de les emergències.

La primera fase del Pla de mesures se centra en quatre eixos bàsics: Primer, control sanitari a partir dels tests disponibles en cada moment. Segon, la corresponsabilitat de la ciutadania amb mesures de protecció individual, protocols d'actuació i desinfecció diària, mascaretes, i distàncies preventives. Tercer, un pla de control d'aglomeracions als centres de treball, als transports públics i als establiments comercials. Un pla entenedor, un pla que sigui de compliment obligat per totes les empreses i, en últim lloc, l'adaptació de mesures a col·lectius més vulnerables: gent gran, persones dependents, els nostres infants.

Tots els detalls d'aquestes mesures es comunicaran aquesta tarda després del Consell Executiu extraordinari. Però aquestes i totes les mesures que puguem anar prenent d'ara endavant tindran un objectiu central: protegir la ciutadania, protegir la nostra gent. Si no ens haguessin pres la capacitat de prendre aquesta decisió, avui el Govern de Catalunya mantindria el confinament total fins que es donessin les condicions favorables per al retorn a l'activitat. Amb l'estat d'alarma ens van prendre aquesta capacitat. Però farem tot el que estigui a les nostres mans per acompanyar la ciutadania en aquest moment difícil i protegir-la. És el nostre deure, és la nostra obligació.

Un rebrot o un segon confinament tindria unes conseqüències desastroses. Com ja he dit abans, el president Sánchez i el Govern de PSOE i dels Comuns i de Podem encara són a temps a rectificar. No ens podem permetre que es tornin a equivocar. Al centre de tot hi ha d'haver, sempre, la salut i la vida de les persones. Cap altre interès no pot passar per damunt de la salut i de la vida. El meu Govern i jo farem, insisteixo, tot el que estigui a les nostres mans per protegir-les.

Ahir el president d'Alemanya va fer un discurs magnífic, memorable, si en tenen oportunitat i el poden trobat a les xarxes, llegeixin-lo. Adreçat als seus conciutadans. Va ser un discurs que posava l'accent en l'ésser humà, en el moment de dolor que vivim, en la nostra vulnerabilitat, però també en l'esforç impressionant que s'ha fet, en tot el que veiem que podem construir solidàriament. I deia: «No estem fent els esforços que estem fent perquè una mà de ferro ens obliga a fer-ho. Ho fem perquè som una democràcia viva amb ciutadans responsables.». I per a mi, aquesta idea de ciutadans responsables és la clau. Això va de solidaritat amb els altres, això va de compromís cívic, de compartir sacrificis. I de treballar tots determinats pel bé comú. Cal que hi hagi, si m'ho permeteu dir d'aquesta manera, un contracte social entre cadascú de nosaltres i la comunitat. Per més normatives i controls que posem, només amb un compromís entre nosaltres de protegir-nos a tots ens en sortirem. I aquest esperit de ciutadania és el que jo em permeto avui demanar-vos. I aquesta crida, aquesta apel·lació, la necessitem més que mai en les setmanes que vindran.

Annex 13

16 d'abril. Compareixença amb els corresponsals de premsa estrangera.

Good morning everyone. First of all, let me wish you good health for you and your families and my sympathy for anyone who has suffered a loss.

These are difficult times for all of us, wherever we are today. I am speaking from the Casa dels Canonges where I am working, having been fortunate enough to recover from coronavirus.

I would like to remind you of the events of 14 July 1983: that day, 37 years ago, saw the creation of the Catalan Health Institute and the start of a tradition of public healthcare, promoted and guided by the Government of Catalonia, which has been internationally acclaimed. This autonomy in the field of health was suddenly and abruptly curtailed with the passing of the State of Emergency Decree announced by the Spanish Government just over a month ago, on 14 March. After 37 years, we have lost our autonomy in healthcare, in these most delicate of times and at a critical moment for the people of Catalonia. That is what has happened. Can you imagine Germany suspending the authority of the Lander in matters of health in the middle of the coronavirus crisis? By the way, decentralised Germany has the lowest number of deaths per capita among Europe's larger states. Such a measure, of sudden recentralisation, rocks the constitutional edifice and could only be justified by a clear gain in public health safety. This is not the case. Nevertheless, I am working hard, together with my ministers, looking to the future and preparing the outcome in terms of easing lockdown measures and economic recovery.

We continue, of course, to fight the pandemic, doing everything in our power to maintain the efficiency of the Catalan healthcare system: we are managing to keep the number of available intensive care beds above the number of critical COVID-19 patients requiring them thanks to titanic efforts. We have acted as the critical conscience in safeguarding health, pushing the Spanish Government until it put a total lockdown in place on 30 March. And we have worked right up to the last minute to keep that lockdown in place and halt the return to non-essential industrial activity. In this fight against the pandemic, our greatest ally is the citizens of Catalonia, with their discipline, their understanding and compliance with the good practices of the Catalan healthcare system.

To continue the total lockdown, workers should have been given assurances and financial support in the form of a basic income while aiding businesses and the self-employed with a postponement of tax and rate payments. We have been a persistent and stubborn reminder of this too. The Catalan Government has done everything in its power in regard to deferring tax payments.

We know that Spain and Italy need the financial solidarity of the rest of the European Union, particularly of the Euro Zone member states. We share a currency and we share values; we should therefore share the financial effort against the pandemic. The Euro group has taken the first step, but the words of ECB Vice President Luis de Guindos saying that the introduction of a minimum emergency income should only be considered still resound. It would mean an injection of cash directly into the pockets of all citizens. I would like to think that the road to European solidarity has only just begun.

My thanks to you for taking part in this press conference in difficult circumstances. I will now take any questions you have.

Annex 14

19 d'abril. Compareixença pública després de la reunió de Pedro Sánchez amb els presidents autonòmics.

Bona tarda,

Voldria expressar, com he fet sempre, però si m'ho permeten en aquesta setmana en què el Govern de Catalunya ha pogut donar les xifres del total de traspassats pel coronavirus amb totes les dades que tenim disponibles, el meu condol a totes aquelles famílies que han perdut algun ésser estimat i el meu desig d'una recuperació ràpida per a tots aquells que estiguin passant la malaltia.

Ahir la consellera de Salut va anunciar-los que Catalunya ha passat el pic de nous casos i el de màxima pressió assistencial. És una notícia positiva, però que no ens ha de desviar ni un mil·límetre d'ésser molt conscients de la situació greu que vivim. De cap manera podem relaxar cap mesura de protecció i de seguretat, perquè el nombre de casos nous continua sent molt elevat, la sobrecàrrega dels professionals sanitaris —als qui agraeixo la seva feina increïble— és de màxim estrès encara, i el risc de rebrots és evident. Som en alerta màxima.

Reitero, per tant, que la crisi sanitària, que la salut i la vida de les persones, són el nostre objectiu prioritari. Mentre sigui president d'aquest país, sempre avantposaré la protecció, la seguretat i la vida de les persones a qualsevol altra decisió.

Vull recordar la Generalitat va estar defensant fins al darrer moment que aquesta setmana i la vinent el confinament fos total, excepte els serveis essencials. Així ho avalaven els nostres experts i la totalitat de la comunitat mèdica i científica catalana. Això ens hauria permès tenir unes bases molt més sòlides, unes xifres més contrastades, de cara a començar a parlar d'escenaris futurs, que sempre dependran, repeteixo, del nivell i capacitat de control de l'epidèmia que hàgim pogut assolir. Ho fa palès una ullada ràpida als països del nostre entorn, que amplien i prorroguen confinaments per no estar degudament preparats.

Avui, en la reunió dels presidents, he explicat dos grans blocs: les mesures econòmiques i socials i les línies mestres del que serà el Pla de desconfinament de Catalunya.

D'altra banda, el 22 de març passat, ja fa gairebé un mes, vaig demanar al Govern de Pedro Sánchez que posés en marxa un pla de mesures econòmiques i socials per donar seguretat i confiança a treballadors, empreses i autònoms, així com un pla de recuperació per garantir la sortida a la crisi. Entre d'altres:

1. Establir una renda de ciutadania per a treballadors i autònoms.
2. Augmentar la liquiditat de les empreses, especialment de les pimes, que a Catalunya representen el 95% del teixit productiu.
3. Suspendre el pagament d'impostos (IVA, IRPF, impost de societats), les cotitzacions a la Seguretat Social i el pagament de les quotes d'autònoms.
4. Establir una moratòria en el pagament de crèdits i hipoteques.
5. Suspendre el pagament de subministraments bàsics.
6. Ampliar les condicions de força major perquè les empreses puguin accedir als ERTO amb més facilitat.
7. Eliminar l'objectiu de dèficit i el sostre de despesa que ens tenalla perquè comunitats i ens locals puguin endeutar-se per fer front a la crisi.
8. Establir mecanismes de finançament i de liquiditat per als territoris i ens locals.

En definitiva, es tracta que el cost de la crisi el pagui l'Estat i no els treballadors, ni els autònoms ni els emprenedors, tal com em demanen, reunió rere reunió, tots els sectors econòmics, educatius, culturals o socials amb qui em trobo cada setmana. I lamento constatar, un cop més, que la gran majoria d'aquestes mesures, que calia aplicar com més ràpid millor, i alhora, amb el confinament total, encara no s'han posat en marxa. Un retard que perjudicarà, sense cap mena de dubte, la sortida de la greu crisi econòmica a què ens enfrontarem.

I tanmateix, pel sentit de responsabilitat, el Govern de Catalunya hem tirat endavant la nostra pròpia estratègia econòmica, sobre la qual avui vull aturar-me un moment.

1. En primer lloc, la fase en què ens trobem ara mateix, de rescat i reparació. Som en la fase de solucionar necessitats immediates i urgents, on ens cal actuar amb tota celeritat i evitar tota la burocràcia possible, i garantir, per sobre de tot, els recursos per fer front a l'emergència sanitària, de salut i àmbit residencial i emergències, que hem estimat en uns 1.800 M€. I ens cal exigir i tornar a exigir que hi hagi una transferència de recursos de l'Estat, no només de liquiditat mitjançant préstecs, sinó transferències directes. La factura del coronavirus no pot ser un increment del deute de les comunitats autònomes. Avui, per exemple, s'ha anunciat una partida extraordinària de 14.000 M€. Això és el que estava previst per al model de finançament. Això no és el que demanem. Demanem una liquiditat extraordinària i no la que ja estava prevista en els plans d'enguany.
2. En segon lloc, hem contribuït a mantenir la capacitat productiva i els ingressos de treballadors i empreses, tant per criteris de justícia social com per assegurar que es pugui reprendre l'activitat quan sigui possible. Hem ajudat a aconseguir la liquiditat de treballadors i famílies mitjançant 1) l'ajornament del pagament de tots els impostos

propis i cedits de la Generalitat, 2) el manteniment de tots els contractes de serveis (encara que no s'executin) pagant l'equivalent als sous dels treballadors i una part dels costos fixos, i 3) ajudes directes (Departaments de Treball, Empresa i Coneixement, etc.) i crèdits tous i avals públics mitjançant l'Institut Català de Finances (en aquest darrer cas, equivalent a 1.000 M€).

Però ja estem treballant en la fase següent: la de la represa i reactivació, una fase d'una normalitat gens normal fins que no tinguem la seguretat que ens doni la vacuna. I aquí ens caldrà dissenyar els plans d'activació imprescindibles amb tots els sectors —i especialment els que poden quedar en una situació més crítica arran de l'epidèmia (turisme, comerç, cultura, etc.). En aquesta fase, la col·laboració pública i privada serà essencial.

Finalment, també estem treballant en la darrera fase, la de dibuixar l'horitzó del país. És on Catalunya es jugarà el seu futur per a les properes generacions si som capaços de plantejar-nos radicalment, és a dir, anant a l'arrel, l'anàlisi del sistema actual amb una actitud d'innovació disruptiva. No es tracta de reconstruir el passat, sinó de construir futurs. De res serviria que tot canviés perquè tot continués igual. Ens cal analitzar, sense complaences, ni ressentiments, ni victimismes, el que hauríem d'haver tingut i no teníem. Haurem d'identificar quins són realment els sectors estratègics del país: la digitalització, les polítiques de medi ambient i sostenibilitat, el reforç i integració de les àrees sanitàries i socials, la recerca, el consum cultural... Avui el secretari general de les Nacions Unides deia que tot el que es faci d'ara endavant i després d'aquesta crisi ha d'estar molt centrat a construir economies més igualitàries, inclusives i sostenibles, així com societats més resilients per fer front tant a les pandèmies com al canvi climàtic i als molts altres reptes globals que tenim davant nostre. No puc estar-hi més d'acord.

I tanmateix, tot això cap govern del món no ho podrà fer sol. Ni els partits polítics, ni els agents econòmics i socials. El futur jo no és demà, és avui, és aquí i ens pertany a tots. I aquest futur exigeix ciutadans compromesos i responsables que saben que no són pas en una guerra, sinó que actuen conscients de viure en una democràcia viva, oberta, plural i crítica. Necessitarem construir aquest futur incorporant tot el talent de la nostra societat. Ens cal aixecar la mirada, deixar enrere el món d'ahir i preparar-nos a fons per al futur que tenim aquí.

Per això vull acabar aquest primer bloc d'aquesta intervenció fent avui, aquí, una crida a la societat catalana a donar una resposta inclusiva en el futur del país. Sabent que a partir d'ara, qualsevol acció que faci cadascú de nosaltres ha de beneficiar tota la comunitat. Volem escoltar tothom, volem aprendre de tothom, volem aprofitar el talent que tenim i volem decidir el futur comptant amb tothom.

En aquesta segona part de la meva intervenció, vull explicar-los que avui he exposat l'estratègia del Pla de desconfinament de Catalunya, les línies mestres del qual han estat treballades pel doctor Oriol Mitjà, en estreta col·laboració amb el Departament Salut i seguint els criteris de l'OMS.

L'informe del doctor Mitjà, que ens serà lliurat dilluns, permetrà que, amb el desenvolupament i totes les aportacions de la resta dels grups d'experts del Departament de Salut, puguem comptar, un cop validat pel PROCICAT, òrgan que regula aquesta emergència, amb un Pla de desconfinament que el Govern aprovarà en un Consell Executiu extraordinari al més aviat possible.

Vull agrair-los aquesta feina magnífica. Un treball fet amb el màxim esforç i competència i que ens ha d'acabar donant un full de ruta clar i rigorós, que Catalunya ofereix a qualsevol país o territori que hi pugui estar interessat. En tindran tota la informació a partir de demà, però vull avançar ja alguns dels punts més destacats, com he fet en la reunió de presidents.

Es tracta d'una proposta per orientar la política de desconfinament a mitjà termini, amb estratègies per contribuir a controlar l'epidèmia. Perquè l'escenari de futur més probable és que la transmissió del nou coronavirus no es pugui eliminar a curt termini i que s'originin brots recurrents durant els propers mesos. El motiu és que hi ha una gran transmissibilitat i molt poca proporció de població immunitzada. S'estima que està a l'entorn del 15%. Per això, calen mesures intensives de control de la infecció fins que no estigui protegit un percentatge elevat de la població.

Per fer el desconfinament, com he dit, i seguint els criteris recomanats per la UE, tindrem en compte, sempre, la situació epidemiològica, la capacitat del sistema sanitari i la capacitat de control de la infecció, i per això crearem una unitat d'intel·ligència epidemiològica per monitorar aquests paràmetres.

Cal tenir present, com he dit, que les mesures són recomanacions que ara desenvoluparà més a fons el Departament de Salut. Són les següents:

1. L'aixecament gradual de les mesures de confinament requereix tres mesures de salut comunitària: monitorar la mobilitat de la població, desplegar eines diagnòstiques per detectar i aïllar casos i contactes, i proveir la població d'eines de protecció individual.
2. La flexibilització del confinament es farà en cinc passos graduals.
   — 1r. Tornada de persones sanes a llocs de treball no essencials.
   — 2n. Desconfinament parcial controlat de sectors concrets. Sortida al carrer de persones sanes per evitar l'esgotament social. S'han d'incloure mesures de segregació temporal de diferents grups poblacionals que convé que no entrin en contacte.

- 3r. Obertura de bars, restaurants i actes o esdeveniments amb aforament menor a 30 persones mantenint la distància social adequada entre els clients i els assistents.
- 4t. Obertura d'escoles i equipaments culturals i esportius per a ús individual.
- 5è. Obertura d'esdeveniments amb aforament superior a 30 persones, esdeveniments socials, culturals, esportius i musicals amb espectadors.

3. Monitorar el grau de mobilitat i mantenir-lo per sota del 65% fins que estigui per sota del 20% la taxa de nous ingressos hospitalaris per COVID-19 a les UCI.
4. Iniciar el més aviat possible un estudi de seroprevalença a 50.000 persones per conèixer el percentatge de persones serològicament positives a la COVID-19.
5. Iniciar un cribratge poblacional de gran escala en les properes setze setmanes: 1,5 milions de PCR i 6 milions de tests serològics, prioritzant la població de risc, els treballadors essencials i possibles vectors de contagi.
6. Valorar la implantació d'un certificat digital vinculat al carnet de vacunació (passaport d'immunitat) que inclogui l'estat immunològic de cada persona. El certificat ha de ser personal, privat, verificable i transportable. Només es podrà implementar quan la sensibilitat i especificitat dels tests sigui l'adequada i sempre complint els estàndards europeus i assegurant criteris bioètics, de privacitat, protecció de dades i igualtat d'accés. Res que no s'estiguin plantejant països com Alemanya i el Regne Unit.
7. Fomentar l'ús de l'aplicació STOP COVID19 CAT per mantenir la vigilància de símptomes, que es farà, sempre, de manera voluntària i anònima i respectant plenament les normes europees de privacitat i protecció de dades personals.

8. Estudiar l'ús del passaport d'immunitat per a la reobertura progressiva d'espais públics amb alt risc de transmissió, i en situacions en què no es pugui assegurar la distància de seguretat d'1,5 o 2 metres. Tindrà una vigència temporal i variarà segons l'estat immunològic, l'estat d'infecció i l'exposició de risc.
9. Facilitar a tota la població l'accés a material de protecció individual eficaç, especialment mascaretes, i establir-ne l'ús obligatori en qualsevol circumstància fora del domicili.
10. Assignar la planificació i implementació de l'estratègia de desconfinament a un espai de coordinació amb poder de decisió, que inclogui representants de tots els departaments implicats, i també experts independents. Aquest grup haurà de definir plans, prioritzar actuacions i avaluar tots els passos que calgui seguir.

Aquests són els deu punts principals de l'estratègia de desconfinament que, repeteixo, només podrà iniciar-se quan es donin les condicions fixades al Pla que aprovi el Govern de Catalunya. Perquè és el Govern de la Generalitat qui ha de gestionar el desconfinament a Catalunya. Cada territori necessita respostes específiques adaptades a la seva realitat. I això requereix, en el nostre cas, que a Catalunya l'autoritat competent sigui el Govern de la Generalitat.

Cal insistir en la cautela. En tot moment, les decisions es prendran en funció de la situació epidemiològica, de la capacitat del sistema sanitari i de la capacitat de control de la infecció.

I acabo fent un cant a la força de la joventut de Catalunya:

El futur us pertany. No deixeu que ningú mai més abarateixi els vostres somnis. Apreneu dels nostres errors. Si no sou vosaltres els qui canviïn les coses, qui serà? Responsabilitzeu-vos del món que ja us pertany, perquè el món és vostre i serà com vosaltres vulgueu que sigui.

Muhammad Yunus, premi Nobel de la Pau l'any 2006 pel seu projecte de microcrèdits, arran de la darrera crisi econòmica, va dir: «Els joves teniu el poder de decidir el món que voleu. Mai com fins ara s'havien tingut tantes eines per canviar les coses». I referint-se als anys anteriors a la crisi, va afegir: «Si tornem a la situació anterior, no haurem après res. Si aconseguim crear un escenari nou, completament diferent al que hi havia abans de la crisi, si redissenyem el sistema, aleshores n'haurem après. Evitarem la catàstrofe».

No ho vam fer, no vam ser capaços, no vam poder. La humanitat sencera no va ser capaç de redissenyar el sistema. I no hem pogut evitar una catàstrofe.

Feu-ho ara. Feu-ho vosaltres. És a les vostres mans.

Moltes gràcies i bona tarda.

Annex 15

19 d'abril. Aforismes de Josep Pla.

1. Tenim la tendència a veure la política o com una poesia o com un exercici de caníbals.
2. Definir-se sobre coses abstractes és dur a terme un acte d'una certa grandesa en el terreny de les assignatures; en política és cometre un acte de galimaties.
3. La llibertat serveix, entre moltes altres coses, per a no equivocar-se.
4. Jugar a fer política no pot pas durar per sempre; el bluf té fatalment un límit.
5. Hem de lluitar contra la facilitat embafadora.
6. Un polític, és a dir, un home amb prou força per a sentir, de tant en tant, que la vida i la història no són un somni somniat.
7. La política la fan els polítics i aquests no s'improvisen.
8. Un polític que fes els seus càlculs a base de prescindir de la realitat immediata, no seria a tot arreu del món considerat com un irrisori i estricte arbitrari?
9. En política, una posició és determinada essencialment per la posició de les forces contràries.
10. Un polític només pot pretendre de fixar com a tal l'atenció de la gent quan pot presentar una realitat creada per la seva intervenció i el seu esforç.
11. Els problemes polítics són essencialment problemes d'astúcia. La política és l'astúcia al servei de la realitat.
12. A Catalunya les coses no haurien canviat ni d'un mil·límetre si hom hagués seguit la tàctica de tenir sempre raó i de no fer res, que ha estat la tàctica dels millors esperits de la política general aquests últims 30 anys.

13. La pedanteria, en política, s'anomena *xovinisme.* La manifestació més vulgar del xovinisme és la capacitat de poder-se enganyar sense que sigui objectivament possible. Desinteressar-se de certes qüestions, donar-ne per resoltes una sèrie d'altres sense estar-ho, equival a portar el xovinisme a un gran ridícul impossible.
14. Ser un negociador d'una rara habilitat, la característica de tot bon polític.
15. Tota persona, sigui del camp polític que vulgueu, ha de posar un contingut real darrere d'allò que predica. A més a més, ha de tenir pressa.
16. El més urgent és que aquest pobre país no caigui altra vegada a les mans dels màgics i nigromàntics de la política.
17. No crec que hi hagi dos espècimens d'humanitat més essencialment irreconciliables, més naturalment oposats, que el polític pur i l'intel·lectual pur. Són dos tipus d'homes fets per a menysprear-se, per a no entendre's.
18. L'essencial d'un país són els homes, la qualitat del material humà.
19. No desenganyem la gent abans d'hora, convertint la política en una mena de curanderisme de fira de tercera.
20. El menys que es pot demanar a un polític és que respecti el voler del poble, que no projecti sobre una massa que té fam de realitzacions i d'obra positiva els seus bizantinismes d'intel·lectual bizantí.
21. El polític a qui no interessen les realitzacions immediates, què és sinó un element pertorbador i nociu? Estem tips de programes, de manifestos, de conferències, de discursos, d'articles i de *solos* de violí.
22. Crec que la flauta l'han de tocar els flautistes, que els himnes els han de cantar els orfeonistes, i que la feina dels polítics és una altra, completament diversa.

23. Els programes: serenates agradables que hom escolta un moment i no recorda mai més.
24. Els mítings: en aquests actes ningú no parla de programes, hom concentra tota l'activitat en la feina negativa d'atacar el contrari i deglutir-lo, teòricament, de viu en viu.
25. Destruir és facilíssim.

Annex 16

22 d'abril. Carta adreçada als treballadors públics de la Generalitat de Catalunya amb motiu de la diada de Sant Jordi.

Benvolguda, benvolgut,

Com cada any, pels volts de Sant Jordi, m'adreço als treballadors i treballadores del sector públic de la Generalitat per desitjar-vos una bona diada. Enguany, però, el Sant Jordi passa una mica desapercebut arran de la greu crisi sanitària que ens ha portat el coronavirus. Per això, passada la diada de la llengua i la cultura catalanes, us vull fer arribar un sincer agraïment als que esteu en primera línia lluitant contra la pandèmia posant en risc la pròpia salut i agrair el gran sentit de la responsabilitat i solidaritat als que resteu a casa confinats.

Als que esteu malalts o teniu familiars i persones estimades amb la COVID-19, us envio ànims i força. I un afecte molt especial i sincer als que teniu familiars i persones estimades de qui no us heu pogut acomiadar.

Som en un moment greu en què la pandèmia del coronavirus SARS-CoV-2 continua expandint-se per tot el món i assotant cruelment Catalunya. Comparteixo el vostre sofriment i neguit, i em falten paraules de conhort, però permeteu-me que us digui que des del Govern de la Generalitat estem fent tot el que està a les nostres mans, i molt més, per pal·liar aquesta emergència.

Ens cal, també, fer un esforç molt gran per construir el país del futur després d'aquesta crisi, que també és una crisi econòmica i social. El Govern i els servidors públics tenim una responsabilitat molt gran per reparar els danys immediats i, a continuació, per remuntar com a societat de benestar i de progrés que som. Us agraeixo, també per endavant, aquesta tasca enorme que cal fer.

Moltes gràcies. Amb vosaltres i amb el vostre esforç, tot és possible.

Annex 17

25 d'abril. Compareixença pública després de la reunió del Consell Executiu.

Bona tarda des de la casa dels Canonges,

Efectivament acabem de celebrar un Consell Executiu amb els meus companys del Consell i voldria exposar-los les mesures que hem pres, que ha sigut l'aprovació, després que el PROCICAT ho hagi fet abans, del Pla de transició del confinament, desconfinament gradual i nova normalitat.

Com saben, sorgeix del desenvolupament del que van ser aquelles línies estratègiques que el doctor Oriol Mitjà i el seu equip d'experts ja van lliurar-nos la setmana passada. Per tant, és un pla que parteix d'aquell informe elaborat pel doctor Mitjà i els departaments de Salut i Interior i que, sobretot, garanteix la coordinació entre tots els departaments i la visió conjunta necessària per liderar aquesta crisi, comptant, també, amb l'esforç del món local, representat per les quatre diputacions, i també les entitats municipalistes.

A partir d'ara, cada departament del Govern de la Generalitat haurà de presentar els seus plans d'acció sectorials de desconfinament, de manera que comprengui tot l'espectre del país tant sectorial com territorial. Volem comptar amb tothom. També a l'hora de desenvolupar el Pla de desconfinament. Aquests plans es faran amb l'assessorament científic dels experts que han participat tant en l'elaboració de les línies estratègiques com en aquest pla mateix, i pel comitè tècnic del PROCICAT, perquè s'hi aporti sempre una visió operativa i pràctica.

Així mateix, també hem considerat convenient que es constitueixi un comitè d'experts juristes per tal que assessori i garanteixi en tot moment el respecte als drets fonamentals de la ciutadania.

Un grup que participarà en el PROCICAT, en el qual també hi haurà, insisteixo, representants d'Interior i de Salut.

El Pla aprovat avui s'estructura en 6 grans apartats:

1. Fonaments del mateix Pla Estratègic.
2. Bases del canvi de fase: confinament, desconfinament gradual i nova normalitat.
3. Organització del canvi de fase (quan, qui, on i com).
4. Quatre àmbits estratègics: vigilància epidemiològica, àmbit comunitari, sistema sanitari i de la comunicació de risc.
5. Salut en totes les polítiques (incloent l'apartat d'Integració dels plans d'acció dels diferents àmbits).
6. Eines de salut digitals.

En aquests moments, faré un breu resum d'alguns apartats.

Començaré pels fonaments vertebradors d'aquest pla estratègic, que són el desconfinament progressiu i esglaonat en què la salut és present en totes les polítiques i totes les fases. Totes les decisions que prengui el Govern de la Generalitat estaran basades sempre en les dades epidemiològiques de què es disposi en l'últim moment. Per això, es dota el Govern d'un quadre de comandament per a la presa de decisions estratègiques de canvi de fases. Aquest quadre de comandament contindrà indicadors de seguiment de l'epidèmia, incloent la vessant sanitària, epidemiològica, la mobilitat, etc.

Establim tres criteris en la presa de decisions de canvi de fases del pla: la seguretat (tothom ha de saber els circuits, tenir-los clars i respectar-los), la traçabilitat (cal que les responsabilitats estiguin delimitades i siguin reconeixibles) i la integritat (ha de ser concebut, unint totes les seves parts).

Hi ha tres grans fases. La fase de confinament, en la qual som ara, perquè, recordem-ho, som en una fase de confinament. Després m'adreçaré a les famílies que demà tenen la possibilitat de sortir al carrer amb els seus fills. M'agradaria enviar-los unes recomanacions i parlar-ne una estona.

Estem en la fase de confinament. És molt important. La consellera ens deia avui mateix que tenim uns 902 llits de les UCI ocupades per pacients de COVID, i més dos-cents i escaig llits de pacients a les UCI ocupats per altres malalties. Pràcticament són uns 1.200 llits ocupats a les UCI. En situació normal, Catalunya disposa de 600 llits d'UCI. En aquests moments, n'estem doblant la capacitat. Ho dic per tenir clar el moment en què ens trobem, que continua essent d'emergència, crític, de risc, i de confinament. Per tant, en aquest moment de confinament són important les distàncies socials. Hem d'estar orientats a evitar el col·lapse del sistema sanitari, a desestressar els nostres professionals sanitaris perquè només poden funcionar els serveis essencials i aquells altres que es vagin obrint progressivament.

Després hi ha un desconfinament gradual, del qual ja vaig parlar la setmana passada.

Finalment, passarem a l'última fase, la nova normalitat: és important el concepte de *nova,* perquè haurem de viure amb nous hàbits culturals i socials per disminuir el risc de transmissió i evitar tornar a un escenari de confinament.

Hem fet operatiu el procés de desconfinament gradual amb la seqüència lògica que seguiria qualsevol projecte, i passa pel quan, el qui, l'on i el com.

El primer pas seria la tornada de persones sanes a llocs de treball no essencials.

El segon pas seria el desconfinament parcial controlat de sectors concrets, amb una atenció especial als menors i a les persones de més de 65 anys (passejar, esport de manera individual mantenint les distància seguretat, etc.). S'hauria d'assignar una franja horària exclusiva per poder sortir a passejar (així també combatrem els efectes psicològics negatius del confinament). Els espais d'esbarjo infantils i/o amb material esportiu a l'aire lliure, malauradament, s'hauran de precintar.

Un tercer pas serà l'obertura progressiva de comerços no essencials (botigues) en funció de les seves característiques (superfície, aforament, tipus de producte i ubicació), seguit d'esdeveniments de baixa capacitat (<30 persones), però garantint normes sanitàries.

L'obertura d'espais de restauració (de cafeteries, bars i restaurants) requerirà mesures especials condicionades a la pròpia activitat (distància, mascaretes, etc.). Es farà en el tercer, quart o cinquè pas i sempre en funció de la seva dimensió i de la capacitat d'aplicar mesures de prevenció.

El quart pas seria l'obertura d'escoles i d'equipaments culturals/esportius per a ús individual.

L'últim pas seria l'obertura d'esdeveniments per a menys de 30 persones, esdeveniments socials, culturals, esportius i musicals, però només un cop el risc sigui molt baix.

També hauria d'aturar-me a parlar de l'àmbit del sistema sanitari o de la comunicació de risc amb totes les eines de comunicació que implementarem però, si m'ho permeten, passarem al bloc següent.

Aquest pla de desconfinament, amb les línies estratègiques essencials, aquesta tarda el farem arribar al president Sánchez per a la reunió de presidents de demà, així com també la proposta perquè sigui el Govern de la Generalitat qui decideixi el desconfinament.

Hem arribat a la conclusió —penso que és una conclusió de sentit comú i que la majoria de ciutadans de Catalunya han arribat a la mateixa conclusió— que la centralització de la gestió i la presa de decisions en aquesta crisi no ha funcionat de manera positiva. Les millors decisions sempre es prenen a prop dels ciutadans i amb el màxim coneixement i adaptació a la realitat més propera.

En la reunió de demà amb el president Sánchez, exposaré una proposta per a la recuperació de la nostra competència i sobirania en el combat contra la COVID-19 en tota la fase actual i en el pas cap al desconfinament i l'establiment d'una nova normalitat. Per poder impulsar aquest Pla que acabem d'aprovar en el Consell Executiu necessitem tenir el control de les decisions i dels plans específics que caldrà aplicar.

Això no es pot fer a 600 quilòmetres de distància i sense tenir en compte les característiques de Catalunya. No dic res que no diguessin molts presidents en l'última reunió i suposo que escoltaré, també demà, en la propera reunió. No es pot gestionar el desconfinament de cap territori a 600 quilòmetres de distància. El nostre Pla preveu un desconfinament asimètric i adaptable a les característiques de les nostres comarques i viles. Creiem que és el pla que necessita el país.

L'estat d'alarma ha trencat el principi de subsidiarietat, de manera que els principals coneixedors del territori i del seu sistema sanitari no hem pogut decidir les mesures aplicables fins ara o, més ben dit, quan les hem decidit i les hem proposat no han estat escoltades. O més ben dit s'han escoltat, però 15 dies més tard. Que no ens torni a passar amb el Pla de desconfinament. Per això demanem recobrar les competències de manera immediata. La centralització de les decisions s'ha demostrat que no és efectiva, ni en la compra centralitzada, ni en els proveïments i distribució equitativa del material ni tampoc amb moltes de les decisions que s'han acabant prenent massa tard.

La proposta que presentaré demà ofereix al Govern espanyol tres opcions diferents per retornar el control i la competència al Govern de la Generalitat. Les exposo molt sintèticament:

La primera: aixecar l'estat d'alarma. Això ens permetria poder prendre les decisions que considerem adequades per a la protecció dels nostres ciutadans i la planificació del desconfinament progressiu quan arribi el moment.

Segona opció que oferim al Govern espanyol: mantenir l'estat d'alarma només en alguns territoris. Si el Govern de l'Estat vol mantenir l'estat d'alarma, pot fer-ho de manera parcial, que només afecti determinades comunitats autònomes, les que no tinguin competències per gestionar la pandèmia, per exemple, o les que vulguin que les seves decisions les prengui el Govern de l'Estat, que potser n'hi ha alguna. D'aquesta manera, es deixa fora de l'estat d'alarma aquells territoris que vulguin gestionar, a partir d'ara, com afronten el desconfinament.

La tercera proposta que oferirem al president Sánchez és modificar l'estat d'alarma perquè l'autoritat competent a Catalunya sigui el Govern de la Generalitat. Si el Govern d'Espanya vol mantenir l'estat d'alarma a tot el territori estatal, s'hauria de modificar l'article 4 del Reial decret, en el sentit que l'autoritat competent a Catalunya puguin ser el president i els consellers de Salut i d'Interior, perquè quedin habilitats per a dictar ordres, resolucions, disposicions i instruccions que, en l'esfera de la seva actuació, siguin necessaris per garantir la prestació de tots els serveis ordinaris o extraordinaris i la protecció de persones i béns.

Ho va dir ahir la consellera Vergés després de tenir la reunió amb la resta de consellers de Salut i amb el ministre de Salut, si recorden el seu to va ser que això no podia continuar d'aquesta manera. Cal que recuperem la capacitat de gestionar la pandèmia a Catalunya. Necessitem prendre decisions que siguin adequades per la salut dels ciutadans catalans i a la realitat demogràfica, econòmica i social de Catalunya. Necessitem poder posar la vida i la salut dels ciutadans per davant de qualsevol altre criteri en la presa de decisions.

Demano a tota l'oposició, que ahir en el Parlament va fer un exercici de responsabilitat, que, per lleialtat a aquest Govern i el que representa com a institució de Catalunya, estigui també en el nostre costat en aquesta reivindicació de recuperar les competències pel desconfinament. Si ahir eren paraules de mà estesa, de bona voluntat i de cooperació, ara és el moment de fer-ho perquè tota la ciutadania de Catalunya sap que els que millor poden gestionar el desconfinament són els nostres experts. Els nostres científics, els nostres metges, els que estan al capdavant del sistema de salut del nostre país.

Finalment m'adreço avui, per acabar, a les famílies de Catalunya. Demà, com sabeu, podreu treure finalment els vostres infants a passejar, tal com la Generalitat havia demanat, unes hores. El Govern de l'Estat no ha posat franges horàries, però nosaltres creiem que per la salut de tothom convé respectar-ne algunes. Per tant, us proposem que demà i a partir de demà seguiu les franges d'horaris següents:

Que, d'onze a una del migdia, surtin les famílies amb infants de fins a 6 anys. I que, de quatre a sis de la tarda, surtin les famílies amb menors entre 6 i 14 anys.

És un sacrifici que us demanem. Però sobretot perquè pensem que la salut de tots depèn de com tots gestionem la nostra mobilitat, les nostres decisions. Per tant, us requerim aquest petit sacrifici d'adaptar-vos a aquestes franges d'horaris, d'evitar qualsevol aglomeració, qualsevol grup.

Mireu, si em permeteu: com ho podem fer? Amb respecte i confiança, escoltant els vostres fills, confiant en ells, però també marcant-los unes pautes, unes normes, guiant la seva conducta en un context de risc i d'emergència. Estem en fase de confinament, per tant, totes les precaucions possibles.

Aquestes pautes coherents que crec que tots donarem als nostres fills aporten confiança i seguretat i us ajudaran, a tota la família, en aquest aprenentatge que haurem de fer tots, que és viure i conviure amb el virus.

Treballem, pausadament, tranquil·lament, tinguem una estona amb els nostres fills, i en funció de la seva situació, en funció de les seves edats, segur que trobarem la manera d'explicar-los aquesta noció de «risc» per poder-los donar, alhora, tota la confiança i seguretat. Que demà sigui també, per als qui sortiu amb els vostres fills, un dia feliç i alegre. Però havent fet aquest exercici de reflexió, de marcar-se unes pautes i saber que estem en aquesta situació tan complicada.

Cal comprendre el vostres fills, que han estat totes aquestes setmanes a casa. Hem de confiar en la seva capacitat, en la capacitat de la nostra societat de superar aquest repte col·lectiu. Insisteixo, això va de respecte envers els drets i les necessitats de tots, dels adults, però també dels més petits, i d'implicar-nos tots en aquesta responsabilitat col·lectiva, gran i petits. Per tant, avui i demà: confiança, diàleg i coherència. I, si us plau, seguiu les recomanacions que us fa el Govern de Catalunya. La salut de tots depèn del confinament de tots. Estem en una situació de risc i alerta. Relaxament Zero.

Moltes gràcies a tots per la vostra comprensió.

ÍNDEX

Aquest llibre
s'envià a imprimir
el dia 14 de febrer de 2021
mentre, a les urnes, es gestava una nova
victòria de l'independentisme, que va superar,
per primera vegada, el 50% dels vots en unes
eleccions al Parlament de Catalunya.